我的童年 我的(6)班

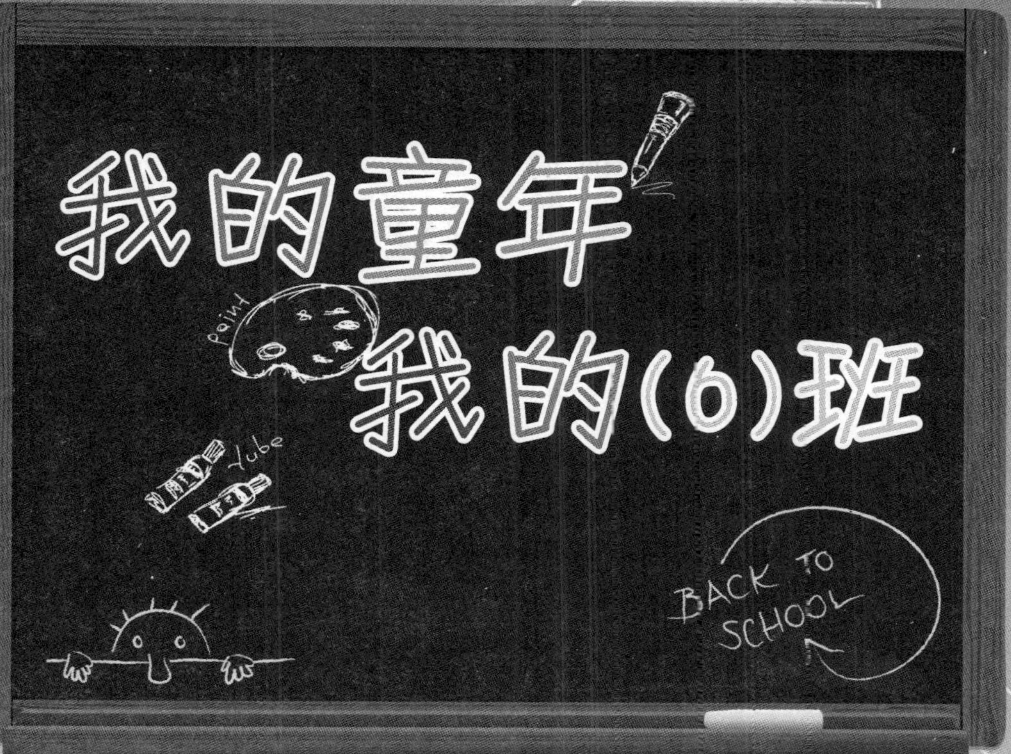

有一种爱叫友谊；
有一种智慧叫集体；
有一种光阴叫纯真.

朱祺◎著

《白雪公主》、《辛德瑞拉》 向我们展示着经典的纯美童话
《我的童年 我的(6)班》向我们展示着现实如童话般纯美

即将“打扰”你的是一部真实、生动、纯真的故事集

九州出版社
JIUZHOUPRESS

图书在版编目（CIP）数据

我的童年我的（6）班 / 朱祺著. -- 北京 : 九州出版社，2011.10
ISBN 978-7-5108-1185-2

Ⅰ. ①我… Ⅱ. ①朱… Ⅲ. ①儿童文学－散文集－中国－当代 Ⅳ. ①I287.6

中国版本图书馆CIP数据核字(2011)第202527号

我的童年我的（6）班

作　　者　朱祺 著
出版发行　九州出版社
出 版 人　徐尚定
地　　址　北京市西城区阜外大街甲35号（100037）
发行电话　(010) 68992190/2/3/5/6
网　　址　www.jiuzhoupress.com
电子信箱　jiuzhou@jiuzhoupress.com
印　　刷　北京俊林印刷有限公司
开　　本　880毫米×1230毫米　32开
印　　张　7.875
字　　数　133千字
版　　次　2011年11月第1版
印　　次　2011年11月第1次印刷
书　　号　ISBN 978-7-5108-1185-2
定　　价　28.00 元

前　言

𰻝

一点上了天，黄河两道弯，八字大张口，言字往里走，你一扭、我一扭，你一长、我一长，中间夹个马大王，心字底、月字旁，钉个钉钉拴马桩，坐着车车逛咸阳。这是对汉字——𰻝的解读，这个字也是我的笔名。

𰻝字很神秘，大多数的中国人都没有见过它。𰻝字很普通，电脑字库里也不重视它。𰻝字很平凡，它没有具体的意思，只是个象声字，是西北人家(我的祖籍地)做面条时把面团摔在案板上发出的声音。但我喜欢它：它是汉字里笔画最多的一个，共有56画，和我们祖国的56个民族的数量一样多。组成这个复杂汉字的却是一个个不起眼的寻常偏旁，它们独立的时候很单薄，有的连完整的字意也没有，但它们紧密地团结在一起，创造出了一个唯一，一个极具美感、独一无二的形象！𰻝是中华民族5000年来智慧的传承、精神的凝结、和平的呼唤、团结的象征！

我们(6)班有54个学号，加上两位班主任一共也是56个(有两位同学转学了)，这似乎和𰻝字也有一种冥冥中的默契。若那天上的一点是万万，地下的走之底是老李，我们就是中间的54个平凡

而努力的学生，我们万众一心、奋勇向前，赢得了一次次优秀中队的荣誉！这就是字的力量，(6)班的精神！同时，字也像一辆车，载着我们向前，从童年站出发，一转眼就快到少年站了！我们跋山涉水，一路走来，眼看就要下车道别了，心里总是恋恋不舍的。

童年说过就过了，像流水不会再回头。所以，我以(6)班师生为本体，创作出这58个源于我们生活的小故事，不为别的，只为在将下车时，"描"一册(6)班全家福，放入人生的行囊，有些人、有些事在以后的人生路途中可以对着故事回忆、想念……我的童年，我的(6)班正在随着车由近及远，所幸有纸笔可以记录——

我的童年，我的(6)班，还有一辆牌号为"苏6琅小"的光阴列车，在那里我们都不曾长大！

目录

小鱼儿的胸前鼓起了“小馒头”；

跳跳蛙在夏天总是比我多穿一件小背心；

周小子的嗓子里好像总有块吐不完的痰；

刘博士对我神秘地说：“你们女生不久就要来月经了！”

……

这些都发生在我10岁的现在。

10岁以后，我的身体会发生很大的变化，十岁以后我将从儿童逐渐变成少年，十岁以后——我将翻开这本书，回忆我的(6)班，我的童年……

一、万万

幼儿园的毕业典礼上，我的眼泪像小瀑布一样飞喷流淌。但是，尽管如此，我对小学的生活还是非常期待。

当我背着书包走进一(6)班的教室，班主任万万是我小学生活的第一份惊喜，因为陪伴我三年幼儿时光的班主任也姓万。这个巧合足足让我兴奋了一整个学期！

和所有的同学一样，万万是我在学校里最初的绝对偶像。我模仿着她读书的声音，努力地学习着她的字体，在她的课上把脊背挺得笔直，把手举得老高，就是为了让她多看我一眼，或用充满激情的声音叫我的名字。如果她在我的作业本上盖了一颗小星星，或是在我回答问题之后夸一声“很好”，那美妙的滋味会包裹我一整天，心里真的比吃了蜜还甜！

甚至她批评人的时候我都喜欢。比如，我们班的毛豆豆，她妈妈因为心疼她练字辛苦，怕耽误她的休息，就帮毛豆豆写家庭习字帖。结果，被明察秋毫的万万发现。但万万没有直接批评毛豆豆，她用上语文公开课的语气说：“同学们，你们知道‘枪手’这个词是什么意思吗？知道的请举手。”

举手的人和平时一样——很多。答案基本都是：“猎人”、“打枪的人”、“神枪手”。万万摇着头，显然她对这些答案都不满意。

“毛豆豆，你知道‘枪手’的意思吗？”

“啊？”毛豆豆被吓了一跳。因为她并没有举手，更没想到万万会挑上她来提问。

“我觉得毛豆豆是最应该知道‘枪手’这个词是什么意思的人。”万万说这句话的时候并没有看毛豆豆一眼，但她说完这句话后我们全班同学齐刷刷地把目光都投向了毛豆豆。

毛豆豆站在自己的位子上面对我们的目光慌了神，她求救似地看着万万小声说：“我，我真的不知道‘枪手’是什么意思。”

“怎么会？昨天的语文家庭习字帖上的字是谁帮你写的？”万万此话一出，我们都瞪大了眼睛，甚至有不少人情不自禁地“啊”了一声。我的同桌更是夸张地把一个拳头塞进了嘴里。我的左后方还传来了“毛豆豆死定了”的画外音。

“‘枪手’不是猎人，也不是打枪的人。‘枪手’指代别人写作业或写文章的人。毛豆豆，看看你的课堂作业本，再看看你的家庭习字帖，你的枪手是谁？”万老师像一个生动的活词典，又像个福尔摩斯似的大侦探。

“我妈。”要不是我们班此刻鸦雀无声，毛豆豆的声音小到只有蜂鸟才能听见。毛豆豆的眼泪不停地在她的大眼眶里旋转，随时都有可能夺眶而出。

“很好。老师欣赏你的诚实。也感谢你给了大家一次了解‘枪手’一词的机会。但是，希望这件事就到此为止，以后不再发生。毛豆豆，你能答应老师吗？”万万边说边走到了毛豆豆面前，用手轻轻抚摸着她的头。

“吧嗒，吧嗒。”毛豆豆使劲儿点头的时候，她的眼泪终于掉下来了，滴在她用手摆弄的铅笔盒盖上——挺响的。

“老师相信毛豆豆，因为能够承认错误的人就一定能改正错误。”万万看着毛豆豆的眼神里充满了信任和鼓励。她的手轻柔地拍着毛豆豆的肩膀，说道：“好，坐下吧。”

当毛豆豆坐下的时候，我的心里对万万佩服得五体投地。绝不止我一人，几乎我们班所有的同学都觉得万万批评人特别与众不同；就连被她批评的人都在背地里对她竖起大拇指，评价道：“生动、幽默，比我妈高明多了！”

但万万也有发狠的时候。记得一次在她的语文课上，“小皮球”不停地回头讲话，扰乱课堂秩序。在被判定为“屡教不改”之后，万万来到了正在回头滔滔不绝的“小皮球”身旁，用双手固定住“小皮球”的脑袋，说：“你就保持着这个姿势，不要动。既然你这么喜欢，就把你喜欢的事情进行到底吧！”

那天，据“小皮球”自己说：“妈呀，到了下午放学的时候我的脖子都在抽筋儿。天哪，下回还是不要招惹万万的好啊！”

当我们的生字学到了“厉害”的“厉”这个字的时候，万万对我们说：“万老师是什么样的？你们记住，万老师是厉害的。‘厉害’的‘厉’里面是个‘万’字，谁都不许写错！否则，万老师就要让你们尝

尝她的厉害!”

“哈哈哈哈……!!!”在大笑声中,我们记住了“厉害”的万万。直到现在,我只要一写到“厉害”的“厉”字,脑子里就会绘声绘色地出现当天万万讲这番话时的情景。

我最感激万老师的,是她在我们二年级的时候,为我们组织成立了雏鹰假日小队,让我们的周末能和爸爸妈妈以及更多同学的家庭一起创造、体验丰富多彩、欢乐温馨的美妙时光!

二、老李

二年级的时候，厉害的万万嫁给了我们学校又帅又有才的美术老师马老师。从此“心宽体胖”这个词在万万的身上一步步明显地体现出来。直到有一天，班长胡子小神秘兮兮地告诉我们：“万万怀孕啦！肚子里有小baby啦！”听到这个消息，我们班的大多数同学都很兴奋，大家开心地笑着，尤其是女生，因为当妈妈是我们班几乎所有女生的未来梦想，当然我也不例外；还有少数一些同学发出“啊”的一声惊叫，仿佛天下最不可思议的事情让他们给撞上了似的；更有所剩无几的人觉得这个新闻跟自己毫无关系，认为还是在订正作业的茫茫苦海中偷出些时间疯玩比较重要、实惠。

无论我们的态度、反应如何，最重要的是这个新闻被迅速地传播着，甚至许多家长都听到并议论起来。

有些妈妈忍不住好奇，还特地到学校来指着万万的肚子问：“有啦？”

这时，万万就红了脸，站起身，笑着说：“不好意思，纯属发胖！”

有挺长一段时间，万万都被这个谣言困扰着。我很想建议她弄个录音机来代言问答，但是生性有些胆小的我也只能在心里想想罢了。因为妈妈跟我说过，“这个世界上没有绝对的完美”，所以我又觉得万万的“谣言解释期”是公主嫁给王子之后幸福中的小小负担。

虽然解释是语文老师的基本功之一，但不断地重复解释着一件不存在的事情，迟早会让人厌烦。于是，不想减肥的万万在我们即将跨入四年级的时候就真的怀孕了。小天使的到来，结束了我们和万万的师生缘分。于是，四年级开学的时候，我们见到了新的班主任——老李。

老李和万万最大的不同之处是：他是一位瘦瘦的男老师。

开学的第一天，我还沉浸在对万万的无限思念的情绪中的时候，老李开口讲话了："同学们，我姓李。下面将由我陪伴你们度过很长一段时间……"

他一开口，我突然有种似曾相识的感觉。我搜肠刮肚地使劲儿想，把对万万的思念暂时放到了一边。当我终于有了答案的时候，不由自主地差点儿笑出声来！新任大班老李的声音像极了"江苏密卷"磁带里读题目标题的那个人。哈哈，那个让我一听就触动我的笑神经的声音居然就在耳畔。这个声音让我一下子就觉得眼前的陌生老师亲切了许多。

"同学们，让我们一起干！让我们团结、愉快地度过朝夕相处的每一天！"老李的语速不紧不慢，脸上带着温文尔雅的微笑。但他说"让我们一起干"的时候，我感受到一股强大的力量注入进身体，让我热血沸腾！那是股阳刚之气，透着坚忍不拔、鼓舞人心的魔力！

这句话让我喜欢上了老李。但是，喜欢归喜欢，我还是停止不了对万万的思念。在晚餐的饭桌上，如果和家人谈论到了这个话题，我的泪水总是会忍不住地把眼眶涨满，并从镜片后面滚滚而出。直到老李处理了"面包家族非常事件"之后，这个新任班主任才真正地、完全地进入了我的内心，把厉害的万万从思念变成了美好的回忆。

"面包家族"的诞生是很偶然的。一天下课，小松鼠跑来对我说："我是面包，你也当面包吧。现在我们俩一起去找爸爸妈妈！"

“好吧。”我答应着，并牵着小松鼠向我伸出的手，摇着、晃着欢欢喜喜地去找亲人了。

结果，短短的一个下课10分钟，我们不仅找来了一个爸爸、一个妈妈，还找来了许多兄弟姐妹、堂表亲戚，还有七大姑、八大姨，更有意想不到失散多年的宠物小狗、小猫……不得了！——“面包家族”太强大了！

接下来的几天里，我们只要下课就在茫茫人海中寻找、发展着“面包家族”的“Family Tree”。本来一切都很愉快、平静、兴旺，但体育课上出现的意外让“面包家族”面临灭顶之灾。

在那节倒霉的体育课上，我和班级里的一些同学按老师的要求在练习立定跳远。而我们“面包家族”里的一些女性活跃分子正在疯狂地追逐着小小宋等一些男生，并毫无理由地对他们实施着“抓、打、捏、搓、揉”等“非常手段”。被虐待的男生们面对强大的“面包家族”的猛女们反抗无效，苦不堪言。突然，小小宋趁着她们去捉拿其他男生的空当挣脱出来，跑到我的面前愤怒地说：“Q海盗，快告诉我你们这个‘面包家族’到底是怎么回事儿?！我快受不了啦！我要去告你们！”

我看着小小宋气得通红的圆脸，睫毛上闪闪烁烁的泪光，一头雾水，不知他究竟遭受了怎样的委屈和劫难。但凭直觉，我感到“面包家族”就要大祸临头了！

中午，我从小饭桌回到学校。我刚迈进班级的走廊，“西红柿鸡蛋家族”的首领倪大侠就蹿到我的面前压低了声音对我说：“Q海盗，大事不好！老李把你们‘面包家族’的骨干全叫去站着呢！他让我在这里等着你，让你也进去呢！你们这次搞得有点大，我只能深表同情，但无能为力了。”倪大侠摊摊手，看着我的眼里满是同情。

“知道喽。”我拍拍倪大侠的肩，表示感谢，然后，心怀忐忑、步履沉重地向四(6)班的教室走去。

一进门，我就看见了小小宋怒气和委屈未消的脸，嘴巴撅得老高，泪痕还在脸上。而我们“面包家族”的猛女们此时嚣张气焰全无，一个个耷拉着脑袋，面色羞愧，胆怯地等待着老李的发落。而“面包家族”里的一些无辜者，委屈地流着泪小声地嘟囔着：“我们又没有参与，无辜，无辜，我们真的很无辜。”还有一些一脸茫然的“面包女生”，左顾右盼地在那儿陪站。

老李一言不发，我已站到了“面包家族”中，心里不停地重复着：“城门失火，殃及池鱼——这下完蛋了！这下完蛋了！”

“听说你们用非常手段欺负了小小宋，还有其他一些男同学。我觉得‘面包家族’应该是温暖的。我希望以后看到的是一个和谐的、友好的‘面包家族’，而不是一个到处实行暴力的‘拳头家族’！你们说呢？”

老李的这番话大大出乎我的意料。本来以为在枪林弹雨中生死难逃，但没想到会迎来春风化雨般良言的沐浴。他的宽厚、他的智慧此刻深深地印在我的心窝里。“I 服了 you！老李！你是四(6)班当之无愧的班主任！”

三、独角兽

圆嘟嘟的脸，白白的皮肤，在阳光下发白的淡黄色小微波短发，蓝蓝的大眼睛，这就是我们班的1号——独角兽男生。他的爸爸来自美国，妈妈是中国人。

刚上一年级，我们班大多数人都用HB的铅笔写作业，只有独角兽的铅笔盒里放的全是2H的铅笔。

2H的铅笔芯比HB的硬，而且颜色要淡得多。有一次，我无意间在老师的讲台上看到一本翻开的语文作业本，白花花的一片，什么也没写，却莫名其妙地画着“√√”和“××”。忍不住强烈的好奇，我走近并拿起那本作业，瞪大眼睛，好不容易发现了上面又大又轻的汉字。一翻名字，原来是独角兽的。“噢，2H铅笔原来就是隐形铅笔啊！”我像发现了新大陆似的，开心地跳了起来。

独角兽回答问题的声音超小。我清楚地记得他第一次在语文课上被万万叫起来发言的情景。当万万激情澎湃地说完问题，叫到他的名字，他站起来看着万万，只轻轻地颤动着嘴皮。后来，万万一步一步地走向独角兽，最后，把耳朵紧贴着他的嘴巴。几秒钟后，站直身体的万万笑眯眯地对着独角兽点头说：“很好，你答对了！”

独角兽很害羞，不爱笑。有段时间我们班兴起了“把独角兽逗笑”的课间活动。一到下课，同学们便使出浑身解数、争相耍宝，只为看到独角兽珍贵的笑容。

我最记忆犹新的是熊猫超人从厕所出来的路上飞跑着去追独

角兽，伸出细细的胳膊想挠挠独角兽的胳肢窝，结果脚下不争气，实实在在地趴在地上，摔了个嘴啃泥。相比之下，我的运气实在不错。那是一堂音乐课前，我们陆续来到音乐教室门外。上课铃还没打响，我就把音乐书卷起来顶在头上跳着说：“我是独角兽！我是独角兽！”一旁的独角兽看见我的样子，立刻就模仿起来，和我一起蹦着、跳着！灿烂的笑容在他圆圆的脸上和蓝如湖水的眼睛里弥漫开来。“真好玩！”我清楚地听到了独角兽的声音，那也是独角兽对我说过的唯一的话；不用贴着耳朵，透着快乐，声音响亮。也就是这次意外，我把“独角兽”的外号送给了他。

一年级上半学期就要结束的时候，独角兽的全家邀请万万和我们全班同学一起去他家里聚会。因为他即将和他的爸爸、妈妈及弟弟飞去美国生活。那时，阿公刚刚教我读了苏轼的《水调歌头•明月几时有》，我知道在大人的世界里离别是一种惆怅和悲伤。但是，我们小孩完全不一样，包括独角兽，参加聚会的每个人都兴奋极了！我们吃着他爸爸烤的小点心，疯狂地玩着砸水球的游戏，不断地制造出一浪高过一浪的噪声……尽情地享受着聚会的快乐！直到现在我还能感受到那个蓝色的水球在我面前重重地摔在地上，爆炸开来，如喷泉一样的水花把我淋个透凉。之后，我踩着一双“吧唧吧唧”响的鞋子，在地毯上留下一个个湿漉漉的脚印。

我还记得，在聚会宣布结束以后，当时还是万万男朋友的马老师掏出事先准备好的胶带，教我们快速地清洁狼藉的地面。

那天，我们相互说了无数声“再见”，但心情都沉浸在聚会浓浓的欢乐中。走在回家的路上，许多人都是一蹦一跳的。

但那天之后直到现在，我们谁也没有再见过独角兽。只记得万万在一次班会上，打开她的电子邮箱，和我们分享了独角兽的一张家庭照片。照片里我看见 独角兽又多了一个小弟弟。那小弟弟被裹在柔软的毯子里安静地睡着，他的妈妈抱着他站在独角兽的身后，就像那天音乐教室外我们卷在头上的那本音乐书。一瞬间，我仿佛看见照片上的独角兽对我颤动着嘴皮，偷偷地笑着，开心地说:“真好玩!”

四、不公平

独角兽走后的一年级下半学期，不公平来到我们班，填补了空缺的1号。

不公平刚来的时候和我们有“三不同”。他上课的时候是把双手平放在两膝上坐着，和我们双手交叉叠放在课桌上不同；他举手的时候用一只手托着胳膊肘，与我们高高把手举过头顶不同；他作课前准备的时候把铅笔盒放在课本上，跟我们把铅笔盒与课本分开放不同。因为这三大不同，当时我们班几乎所有的人都把不公平看做异类，甚至有人排斥他。这真的很不公平！

因为不公平的性格比较沉默，而且各科成绩平平，所以他虽然是我们班的1号，但是老师、同学都不太在意他的存在，属于容易被忽视的豆丁。直到三年级，数学老师夏夏发现了他的数学天赋，给了他许多鼓励和表现的机会，慢慢地不公平的数学成绩在我们班崭露头角。但是，数学上的一枝独秀只是打破了他原本孤单、平凡的生活，却并没有给他带来好运。恰恰相反，因为受到关注，一个“匪夷所思”的罪名从天而降，重重地砸在不公平的头上。

一个风和日丽的天气，大课间的时候，熊猫超人指着不公平说：“这个家伙昨天亲了黑太阳。哈哈，他和黑太阳之间是千古绯闻！”

“孔子见南子才是千古绯闻呐！黑太阳又不是女的！”我冲着熊猫超人说道。

“不是女的才更是绯闻呢！我亲眼看见这家伙亲黑太阳的。

不信，你问黑太阳！”熊猫超人一脸得意地叫过黑太阳。

令人意想不到的是，黑太阳居然承认昨天不公平的的确确亲了自己。我看着站在熊猫超人对面的不公平，他生气，又发不出火来，脸上一副苦大仇深的样子，却不会动怒。最终，不公平在众目睽睽之下选择了沉默。本来，我很想帮他说点什么，但是，他的沉默让我无能为力。上课铃响起的时候，我想起妈妈曾经跟我说过“沉默是金”，也许不公平有一种天生的智慧吧。

四年级的老李时代，不公平爱清洁、爱劳动、爱集体的优点越来越明显地表现出来。他几乎每天早上都早早来到教室，主动扫地、拖地、打扫班级卫生。只要是他打扫过的地方总是特别干净，而且他的课桌和座位可以说是我们班最最洁净的地方。不公平因此常常受到老李的表扬，但是这也没能改变他总是被人欺负的厄运。

最近的一次集体舞彩排，不公平正被夹在熊猫超人和黑太阳中间，他们两个兴奋得两眼放光，瞅准机会就对不公平拳脚相加。我实在看不过去，一把抓住主谋熊猫超人向不公平伸出的拳头，再把他的腕子用力一拧。遭受突然阻击的熊猫超人用他的脚来反抗，于是，我就学起艺术体操俱乐部邵老师的模样，就势把他的脚捞在手上，两手用力往上一合，一个扭曲的卷腰、后踢腿动作就出现在我的眼前。

“哎哟，饶了我吧！”熊猫超人一改刚才的猖狂嘴脸，求饶的速度比他出拳的速度还快。擒贼先擒王，熊猫超人被制伏了，黑太阳的气焰自然灭了下去。至此以后，我们班没有人再对不公平动手动脚了。也正是因为这次我的出手相助，不公平对我产生了感激和信任。下课的时候，有时他会找我说说话、诉诉苦，而且他还把心里喜欢蛋蛋囡的小秘密告诉了我。那时，我们班大多数的男生都喜欢胡子小班长，或米老鼠公主，他们不仅争先恐后地去表白，而且还你追我赶地搞竞争。但不公平告诉我他不敢学那些男生，他害怕。这时，我一下子就想到了害羞的独角兽。我们班的这两个1号，他们的确有些相似之处呢！

尽管不公平的生活里常有不公平的事情发生，但是我仍然可以天天看见他认真劳动的身影，听到他优秀的数学成绩，感受到他对我的信任和友情。我尊重他的“沉默是金”，更希望时时看见他憨憨的笑容。

五、黑太阳

黑太阳的鼻孔里常年拖着一条黄河、一条长江。随着他鼻腔里发出的声声巨响，两条“巨龙”争先入“海”。那“海”是黑太阳的一块蓝色手帕，一天下来包裹了无数“惊涛骇浪”；而比那海更宽阔的大洋就是黑太阳的口袋。

有时，黑太阳会忘记“放海归洋”这件事，他喜欢用自己的“五指山”去挽住“江河”中的“滚滚波涛”，然后随意挥洒在“中华九州”——他自己的身上。

虽然黑太阳有如此“壮举”，但他偏偏很“谦虚”，只一个劲儿地盯着不公平叫“鼻涕男”，却生怕自己和这个“荣誉”沾上一点边儿。

二年级的时候，我曾和黑太阳同桌。初次相处，我不小心碰了他一下。出乎我意料的是，黑太阳迅速举起一双肉掌使劲儿地在我身上连拍10下。你要问我怎么记得这样精确？那是因为黑太阳是边拍边数、以一还十的武林高手，令人印象深刻啊！

黑太阳的显著才能基本都展现在美术课上。

一次，美术叶老师让我们画一种动物。黑太阳兴奋得两眼放光。不一会儿，那雪白的画纸上就出现了一个大大的猫头，然后是比例失调的小老鼠身子，陆陆续续地伸出了四只鬼鬼祟祟的老鼠爪子，外加一根细细溜溜的老鼠尾巴。

“这是什么啊?!”当老师下达了“收画”的命令后，鬼点子回头指着黑太阳的大作高叫了起来。

“猫鼠兽!”我脱口而出，替黑太阳回答。

“快来看猫鼠兽啊!”鬼点子大声吆喝起来。眨眼的工夫,我和黑太阳的座位被围了个水泄不通。

“给我看看!”

“给我看看!”

大家争相一睹“猫鼠兽”的风采。

虽然黑太阳的“猫鼠兽”几乎吸引了全班同学的眼球,但是叶老师的评语却是:外形设计极不和谐,缺乏美感。

说实话我有点为黑太阳的创意叫屈,可能叶老师不是他的知音。如果是我,一定这样给他评价:这是一次大胆的创作,这是一个和平主义的另类新形象,但请作者多加练习绘画技法,提高艺术表现力!

但叶老师的评语丝毫没有减弱黑太阳蓬勃的创作热情。他的这个绰号也是因为在美术课上的独特表现而获得的。

那节课上,叶老师说:“这堂课的内容是——太阳与机器人。请注意,太阳的创意,不要只是画上一个红色的——这个。”叶老师一边说,一边用手比画出一个圈儿,在我看来更像是“OK”。

“噼里啪啦”,大家把水彩笔盒打开了;“沙沙沙沙”,一幅幅作品渐渐跃然纸上;“刷刷刷刷”,叶老师在一组组间的走道上来回巡视。几个来回之后,她停在了我和黑太阳的课桌前,开口道:“Q海盗的太阳是个环形的七色彩虹,很棒!”我甜蜜蜜地抬起头,愉快地对叶老师说声:“谢谢!”但就在这一刹那,我发现叶老师眼中的彩虹已经化成了一道闪电,随即她抓起黑太阳的画纸打起了响雷:“同学们,有创意不代表丑和无理。太阳是光明的使者,不是黑暗的恶魔。你把太阳画成这么个大黑疤,太可怕了!”

“哈哈哈哈……”看着那个大黑疤全班同学爆笑不已,作者本人更是笑得前仰后合。从此我便叫他“黑太阳”。

黑太阳还有个小名叫“又又”。请不要读成“双”，那是分开的独立的两个字“又”、“又”。这个小名来源于一堂数学课。那天老师问了一道算式，答案是——66。黑太阳把手举得老高，又是伸脖子又是跺脚，可是老师却没喊他回答。但站起来的那位不太争气，回答错了。只听得黑太阳急切地大喊一声：“笨蛋！是又十又(66)！”

“哈哈哈哈……又十又，什么又十又啊？！哈哈哈哈……”全班同学都被黑太阳的口音逗笑了。“又又”就成了他的小名啦！

六、楼慢慢

楼慢慢出场了。看绰号就知道他是慢吞吞国的公民。什么是慢吞吞国的公民表现呢？简单地说，如果我们一群人在跑，你一定认为他是在散步的那位；如果我们一群人在走，你一定认为他是在挪动的那位。除了跑和走，楼慢慢做作业的速度也是出奇的慢。从一年级开始，几乎各科老师都在轮番邀请他放学后留下来补作业。因为万万和老李都有把欠作业的人名登记在黑板上的习惯，所以我们常常看到楼慢慢的名字能连续停留在“光荣榜”上好几天。

“楼慢慢——快把欠我的债还给我！”课间，冷不丁就会有老师冲着他吼一嗓子。唉，没办法，谁叫他是楼慢慢呢！

楼胖胖是楼慢慢的另一个绰号。从入学时的80斤，他已经长到了现在的150斤。楼胖胖非他莫属也！

楼胖胖跳绳，每甩跳一次都要伸出舌头做几个“狗喘气”。楼胖胖做体前曲，双手只能摸到膝盖，因为肚子太大，顶着身子弯不下去！

大扫除的时候，楼胖胖的同桌会在楼胖胖的课桌抽屉里发现写着“我太想吃肯德基了”、“我爱麦当劳”、“我爱肯德基”之类的小纸条。唉，楼胖胖啊楼胖胖，你想不胖都不行啊！

都说胖会影响人的行动和智力，但楼胖胖的存在证明，这句话只对了一半儿。因为从三年级到四年级楼胖胖体重增加最快的时间里，却连续两年获得班级奥数竞赛二等奖的荣誉，令所有人对他刮目相看。楼胖胖的作业依旧欠着，体育成绩仍然不及格，更没有停止过对“垃圾食品”的热爱，可是夺目的奥数成绩向大家展示着——凡事没有绝对！

从体重上看，楼胖胖肯定是我们班的“巨无霸”。从成绩上说，楼胖胖绝对有骄傲的资本。但是，温和的楼胖胖却从不仗势欺人。他圆如太阳的脸上对谁都是笑眯眯的，就算受到欺负和攻击他也从不以牙还牙，也不报告老师。所以我喜欢叫他楼宽宽。

说来奇怪，喜欢经常欺负、攻击楼宽宽的人竟然是我们班坐在前一、二排的“矮猴子”们，领头的是——熊猫超人。课间，熊猫超人就领着一群“猴崽子”对楼宽宽进行人身攻击，什么“死胖子、死胖、死胖子”、“大肥仔”、“猪头肉”之类的恶言此起彼伏。但楼宽宽根本不理会。他很投入地和小汽车在纸上设计他们的宇宙赛车，自动关闭了听觉。

楼宽宽的不理会没有使熊猫超人觉得无趣，反倒挑起了他的“斗志”。他利用上课的时间搓起了纸团，下课的时候，这些纸团就成了子弹，被他一颗颗地用橡皮筋发射向活靶子——楼宽宽。虽然楼宽宽对熊猫超人没完没了的暴力侵略心生反感，但他只是用手把击中身体的纸团扫开，或扔进纸篓，没有反击过一次。每每这时我想，他一定连痛觉也关闭了。

楼宽宽的同桌最为他打抱不平，经常下课的时候跑来对我说：“Q海盗，我都快看不下去了！他们又对楼胖胖……”

我就说：“是很过分！可是为什么他都不反击呢？”

楼宽宽的同桌被我问住了，很长一段时间里她都在观察楼宽宽，终于有一天她找到了答案：“Q海盗，我知道楼胖胖为什么不反击了！因为他的动作那么慢，追也追不上。与其把自己弄得气喘吁吁还不如像现在这样置之不理。你说，我讲得对吗？”

对于这个答案我心里只能认同一半儿。因为看着楼宽宽自然流露、始终如一的宽厚笑容，还有他不俗的奥数成绩，以及举手拂纸团时显露出的大师风范，我相信他有着与生俱来的独特天性——容天下难容之事，笑天下可笑之人！——“楼宽宽”是更适合他的名号！

七、小小宋

我们(6)班有两张最软、最受欢迎的脸。其中一张的主人是我，另一张的主人是——小小宋！而小小宋的脸比我更早出名。刚上一年级的时候，只要他一出现，立刻就有一群粉丝蜂拥而至，把他的脸当做面团，用手抓呀、搓呀、揉呀、捏呀……小小宋虽然很难受，但是他也有一些小得意：“这证明我很受大家的欢迎啊！”

小小宋很爱哭。一次，万老师让我们每个人带一个小挂钩到学校来，结果小小宋忘记了。早自习的时候，万老师看着小小宋非常温柔地问：“你的小挂钩呢？”

“哇——”小小宋突然憋红着脸放声号哭，然后倒着气儿喘着说：“我的小挂钩忘在家里了。哇呜呜——怎么办呀？哇——呜——”

面对这突如其来的变故，万老师木然地站在那里变成了一尊凸眼张嘴的雕像。

转眼就到了四年级。一次数学单元测验后，数学老师游游拿着小小宋的练习卷说：“这次有些失误哦。希望下次努力，加油！”

不久，教室里若隐若现地传来“乌突突——乌突突……”的怪声，闷闷的，但却越来越响。那时，我们班时有马蜂光顾，其中一只被倪大侠一剪刀断做两截；另一只被雪梅娘一脚踏成肉饼。熊猫超人一直对此事耿耿于怀，因为他觉得自己错过了好时机，这几天他时时刻刻盼着马蜂地再次出现，为自己寻找着扬名立万的机会。现在这“乌突突——乌突突……”的怪声自然逃不过熊猫超人

的耳朵。我看见他两眼瞪得溜圆，兴奋得发光，灵活的身子早离开了座位四处搜索着怪声的来源。

第三组的过道两边，同时出现了两个身影，一个是拿着一盒面巾纸的游游，一个是蹑手蹑脚、鬼头鬼脑的熊猫超人。他们不约而同地都在小小宋的座位边停了下来。这时全班屏息静气，目光都投向小小宋。

“乌突突——乌突突——”的怪声此刻变成了“呼呼——突突——呼呼——突突”，而且十分清晰，面对如此隆重的关注，小小宋自始至终把头埋在胳膊弯里，浑然不觉。

“胜败乃兵家常事。世上没有常胜将军。这次失误，下次再来！快把眼泪擦擦，小小男子汉快别哭了！”游游一边说一边抽出面巾纸往小小宋的胳膊底下送去。小小宋抓着游游递来的面巾纸，抬起头，擦着水蜜桃一样的眼睛。

“嘿！”熊猫超人大失所望地叫了一声，垂头回到自己的座位上去了。

“期中考试，语文第一Q海盗。”

“哇——”小小宋哭。

“月月赛，优秀中队是(5)班。”

“哇——”小小宋哭。

“……”

“哇——”小小宋哭。

别看小小宋爱哭，但爱哭的小小宋却很有干部缘。一、二年级的时候，他是我们班的体委，列队、喊口令都是他的强项！在他洪亮的声音里，我们个个精神振奋，整齐如一，朝气蓬勃！

三、四年级时，他当选为我们班的中队长，在全校大会时为我们整队，向大队长汇报：“列队完毕！”哇，那个帅劲儿，真是威风凛凛，让人羡慕啊！

小小宋有天生的好嗓子，而且个子也高，我认为列队和喊口令简直就是为他而设立的好工作！但是作为班干部，我觉得他还是有些其他方面的不足。

比如，我这个中队文艺委是归他领导的，我很希望他能主动关心我的工作，及时给予帮助、指点和建议。但是，到目前为止，这只能是个愿望。

有这个愿望的不仅仅是我一个，其他的中队委也有着和我同样的愿望。我们还希望他能按月组织大家召开中队会，让中队委和一些班级骨干力量一起讨论、总结班级的各项工作，把我们(6)班建设得更好！但是，这也只能是大家的另一个愿望而已。

上学期期末，“皇帝”老李下了一道“圣旨”给小小宋，让他行使“尚书”之职，为我们这些“官吏”算算一年的“俸禄”(工作积分)，限时三日。结果，三日未果，一周未果，两周眼看就要到了周末，好在“户部侍郎”万马奔腾代为承担，虽然龙颜有些不悦，但总算没有全部受罚。

尽管小小宋爱哭，也不算太敬业称职，但我还是很喜欢他。因为在他的身上有一个如星光般灿烂的优点，就是包容和善于发现别人的优点。

小小宋曾经和我们班的猛女同桌。猛女对小小宋是“百般宠爱”。只要下课铃响，猛女就“嚎——”的一声扑向小小宋，对他的脸进行捏、揉、拉、扯，而且口中念念有词曰：“牛皮糖，牛皮糖，一拉二尺长！小宋乖，小宋乖，再让我拽拽！”

整整一个学期，许多同学都认为那是他不堪回首的噩梦，可没想到在一篇周记中小小宋这样写道：“和猛女分开后，我想到以前她对我做的那些让我心烦和难受的事情却一点儿也不讨厌她。细想想，那也许就是她的性格。性格，每个人都是不一样的。猛女其实对我挺友好，她从来不生气、不记仇，心胸很宽广。即使我有时会对她发脾气，甚至吼上两句，但她从来不往心里去，顶多三分钟，脸上灿烂的太阳就又对着我放光了。想起和猛女同桌的日子，也是一段美好的回忆啊！”

这篇周记老李在全班朗读，深深地打动了我和班上许多人。在班长的竞选中，小小宋以47票高票当选。因为有一颗宽容之心的班长，有一个能去发现同学优点的班长，是我们大家都喜爱的班长！

我希望小小宋能快快地和眼泪告别，能快快地实现我们的愿望，能把他的优点更加地发扬光大，让更多的同学因为他的“伯乐之心”在(6)班的舞台上熠熠生辉，展现光彩！

八、熊猫超人

熊猫超人从外形上来看更像是孙悟空的传人，但是他就是超爱熊猫。熊猫超人喜欢熊猫并不是看完《功夫熊猫》以后的追风举动，据他自己说：“我就是熊猫超人，在妈妈的肚子里时我就是熊猫超人!”

熊猫超人说他爸爸是开动物园的。他爸爸的动物园里只有一种动物，那就是——熊猫。一、二年级的时候我们都相信，可是后来他自己都不相信了，就更正说：“我爸爸以后会投资给我开一个动物园。我的动物园里只养一种动物——熊猫!”熊猫超人自己设计了一种熊猫票，能得到这张熊猫票的人长大以后他就会送他一只真正的熊猫。我们班只有一个人有这个福气，那就是——米老鼠公主。

米老鼠公主是熊猫超人的心上人。他们几乎是不变的同桌，缘分很深。二年级的时候，熊猫超人在女厕所边的大树下把熊猫票送给米老鼠公主，并在票的反面还写了情书。有人看见熊猫超人鬼鬼祟祟地拉着米老鼠公主，然后别别扭扭地在树下读熊猫票，于是就一把抢了去，一口气跑到班上，当众宣读：

“公主：

我爱你！你爱我吗？我要送你一只熊猫，以后和你结婚，你愿意吗？你爱我吗？”

——爱你的熊猫超人

米老鼠公主是我们班的学习委，一、二年级时我们班所有的男生分成两拨，一拨人喜欢班长胡子小；另一拨人就是米老鼠公主的追求者。据我观察，米老鼠公主一开始并不把熊猫超人放在心上，她更喜欢和她一个幼儿园的老同学周小子。可是自从熊猫超人送给她那张珍贵的熊猫票后，她的态度就渐渐有了转变。再加上后来周小子爱哭，又发胖，米老鼠公主就对他疏远起来，熊猫超人的地位就提升了。

熊猫超人虽然喜欢米老鼠公主，但大部分的时间他是和金刚兄弟们一起度过的，他对米老鼠公主喜欢的芭比式游戏不感兴趣。金刚兄弟是我们班体力最好、淘气级别最高的一群人，他们的大哥是——熊猫超人。每当下课，熊猫超人就会领着他的金刚兄弟们先练一会儿太极拳，远远望去就像一群张牙舞爪的小鬼们在做慢动作，很是好笑！练完一套拳，他们还要展开一对一的单打技能训练，这时号称黑带的熊猫超人就会显摆起他的矫健身手，让金刚兄弟们更加叹服。

熊猫超人虽然是金刚之王，但是他的各科成绩却是优等，这让他的金刚兄弟们在服气的同时更多出几分羡慕，这也让各科老师在挠头之余多出几分对他的喜爱。但更多的时候，他就是老师眼里的烦，心头的慌。

记得四年级的一天，熊猫超人翻出栅栏，坐在三楼走廊外的花台上笑看操场风云，享受鸟语花香，把经过的老李看得头皮发麻。他想喊又不敢大声，有火又不能发作，于是只能用太白金星对孙悟空式的语气，轻声说:“熊猫超人，你快出来，这样太危险了。”

“老师，没关系！这里可好了！”熊猫超人冲着老李一脸灿烂。

“这里不是坐的地方，快、快出来！”老李显然心里着急。

“我有功夫，这是小意思。”熊猫超人的双脚在空中荡起了秋千。

"小猴子，快出来！"大康在走廊上冲着熊猫超人嚷嚷。

"我不是猴子，我是熊猫超人！"熊猫超人尖声叫道。

"小猴子，快出来！"大康仍然不改口。

"我是熊猫超人！"突然，熊猫超人大叫一声，反身蹿回走廊，眨眼的工夫和大康消失在走廊尽头。

同学到现在，我和熊猫超人几乎属于井水不犯河水的那一类。虽然我曾为了不公平和他动过手，但真正的一次较量是在体育课上。那堂课我们考仰卧起坐。我一分钟做了58个，老张(体育老师)对我竖起了大拇指。没想到58这个数字在熊猫超人的心中燃起了挑战的烈火，从秒表按下的那刻起，他铆足了劲儿地和这个数字较劲儿，最后冲上了60，躺在垫子上捂着肚子喊"疼"！他赢了，赢得惨烈、悲壮！但他也让我看到那瘦小的身体里积聚着不服输的大能量，我尊敬他！

九、二肥

二肥的前面没有大肥。他之所以叫二肥，是因为我们班胖子的第一把交椅上坐着楼胖胖。

二肥坐在最后一排，个子挺高，皮肤很白，如果在他的眼睛周围画上黑框框，他应该就是个标准的“功夫熊猫”！

二肥爱吃，上课的时候也不停。他“偷吃”的本领很强，从来没被老师发现过。从巧克力、饼干，到寿司、火腿肠，甚至珍珠奶茶……二肥随时随地，想吃就吃。除了在上课的时候偷吃零食，二肥还经常举手要求去厕所，这不用说，一定是吃多了的反应！

对于二肥的故事我了解得少之又少，因为他基本就属于“默默无闻”的那一类。朗诵队，没有他；合唱队，没有他；舞蹈团，没有他；校运动会，没有他……英语课，他睡觉；数学课，他哑口无言；语文课，除了读过几次课文段落，其他的问题一概沉默……在筹备(6)班集体10岁生日会时我是总策划，他分担部分节目PPT的制作，但是这份工作也不是他亲自交给我的。在汇总资料的时候，我发现二肥的PPT的插图都是各种各样的美食图片，他真的对食物很执著！

但是记忆中，二肥二年级时有过一次惊人的发言，那是我心里对他最深刻的印象：

那节课，厉害的万万站在讲台前对我们说：“熊猫超人总是打架、伤人，还不守纪律、攻击同学、屡教不改！这样的同学还能待在我们(6)班吗？同意他继续留下的请举手！”

“我不举手。他经常拽我的辫子，疼得要命！”

“我也不想留他。他刚才还打得我牙齿都摇晃了！”

“他不配待在我们班！他乱给同学起外号，骂人，不文明！”

万万的话音刚落，教室里窃窃私语，都是控诉熊猫超人的声音。这时只有一只手举了起来，他的主人就是二肥。

“二肥，你为什么举手？你知道举手的意思吗？”从万万的问话中我们不约而同地把惊讶和好奇都投向了二肥。

“是的。我举手的意思是要留下熊猫超人，不应该赶走他。”二肥有点羞怯但又很坚定地看着万万。

“噢？请你说说留下他的理由。”万万大声说，“安静，听二肥发言！”

立刻，我们都闭了嘴。教室里静得能听见窗外风儿吹动梧桐树叶的沙沙声。这时，二肥开口了：“我认为我们不应该赶走熊猫超人。因为他虽然打架、不守纪律、欺负同学，但是他毕竟是我们(6)班的一员。如果没有了熊猫超人，我们(6)班的快乐也就不完整了。我们可以帮助他，也可以原谅他，但是不能不要他。如果没有了熊猫超人，我们(6)班就不是真正的(6)班了。所以，我觉得我们应该留下他！”

“啪啪啪啪！”听完二肥的发言我情不自禁地鼓起掌来，然后我听到了更多的掌声，回头看见万万的脸上绽放着石榴花一样的笑容，对二肥竖起了大拇指。那一刻，我觉得二肥的身体里不仅仅装着各种美食，而且还装着满满的爱！

十、老天王

老天王和我同班，从年龄上来说——10岁，应该和“老”一点儿也不沾边，那“老”字何来呢？且听我慢慢道来。

上课的时间是老天王的休眠期。他趴在课桌上，像一只寒虫，似乎已经慢慢地变成了蛹。当老师喊到他的名字，向他提出问题时，他总是极不情愿地挣扎起身子，双手下垂撑在桌上，头往前一探，嘴巴张成一个无声的“啊”，眼神木愣愣的，背还有些微驼——仿佛风烛残年的老人，让人心生同情。“站到后面去！”年轻的老师们对待这位“老人”极度没有同情心。他们时常清一色地对他咆哮、怒吼，语句带着惊叹号！“老人”却很顺从地挪动脚步，乖乖地听从指令，宛若已进入了耳顺之年。

下课的铃声一响，这位在人间受苦的“老人”立刻脱胎换骨成了威风凛凛、号令八方的“天王”。他或是脚踏课椅一跃而起，或是从后墙角一飞冲天，声如霹雳：“天兵天将们，跟我冲啊！”于是，一群喽喽欢呼雀跃，啸叫着，跟着天王腾云驾雾冲出教室，冲出楼道，冲进操场。随着天王一声大喊：“开打！”众天兵用“石头”、“剪子”、“布”相互对垒，在“三个字”中相互捉对厮杀……我敢肯定老天王是天王界里史无前例的内讧首领！面对混乱加无厘头的一群兵将，天王异常开怀！他的“鸡族笑声”连续不断，响彻云霄！什么是“鸡族笑声”？你仔细听听，那笑声里一会儿有公鸡鸣，一会儿有母鸡叫，一会儿有小鸡啾——超丰富，超独特，超快乐的！

老天王曾经干过一件至今令人匪夷所思的事情。那是三年级的一节体育课后，杜鹃花打开铅笔盒惊叫起来，紧接着许多人急急忙忙地跑回自己的座位，打开铅笔盒——此起彼伏的惊叫声在(6)班教室里爆炸！和大家一样，我的铅笔盒里也有一张小小的纸条儿，上面写着让大家惊叫连连的三个字——“去死吧！”

这是谁干的呢？直到鸭梨董出现后，答案才有了眉目。只见他从自己的铅笔盒里拿出那张纸条儿，歪着脑袋琢磨了一会儿，笑着说：“肯定是老天王干的！他的字我认识。”

“太不像话了！”

“走！我们告诉老师去！”一群愤怒的女生气哼哼地向办公室涌去，七嘴八舌地把鸭梨董的判断报告给了万万。

放学前，万万严肃地说：“今天我们(6)班发生了一件很不寻常的事。有一个人写纸条诅咒了班里27个同学。他的行为让大家很气愤！因为他破坏了班级的团结、和谐。大家认为这个人是老天王。我想问一问，老天王，这是你干的吗？”

老天王坐在座位上，背佝偻得更加厉害，连额头都若隐若现的。他的身体似乎在微微地发抖，一副就要魂飞魄散的样子！他的同桌心生怜悯地说：“应该不会是他吧？”但鸭梨董很肯定地说：“应该是。如果不是他，他应该会辩解的！”

过了许多天，他的同桌告诉我：“Q海盗，那些纸条儿的确是老天王写的。我问过他，他轻轻地点头承认了。我真不敢相信他会干这么可怕的事！”

对于“老天王的纸条”这件事，老师的定义是：“破坏班级团结、和谐！”大多数同学认为：“可气！可怕！”他的好朋友则会拍着他的肩膀，说声：“呵呵，真有你的！”而我对于此事却有一个与众不同的结论。尽管这也只能是个假设，但我认为这是最接近真相的。

语文里讲句子的联系，有一种叫做“因果关系”。老师说，任何结果都会有一个导致这个结果的合理原因；有前因，才会有后果。数学里有一类问题叫“还原”，做这类题的诀窍在于——倒推！要会从结果一步步地还原真相，找出真正的原因。把这两个概念结合一下，我判断“老天王的纸条”这件事无论是从老师的定义，还是同学的认为，或是他朋友的感叹，都只能归于——非结果。因为谁也没有找出事情的缘由和真相。所以，在这里我要跟大家讲讲我的猜测！

那阵子，我们班在闹“鬼”风，始作俑者是——倪大侠！一天早晨，倪大侠跑到我和杜鹃花面前神秘而诡异地说：“告诉你们，你们看守的这个花坛是个叫羊城的蒙古人的牙齿变来的。羊城他最讨厌干净，你们每天这么认真地打扫花坛是会惹恼他的！说不定，他会要你们的命呢！”

“啊！”杜鹃花倒吸一口凉气，吓得脸色发青。

“怕了吧？”倪大侠向我们挤挤眼睛，弄得我们浑身直起鸡皮疙瘩。

“那该怎么办啊？”杜鹃花的声音颤抖着，话里带着哭腔。

“你们知道，我奶奶是蒙古人。我们家和羊城是老乡，对他还是有几分了解的。只要你们今天回去后不洗澡、不洗脸、不刷牙，就可活命。否则——嘿嘿！”倪大侠说着又冲我们龇了龇牙，翻了翻白眼，“很难活过明天哦！”

这家伙说完后一溜烟儿地跑走了。惊恐绝望的杜鹃花抓着我的手焦急地问：“怎么办？！”

“你也信？！”我壮着胆说，“什么蒙古人羊城？据我所知，蒙古人大都叫什么‘铁木真’、‘巴林’、‘窝阔台’、‘朵颜’，或者什么‘木尔’，这个羊城根本就不可能是蒙古人。一定是倪大侠编来的！”

“可是她奶奶真的是蒙古人！”杜鹃花深信不疑，“我们会死的！”杜鹃花要崩溃了。

下午放学后，我们朗诵组和倪大侠的合唱队在音乐教室里联合排练一个新年节目。杜鹃花把羊城的故事讲了出来，向大家求助。大家七嘴八舌地讨论，最后的结果竟然是——“也许，倪大侠就是那个羊城的鬼魂！”于是，那天的整个排练变成了——“倪大侠是鬼吗”的讨论会。

“哎，她为什么每唱完一遍都要用手拔一下鞋子？”

“还有，她总是不停地揉眼睛呢！”

“看，她上下拉衣服的拉链！很反常的！”

“哎呀！倪大侠一定就是鬼羊城的化身！她太不寻常了！”

回家的路上，我问婆婆：“世界上有没有鬼？”

“没有！”婆婆想也不想，斩钉截铁地回答。

晚上，我把这件事告诉了妈妈，想听听她的意见。

“这是个很精彩的故事！不可否认倪大侠是个讲故事的高手哦！她跟妈妈小时候有几分相似呢！那时的妈妈也喜欢编类似的鬼故事来吓唬班里的胆小鬼。如果有人信了，我心里乐得真像开了花！”妈妈挺兴奋地说。

“鬼，是文学创作的产物。中国古代有本书叫《聊斋志异》，里面说的都是鬼故事。他的作者蒲松龄被认为是编鬼故事的高手。在他的笔下，有许多鬼比人都善良、可爱、美丽。在西方也有许多鬼故事，最有名的就是吸血鬼。现在有人把它们拍成了电影。那些鬼和人一样，有好有坏，有美有丑。可见鬼是人创造的，它们的特点和人都很相像，只是要比人多了更大的本领——能上天入地，呼风唤雨……它们其实和孙悟空、弥勒佛这些神仙差不多，只是一方为神，相当于人类中的好人；一方为鬼，相当于人类中的坏人。你也可以编神话，也可以编鬼怪，至于它们的本领，就看你的想象力了！

“哦，对了。妈妈有一点很认同你，就是在倪大侠的这个故事中，羊城这个名字的确是个败笔。如果是我，一定会编个更蒙古的名字，使整个故事更加有逻辑。所以啊，讲故事的人一定要知识丰富，否则被听故事的高手逮到漏洞，一切都白费了！”

“呵呵，妈妈，你小时候的粉丝一定很多吧？你编的故事一定无懈可击！”

“呵呵，你只猜对了一半儿！我的粉丝是不少，但我的故事其实漏洞百出。不过，也许我的粉丝们不太跟我计较，或者那时运气好，没有遇见你这样的高手！”

“哈哈！是你运气好，没有遇见我！否则我一定戳破你的鬼话！不过，妈妈，我还是会当你的粉丝的！”

“别呀！我们俩干脆搭档一起编故事吧！那一定是珠联璧合，无懈可击！”

“真是好主意！”我激动地抱着妈妈，用嘴唇突袭她的鼻头儿，“老妈，我们是蜜糖加无敌！”

第二天早上，我和杜鹃花在花坛边相遇了。我问她：“你还好吧？”

她把我拉到一边，轻声说：“可把我紧张死了！我昨天故意拖长了做作业的时间，逃过了洗澡。然后，我弄湿了毛巾，躲过了洗脸。但是，我要是不刷牙，非被老妈直接掐死不可！上帝保佑，我终于活着见到你了！”

杜鹃花的劫难总算过去了，可是倪大侠的鬼故事在我们班一个接一个地被制造，被追捧，被风传。(6)班刮起了“鬼风”。所以，我想“老天王的纸条”只是他讲鬼故事的一种独特方式而已。他的败笔在于他的字迹被鸭梨董破解了。倪大侠凭借鬼故事可以成为明星，备受关注；但老天王的鬼故事却让他自己吓出身身冷汗，成为众矢之的！最不幸的是，(6)班除了他和我之外，没有人认为他那是在讲一个鬼的故事——真是凄惨！苍天下，我仿佛看见老天王孤独地唱道："不要愤怒地责骂我，哥只是个传说！精彩的故事无人晓，后悔心里落！唉!!!"

十一、鸭梨董

鸭梨董是我小学生涯里的第一个同桌。有一阵子，我总是会不自觉地盯着他的脸看。一天，终于灵光一闪——原来他的脸形看起来特别像一个成熟了的大鸭梨。鸭梨董就成了他的外号。

鸭梨董喜欢做我的影子。我对他笑笑，他也对我笑笑；我歪着头趴在课桌上，眨眨眼睛，他也歪着头趴在课桌上，眨眨眼睛；我摸摸自己的脸，他也摸摸自己的脸；我轻轻地拍拍他的肩膀，他也轻轻地拍拍我的肩膀……我们俩你看看我，我看看你，就像照镜子一样。

一次英语课，毛老师让我们班齐声朗读书上的对话。在稚声稚气、拖腔拖调的巨大声浪中，鸭梨董突然双手捧出一大把弯弯曲曲、皱皱巴巴的纸条送到我的嘴边，对我说："Q海盗，这是你最喜欢吃的鱼肠子，我为你做了很久，你快把它们吃了吧！"天哪！我的眼睛立刻变成了斗鸡眼儿，看着这些从天而降的"鱼肠子"，心里直发毛。我的脑子一遍遍地在记忆中搜索——"我真的很喜欢吃鱼肠子吗？""眼前的鱼肠子真是我垂涎三尺的美味佳肴吗？"天啊！搜索的结果是一片空白。我只觉得自己头皮发麻，眼前金花四射！

"我一定要吃吗？"我问鸭梨董。

"当然啦！你快吃吧！再不吃就不新鲜啦！"

看着鸭梨董手中那捧难却的盛情，我囧得不知如何是好！

"Q海盗！鸭梨董！你们在干吗？！"猛然间，毛老师洪亮的声音传来，这时，我却莫名其妙地打了一个喷嚏。只见，鸭梨董手中的那些“鱼肠子”飞了起来，有些掉在桌子上；有些挂在他的手背上；还有些在空中打旋，又飘落到前面同学的马尾上。立时，全班大笑起来。

“你们俩给我站起来！”毛老师难掩胸中的怒火，我们只得忍住笑，乖乖地执行她的命令。

那是我人生中第一次被罚站。本来应该感到倒霉透顶，但是因为罚站却躲过“吃鱼肠子”一劫，心中更多的是庆幸。我真的喜欢吃鱼肠子吗？为什么鸭梨董那么肯定？难道是我在他梦里讲的玩笑，他却当了真？还是……???我没有问他，所以现在也不知道答案。

音阶有低有高，天气有冷有热，我跟鸭梨董的同桌缘也有“不高兴”的时候。那是一次数学期中考试快要结束的时候，在交卷前我发现了一处错误，急需橡皮的帮助。可是，那时我的橡皮完全不在视线之内，而“收卷”的号令在耳畔一遍遍响起，化做声声催促让我着急。这时，我看见了手边的鸭梨董的橡皮，一把抓了过去；几乎与此同时，鸭梨董的手也直奔这块橡皮而来。就在我把橡皮抓在手里的那一瞬间，“给我！这是我的橡皮！”鸭梨董叫了起来，声音很响，一下子传到了于老师的耳朵里。

“怎么回事?”于老师向我们的座位走来。

“Q海盗抢我的橡皮！”鸭梨董的声音里透着不高兴。

“你为什么拿他的橡皮?”

“我，我想擦一下。”

“为什么不用自己的?”

“因为着急交卷子，怕来不及。他的橡皮正好在桌上。”

“我也要用。我这里也要改一下！”鸭梨董着急地用手指着他的卷子。

“考试、测验、上课，都必须带齐文具。每位同学都要用自己的文具。没有特殊情况，没有得到老师的允许不许乱用别人的文具，知道吗，Q海盗？好，现在离下课还有1分钟，你们快改吧。改完后请按时交卷！”

在下课铃响前，我和鸭梨董都交了卷。那次考试我俩的数学成绩都是100分。那次数学考100分的同学都得到了于老师奖励的“大粑粑贴花”，只有我和鸭梨董除外。不过，我们没有不高兴，只是不约而同地相互吐吐舌头，“橡皮风波”就此结束。

一年级下学期我有了新同桌。二年级、三年级，我每学期的同桌都不是鸭梨董。我们的交往渐渐减少，加之他在课堂内外比较安静的个性，我几乎很少听到他的故事。但四年级的时候，一个噩耗传来，那个不幸的主角居然是——鸭梨董！

那阵子，我们班正流行“尺子大战”。课堂上，有些角落“暗潮涌动”；课间时，各方神圣手持法器（尺子）大显神通，男仙女仙斗得如火如荼。鸭梨董也不例外，他参加了一个小阵营比拼，玩儿得很投入。

“带我一个！”刘博士手握一把缺牙、驼背、骨折钢尺碰了碰鸭梨董，要挤进来参战。

“不要你！”鸭梨董没有让他的意思，还下了逐客令。

“带我一个！”刘博士一心要上战场，不顾一切往里挤。

“你干吗！”鸭梨董被挤怒了，用手肘一搡，刘博士被撞到了窗台边。窗台下正好有一排不锈钢架，上面钉着一些金属小挂钩。刘博士抓起一个被震落的小挂钩挥手向鸭梨董打去，好出出胸中这口闷气。

“啊！！！”只听一声惨叫，鸭梨董的眼皮上顿时出现了一条长长的血口，眼睛变得乌紫。

“快去找老师!”不知谁喊了一声,人潮涌着鸭梨董向办公室去了。

第二天,鸭梨董戴上了一副黄色镜片的眼镜来上学了。医生说,他的眼睛虽然逃过了失明的厄运,但是从此成了黄色辨别色弱。听说,那天放学,鸭梨董的妈妈在老师办公室伤心过度,气愤难平,瞪着刘博士直想把他撕得粉碎!而刘博士的老妈一边尖声责骂,一边让她的儿子饱尝了一顿铁拳。说实话,不了解情况的人一定认为鸭梨董小气在先,才会惹祸上身。但我要为他说句公道话。那个学年,刘博士的家里多了一个“刘小弟”,刘博士一下子野性蓬发,在学校四处惹是生非,不是今天踢伤这个,就是明天打疼那个,班级里无论男女几乎都被他惹毛了。他成了猫狗嫌、人人厌的那种角色。鸭梨董的眼睛事件是刘博士“惹是生非史”中最为严重的一个。但鸭梨董并没有因此在心中埋下仇恨的种子,有时候,刘博士有事找他帮忙,他也会给予帮助。虽然他们不太会成为情投意合的好朋友,但是在(6)班,他们依然是好同学。戴着黄色镜片的鸭梨董,是不是很值得赞一个?

十二、难上难

“你是怎么搞的?!”

“太差了!”

“差得要命!”

“我要晕了!”

“我无语了!”

“唉……”

这就是历届老师对难上难的直接评价。在一、二年级，全班99%都考100分的那些日子，难上难总是在八十几分的秋千上晃荡；三年级的时候，一次数学测验他考了93分，不仅各科老师都轮番给予表扬，数学老师更是兴奋得跟过圣诞节一样，把橡皮、铅笔、圆珠笔作为奖励全部塞到他的手上，并用充满激情的声音对他说:“这是你学习生涯的一个里程碑！希望从今天开始，你能够在课堂上找回自信和快乐!”

毕竟老师不是先知，也不是巫师，难上难的学习生涯并没有从那次以后春光灿烂起来，相反，不久后的英语期末考试他考出了全年级最低分——18.5分！那次，难上难难过地哭了。这是他第一次因为成绩而哭，我们都很同情他，而且所有(6)班的师生都相信:有眼泪就有希望！难上难知耻而后勇，来年一定打个翻身仗！结果，来年的英语百词竞赛，难上难独步天下，以惊人的1分，红遍全校，让无数人瞠目结舌!“你倒是蛮有时间观念的，居然100个词里就会写一个clock！你既然这么珍惜光阴，怎么不知道发奋呢?！1

分！——可以加载校史了！你还真有水平哎！”英语老师感叹着，但那表情还是让人更多地想到一只被惹生气的河豚！

难上难的课间，不是在老师办公室补作业，就是在教室里写订正。而且几乎每天放学他都要被老师留课，最夸张的一次还被万万带回过家。面对这些，难上难从不愁容满面，他总是面带笑容，顺从应对。而且为了给自己挤出游戏时间，难上难把课间的订正取消——反正放学也要留下来，能轻松时且轻松啊！“你的心态真是好哇！”许多老师都这样对他“赞叹”过！

语、数、英对于难上难来说算是“瞎了”，但音乐课上也似乎看不到他的天分。无论什么歌，难上难都用一种声调来处理，而且绝不是唱，而是读或念。可是细想想，也许这也算一种独到之处，因为艺术本身就是个性的。这也许就是传说中的“难腔”吧，只是知音难觅，目前无人欣赏，以至于我也不确定是不是该建议他往此方向继续坚持、钻研。

美术课，他也很难有才华施展。几乎所有教过我们的美术老师都说他的画技一直停留在幼儿园时期的单线条阶段。谁也不能批评艺术有对错，但是，在欣赏与不欣赏的天平上，所有的人都站到了一边，难上难是孤独的。

体育课上，他最喜欢的项目是跑！无论在小雨里，或是赤日下，他是林间的小鹿，是无拘无束的风！在那短暂的时光里，他积聚的所有能量在瞬间释放，脚下仿佛踏着哪吒的风火轮儿！可惜，因为他不能做个遵纪守规的运动员，所以，他的体育明明应该得优，但却时时是良。可难上难不太在意，他追求自我的过程远远比别人给的结果重要。

我和难上难的交情不是在作文课上就是在作文本里。因为我每次的习作或周记都被老师选为范文在班级朗读、点评，因为每次的文章都不乏幽默、搞笑的内容，所以只要我的本子被语文老师抓在手里，就会听到难上难和熊猫超人他们兴奋地喊叫："笑来了！笑来了！"他们听我的文章从头笑到尾，甚至我认为一点儿也不好笑的地方，他们也用120分的力气放肆而赤裸地开怀大笑，从不吝惜，十分给力！而这样的笑声也的确成为我对下一篇习作精心打磨的动力，我应该真诚地谢谢他们！但轮到抄我的作文，就不是一件让难上难痛快的事了。因为四年级时，他的作文也只能写出不足200字的病句，语文老师开始让他抄写我的作文来体会写作的方法。"Q海盗，你能不能少写点儿啊！"一天下课，难上难急切切地跑来向我投诉，一脸苦楚："我数了数，你怎么每篇都要写一千多字啊！"

"喏，这还有一篇3000字的童话，我没交！"我从活页夹里抽出三张A4纸拎到他面前。

"谢了！"难上难向我深深一揖，跑回座位继续抄写去了。

难上难的成绩虽然十分困难，但他却很爱班级。还记得那次他英语考了18.5分后的哭泣吗？事后我们得知，他的眼泪并不是为自己流的。因为那次他的18.5分，我们以0.03分的弱势与年级总分第一的荣誉失之交臂，难上难是因为觉得是他拖累了全班，所以才伤心痛哭的！

难上难虽然成绩"十分困难"，但是他的学习用具却往往带着双份儿，遇到没有带的同学，他都会慷慨相帮。所以，难上难在我们班的人缘不错，大家不会因为他的成绩而排挤、孤立他。难上难虽然成绩"十分困难"，却很讲义气。他是金刚兄弟中的一员，每每遇到家族成员和别人发生口角，他不问缘由总是站到兄弟一边，有理无理都全力维护！所以，他在金刚兄弟中很受欢迎，熊猫超人也对他另眼相看。最近，我们班在流行玩悠悠球的游戏，而熊猫超人和难上难都是我们班数一数二的悠悠高手，看着那球、那线在他们的手中上下翻飞，花样百出，有无数的眼睛都流露出羡慕和欣赏。难上难，知道吗？我也是你的粉丝呢！

十三、闷姜

闷姜，很闷。你也许很难想象，他的好朋友里竟然有猛女、老天王。当然，小小宋、鸭梨董也是他的亲昵族群。他们在一起最喜欢做两件事，一件是——玩赛尔号；另一件是——玩悠悠球。闷姜是他的族群对他的特别称号。为此，猛女还作了一首打油诗，内容很无厘头，但却超流行的：小江小江是闷姜，到乡下，只会插秧；抱美女，喝芹菜汤！从诗中文字来看，小江应该改姓为美女姜似乎更确切，但祖宗是不能乱认的，所以姓也不是说改就改的；但外号是另一回事。

闷姜的特点就在于一个闷字。而在我看来，这个闷字里有一种静态的美。从他白皙的皮肤、匀称的身材和清澈的眼神里，你就可以读出安静，那感觉和看熊猫超人、刘博士有着天壤之别。

闷姜写得一手好字，字体方正而灵秀，是班级里许多同学所不及的。他是(6)班第一批用钢笔写作业的人中少数的男生之一。但他的字就如同他的人一样，静静地绽放着，从不显山露水，争荣斗誉。他不喜欢为竞赛、展示而写。若让人报报(6)班的小小书法家也不会有人想到提起闷姜的大名，但看到他的字，你就不得不说："写得不错呵！"

闷姜闷得最出名的一次是在一堂科学课上。那堂课，老师让我们体会闷气的感觉。后来大家兴致高昂，就干脆在班级来了一场闷气竞赛。结果，闷姜以1分30秒的成绩夺得冠军。比赛现场猛女领头带动一干闷姜的亲昵族群大声助威："闷姜！闷姜！"闷姜满脸通红，双目圆睁，闷出了一个——No. 1！从此，闷姜在六班算是扬名立万了！

闷姜有一阵和鸭梨董特别好。那时，我们班正流行科幻小说，或是人类未解之谜之类的读物。一天，鸭梨董特别神秘地跑来对闷姜说：“我发现了一个能量黑洞，那里可能是外星人通往地球的入口。”于是，大课间的时候，两个家伙儿鬼鬼祟祟、神神秘秘地脱离了大部队，向厕所后面的死角跑去。

搬开一个个垃圾筐，拿开一把把竹扫帚，一面石灰斑驳、裂纹纵横、布满青苔的墙壁上，一个黑洞映入眼帘。

“真黑！”

“外星人一定就在里面！”

“走！我先进！”

鸭梨董兴奋地搓着手，一脚跨入了黑洞。只听“咔嚓”、“扑通”，鸭梨董趴在了一摊乌黑的水里。紧接着，闷姜也跃入了洞穴。“扑通”一声，一屁股坐在了鸭梨董身旁。当两人手忙脚乱地站起身，发现一伸手就能触到石壁，那黑洞只有浅浅的两步之深，就都耷拉着脑袋出了洞。阳光下，一股恶臭直刺口鼻，猛想起那摊乌水可不是什么好水。后来，有好事的同学连续几日去那黑洞附近打探，发现学校食堂经常往那洞附近的水沟里倒污水；更有人发挥想象，说那沟也是冲洗厕所之后的大便、小便的必经之路。

闷姜的闷，是超凡脱俗的。我之所以这样说，当然是有过硬的理由。不久前，我班刚刚发生了一场轩然大波，幸免者寥寥，而闷姜就在其中。

下课铃响了，鹏程万里拿出普洱茶走到我的座位前，说：“Q海盗，我请你喝普洱茶。我们一起去泡。”

“好！”我爽快地应着，和鹏程万里手牵手出门去了。一路上我们聊着夏日里的丽江、云杉坪里的童话、蓝月谷里的清泉……等我们回味着普洱的余香回到教室的时候，等我们看到老李那铁青的脸的时候，才知道(6)班刚刚发生了一起大事件！

事情要从一阵风说起。就在我和鹏程万里出门的那一刻，班级里蹿进了一股莫名其妙的风，把东北角的窗帘吹得鼓了起来，像一个充气口袋。就在这时，玛丽张正好路过，她不仅看见了这个奇特的“充气口袋”，还发现了难上难桌上的一大盒彩色水笔。于是，她踮起脚尖，一手捞住高高飘起的窗帘的一角，一手从难上难的彩笔盒中拿起一支彩笔，把它轻轻放在鼓起的“口袋”上，然后乘风一扬——那给力的风带动着窗帘卷上云端，那彩笔如孙悟空似的翻着跟斗，辗转身形，神秘地不知去向了。

“哇！好精彩啊！”舞蹈妞拍着巴掌大声地赞美着。呼啦啦，呼啦啦，一群群的人向东北角聚集，一支、两支、三支的水彩笔被“充气口袋”扬上天空，抛向大地。

“天女散花啦！天女散花啦！”舞蹈妞兴奋得手舞足蹈。

“骨灰撒大海，鲜花伴伟人！”倪大侠一边背着课文，一边抓起一把水彩笔放在“充气口袋”里，准备给大家来个“High”的！

“好哦！”

“太棒了！”

“新年快乐！”

“幸运新年撞大运，谁要是被彩笔砸了头，谁就是最幸运的人——！”学究程在人群中也一改往日里的沉稳，忘形地喊叫起来。

再看米老鼠公主，她自动扮演起了发笔器，把一支支的水笔发放到伸向她的渴望的手中。(6)班沸腾了！气浪、声浪和着狂欢的风发射着支支彩笔，爆发出庆圣诞、迎新年的热情！

“你们在干吗?!”这时,小皮球挤进了人群,他夺下几支水彩笔,高叫着,“你们都疯啦?!”

“要你管!”愤怒的人群很快作出反应,把这个不合时宜、不识趣的家伙赶跑了。于是,狂欢继续!

被扫地出门的小皮球在楼梯口撞上了正准备回教室的熊猫超人。

“快,快跟我去捡笔!他们都发疯了,把难上难的水彩笔全砸下楼了!”

“走!快!”熊猫超人立即转身冲下了楼。据他本人后来讲述,那些水彩笔,东西南北全面开花,最牛的一些已经飞出校园,躺倒在马路上。

那天的风真的有些人来疯——一阵大过一阵地不停地吹,直到日本寿司一把抱起难上难的水彩笔盒子跑去老李的办公室,才渐渐偃旗息鼓了。

那天,老李一改往日的温和,处理方式和“面包家族”事件那次完全不同。因为,他说这次几乎全班性的狂欢风波是以破坏难上难同学的私人财产和损坏班级公共财物为核心的,这跟法律有关,跟道德有关,跟人类秩序有关,不是简单的顽皮。所以,那天我们不仅要看着老李很难看的脸色,听着他很严厉的训斥,而且所有参与者、旁观者都要写500字的事由说明及心灵体会。而除了我和鹏程万里、熊猫超人这些不在场的幸运儿,教室里真正的未涉案者只有蛋蛋囡和闷姜。他俩一个专注于图画,一个专注于玩悠悠球,完全与世隔绝;他们的自控能力和隐者般超然物外的心境是一等一的——强!

十四、大康

大康三年级的时候是穿着他爷爷的黑皮鞋跳集体舞的。他爷爷的黑皮鞋是43码的，大康的脚够大吧?！这样大脚的人，当然个子也不会小。大康一年级的时候就和万万差不多高，那是我们班绝对的——捷安特(巨人)！可这巨人一点也不强悍，他最喜欢的是趴在万万的后背上撒娇。除了和老师撒娇，大康也很愿意为班级作贡献。因为身高的优势，班级里爬高上梯的活儿都是他抢了做。而且大康几乎每天都早早地来到学校为班级打扫卫生，基本上是风雨无阻！如果你也是“早班族”，你就不难发现我们班那个手握大拖把的“捷安特”，他没有魔法，却真的勤劳！

大康不仅个子大，他的眼睛也是大号的！只要你看过去，就会发现那里面闪烁着善良、助人为乐的光芒。一次午饭，科学老师来我们班和同学们共进午餐，但是她没有勺子，而我们班也没有多余的勺子，这时候大康自告奋勇地站起来说：“老师，我去给您拿一把！”说完，他放下自己的饭碗，从后门蹿进楼道，留下一串“咚咚咚咚”的下楼声。按这个速度去食堂，大康顶多五分钟也就奔回来了，可那天偏偏等了十多分钟大康才露面，手里举着一把闪亮亮的不锈钢勺子。但是，遗憾的是——科学老师从邻班借来了一把勺子，已经吃了半碗饭了。看着大康气喘吁吁两颧通红的样子，科学老师笑着说：“大康，谢谢你，老师很感动。你是个对人真心实意的好孩子！”而我看大康的时候，发现他的衣服和裤子上都有土色，我想：大康之所以用了十多分钟才回来，一定是路上出了些小意外，他可能因为心急，摔了跤了。说来也怪，自从那次以后，大康在科学课上的表现特别守纪律，发言也很积极，老师也不再把他当做淘气包或可有可无的族群，大康的科学课成绩从中等变成了优秀！我觉得这成绩就是大康重情义的表现。

大康最要好的哥们儿是鹏程万里。他们都坐最后一排。从一年级开始，几乎每个课间，他们都要相互用跆拳道加蒙古式摔跤的方式把一个人弄倒在地，然后抱在一起开心地大笑。虽然个大，力壮，但他们的拳脚都很温和，只是嘴上“呵呵”、“嘿嘿”地使劲儿。从一年级到现在，他们从未伤害过对方，只听见两人痛快的笑声。

五年级的时候，我和杜鹃花跟鹏程万里成了形影不离的好朋友。课间的许多时候，我们三个会在一起聊聊大海、山石……帝王将相、小品相声……这时候，大康就会孤单，也会有点嫉妒。有时，他会过来，捅一下鹏程万里，然后，我和杜鹃花会先冲上去当绳子捆住大康的手脚，让鹏程万里虚张声势地打他几拳，踢他几脚。大康也会很配合地“哀声惨叫”。然后，我们四个就笑作一团。其实，我们的团体很开放，欢迎任何同学来加入分享闲聊的快乐，但大康是个很执著的人，他只认准跆拳道加蒙古式摔跤，直到……

江苏卫视有一档节目叫——《非诚勿扰》，(6)班的许多同学都很爱看。但大康不仅爱看，还很爱演。因为鹏程万里和我都爱读历史类书籍，尤其喜欢当年明月写的那套《明朝那些事儿》；而在明史的风云榜中，我们又都拜在了心学创始人——王守仁先生的门下，渴求格物，希望炼成知行合一的至高绝学；再加上，鹏程万里的妈和我Q海盗的爸爸是初中同学，所以，在大康的嘴里我们成了——“天设的一对，地造的一双”。于是，大康先扮演音乐播放器，放出《非诚勿扰》的开场音乐；然后，自己一边鼓掌一边出场，变身成孟非，念出开场白，并请出今天的嘉宾（永远的、唯一的嘉

宾)——鹏程万里。

“看看台上24位女生,请选择你的心动女生。”

其实,台上的24位女生也就我一人。在男嘉宾——鹏程万里按键之前,大康会在他的耳边先透露我的号码(每次都不一样),然后,鹏程万里就毫不犹豫地选择了我。但是,每次的结果,大康都独断地宣布:“很遗憾,24盏灯都灭了。谢谢你的参加。”然后,他就再次扮演起音乐播放器,唱起:“可惜不是你,陪我到最后……”

最近,大康对这件事的热情超过了跆拳道加蒙古式摔跤。他不厌其烦地表演着这台独角戏。虽说站在舞台上的还有我和鹏程万里,但我们都只能算做是无声的两个道具。估计等到大康转移兴趣的时候,也许就是我和鹏程万里成功互选之时,但真正的结果全凭大康的兴致,我们的猜测是没有用的。

十五、小汽车

小汽车酷爱汽车。

一年级的时候，他在万万的语文课上看一本关于汽车的集锦画册，因为实在太投入了，竟然连万万停止了讲课走到他的身后都没有发觉。

“哟，这是宝马。可是，你要是现在不努力学习，以后连拖拉机都开不上！”说这话的当然是厉害的万万。

美术课上，无论是自由创作，还是命题绘画，小汽车都有办法让主题和汽车挂钩。比如：

“今天我们画机器人。”

小汽车就画汽车机器人。

“今天我们画动物。”

小汽车就画开着汽车的动物。

“今天我们画风景。”

小汽车画的风景中一准儿有汽车在跑动。

“今天我们画帆船。”

小汽车画的帆船怎么看怎么都像汽车改装的。他说：“这是海陆两用帆船，全球独一新发明！无论在海里还是陆地上，都具有奔驰速度！”

下课铃一响，小汽车就把自己的引擎发动，双手转动着空气方向盘，“滴滴叭叭”地上路了。他从车库（座位）出发，开出教室，开上走廊，开下楼梯，开向操场，开进厕所。然后，原路返回。有时，

他喜欢在教室里兜风；有时，他喜欢在走廊里游车河。经常，有人从他“车”边走过，他会突然刹车，夸张地大叫：“你违反交通规则！我是110警察，我要把你抓起来！”

有一阵我总是去逗他，故意站到他的正对面，握起个小拳头，直直地对着他的“挡风玻璃”慢慢地“砸”过去。每每此时，他就惊慌失措，张大嘴巴，身体后仰，急踩刹车，然后，气急败坏地重复：“你这个违反交通规则的暴徒！我是110警察，我要把你抓起来！”

小汽车的“抓起来”只限于口头，他讲完这句话就会恢复原状，又开动起自己向别处去。这时，我就跟着他，再次扮演砸车暴徒。于是，他又开始夸张地重复那套表情、动作和那句话。几次之后，这个开着车的警察居然一见到我这个走路的暴徒就狂踩油门，落荒而逃。

除了酷爱汽车，小汽车给我留下深刻印象的还有一件事情。

那是三年级的时候，我和繁星满天不约而同地用起了可擦式蓝黑墨水笔，彻底摆脱了修正液、胶带的麻烦。于是，(6)班涌起了一股追捧可擦式水笔的热潮。因为这种笔刚刚问世，不是每家文具店都有，且价格大约是普通水笔的十几倍，所以，不可能一夜之间做到(6)班同学人手一支。于是，丢笔事件在一段时间里时有发生。不是听见这个叫：“啊！我的可擦笔没了！谁拿了，快给我交出来！”就是听见那个喊：“谁偷了我的可擦笔?！我要把他碎尸万段!!!”

那时，我刚和独立岩石同桌。一天下课，小汽车直向我站(座位)驶来，停下后大叫：“独立岩石，你是不是偷了我的可擦笔?”然后二话不说，下车就打开我同桌的铅笔盒一阵翻找，抓起一支笔大叫：“就是它！它是我的！”

再看我的同桌一副蒙了的表情，之后恍恍惚惚地说：“你，你说什么啊？这，这笔是我的，怎么，怎么会是偷你的啊?!”

“就是我的！它和我的笔长得一样!”小汽车振振有词。

“不可能！它是我的!”独立岩石恢复了锐气，清醒过来。

独立岩石和小汽车之间的争吵几乎持续了一个多星期。只要他俩不上厕所、没有订正，或不被人找的时候，就一定没完没了地你争我斗，总也没个结果。那段时间，班里像独立岩石这种在没有任何证据的情况下被冤的“大头鬼”，像小汽车这种自己的文具莫名其妙就无影无踪的“受害者”，比比皆是。直到有一天，可擦水笔在(6)班终于人手一支了，而且有些人的铅笔盒里甚至有了好几支不同颜色的可擦笔……这股狂潮才逐渐退去，也带走了伴随它而来的种种闹剧和风波。(6)班又恢复了往日的平静。

一天，上课铃刚响，独立岩石奔回了座位，举着三支崭新的可擦笔开心地对我说:“Q海盗，你看——三支可擦水笔噢，都是小汽车送我的!”看着同桌快乐中透着些许得意的眼神，我知道他和小汽车和好如初了。三支可擦笔——噢！小汽车真的很慷慨呢！

十六、周小子

说起周小子，我跟他算是有缘。因为早在幼小衔接班的时候，我就认识他了。他给我的第一印象是——淘。主要表现在午睡的时候拼命踢床，制造天塌地陷、地动山摇的噪声；还有就是在课堂上没完没了地踢课桌椅，仿佛那些铁家伙是他几辈子的仇人。

后来进了小学，我们成了(6)班的同学，他的“踢脚狂功”进一步升级。有一次，他竟然站上了老师的讲台，在上面手舞足蹈地大跳“踢踏舞”。不过那舞不像是“大河之舞”，而是大有“原始印第安”之风。他的狂舞终于引来了万万，没有喝彩，只有震怒！结果万万叫来了他的老妈，“印第安舞王”的晚餐是一顿——竹板炒肉丝！

我对周小子的第个二印象是——韶。“韶”，是地地道道的南京话，意思是话痨。且不说他下课后的“唾沫横飞”，单说他上课时的韶，大致可分为两种。一种是和前后左右大聊《赛尔号》，常常聊得忘乎所以，音量由小变大，甚至当堂划起了“斗赛拳”，令老师雷霆大怒，咆哮课堂！

另一种是指韶课堂内容。这乍一听——很不错！但这种韶比上一种更让老师崩溃。比如数学课上，魏老师问：“2加4等于几？”不出一秒，周小子的声音就传来：“8！”

“8你个头啊！动不动脑子？！”

英语课上，凌老师问：“What day is it today?”周小子不假思索地脱口而出：“Tow!”

“What?! What’s Two? 给我闭嘴！吐什么吐?!”

类似的韶在课堂上被周小子不断制造。

因为周小子的淘和韶，所以他总是要不停接受各种各样或大同小异的批评。于是——顶，就成为我对他的第三个印象。

一次，数学老师拿着他的作业本大叫：“周小子，你做的是什么作业？几乎没有一题是对的！你的脑子在哪儿呢?!”

“在网上。”

“你写作业还上网啊?! 你妈妈也不管你吗?!”

“我妈？我妈的智商不如我。我天天都和我妈斗智斗勇，她没几次能赢我！有一次，我妈气得要打我，我就抱了一堆零食跑进厕所，把门锁死，她砸也砸不开。我在里面一点事儿也没有，快活得很呢!”

一番话顶得魏老师又好气，又好笑。

还有一次，在小饭桌午餐，(7)班的一个哥们儿说：“于谦的两只大袖子里一边装了一个微型电风扇，能吸进清新的空气，排出狐臭。这就是‘两袖清风’的由来。”

我和杜鹃花听后相视而笑。哪咤女露出牙龈，发出了独特的“咔咔”声。而周小子“噗”的一声喷出满口的饭粒，如同天女散花全都落入哪咤女的碗里。

“周小子，你太过分了！你让我还怎么吃啊?!”

“怎么样？告诉你，我是腔肠动物，嘴巴和屁股是一回事儿!”周小子得意扬扬地顶着。

“你真恶心!”哪吒女一推饭碗出门去了。

别看周小子经常让老师、同学挠头、生气，可是他也经常“泪多多”。所以——哭，是我对他的第四个印象。

第一次看他哭，是二年级我们“快乐星期天　雏鹰假日小队”

去千盛农庄活动的那次。当时大家要拍一张集体照，可是周小子不喜欢拍照，怎么喊也不愿意过来。暴脾气的周爸爸一脚把周小子踹在草地上，狠揍了一顿屁股。那次挨打，他真的很无辜，所以眼泪也流得特别多。

但更多时候，他的眼泪是自找的。比如有次课间，他和日本寿司斗嘴，斗着斗着，周小子挑衅地说："你打呀，你打呀，你敢打吗？你敢吗？有本事你打啊！"

"咚！"日本寿司猛地一拳，捅在了周小子的肚子上。只见周小子弯下腰，蹲在地上，眼泪只在眼眶里晃了晃就像断了线的珍珠似的往下撒，很快又变成了趵突泉。

"告诉你，我们金刚兄弟不是好惹的。熊猫超人教过我们跆拳道，别惹我！"日本寿司教训完周小子，扬长而去。

虽然周小子惹人嫌，但他的学习成绩却都是优等，尤其是数学。这次班级里数学有四个期末免考名额，按成绩，周小子争取到一个名额应是毫无悬念的。可是，当我们其余三个都喜滋滋地拿到了免考证书的时候，魏老师却对周小子说："你平时表现太差，又常常不交作业，这免考证书就别想要了！"这时，周小子委屈的眼泪就争先恐后地流出来，鼻子里还一抽一抽的——那是真伤心！

在长期的淘、韶、顶、哭之后，周小子的皮越来越厚。所以——厚，是我对他的第五个印象。

你看，他又去撩小鱼儿了："呵呵，胖头鱼！胖鱼头！噢噢，胖头鱼！胖鱼头！"

"你烦不烦啊？自己也100斤了，还笑别人胖?!"

"哈哈！我不生气，你拿我怎么样?！胖鱼头！"

"周小子，你丢了魂啦?"

"周小子，你还有脑子啊?"

“周小子，你长记性了吗？”

“……???”

“周小子，你真讨厌！”

“周小子，你真烦人！”

“周小子，你真恶心！”

“……”

面对一个个问号和惊叹号，现在的周小子一律嬉皮笑脸地迎接，想是这“厚功”一定练得有一些火候了吧？

别看周小子淘、韶、顶、哭、厚，但他的歌喉十分动听，是我们(6)班的小歌手。他朗读课文时，声情并茂，表演起课本剧更是具有明星风采！他的成绩是优等，奥数也一流！这些闪耀的优点和他的缺点一样突出，遮掩不住。

周小子，(6)班的“爱”？(6)班的“恨”？

十七、倒霉蛋

二年级的时候，倪大侠和倒霉蛋成为同桌，坐到了我的后排，倒霉蛋的倒霉生活进入了我的视线。

倪大侠，别号假小子，喜好找碴，爆发力惊人。她的前任同桌是学究程——多温和的“老先生”啊！但是，这位“老学究”因为钻研太久，腿脚不太灵便，一不小心碰掉了倪大侠的水彩笔，于是，只听得“呼”的一声，学究程课桌上的草稿纸、书本、笔盒……统统地都被扫落在地。学究程也不动怒，一张张、一本本、一支支地把它们捡回来，而倪大侠叉着腰不动声色地冷眼旁观。当最后一张纸回到课桌上的时候，又听得“呼”的一声，学究程课桌上的书本、笔盒、草稿纸……又全都亲吻大地去了。就这样，一个不厌其烦地捡，一个不厌其烦地扔，直到上课为止。倪大侠用10分钟的工夫让学究程得出一条理论：锻炼身体很重要，要在保持头脑灵活的同时注重身体、四肢的敏捷——否则是要吃苦头的！

自从倪大侠和倒霉蛋坐在一起后，弯腰捡铅笔、橡皮、书本……那是小意思，每次下课，倪大侠的拳头都要在倒霉蛋的身上招呼几下。上课的时候也不消停，倪大侠的无影脚似乎得了黄飞鸿的真传，倒霉蛋就是她勤学苦练的靶子。很长的时间倒霉蛋都用“忍”的方式过日子，但是忍得久了也会有忍无可忍的时候，那时，他会对伸过来的拳头躲上一躲，或是说上一句：“你干吗啊?！别弄我了！”这算是他最初的反抗。面对这样的反抗，倪大侠动怒了：“哟，小子，敢反抗啦?！看我的厉害！”于是，天马流星拳加佛山无影脚加倪氏独

门武功大爆发，如洪水猛兽一般涌到倒霉蛋的面前，把他包围了。除此之外，修理的频率也增加了，而且在上下课的修理之余还奉送一顿“下午茶”，再添上一些“零食”，什么揪耳朵、弹脑瓜、刮鼻子……搞得倒霉蛋“消化不良”。倒霉蛋的日子成了“苦海无涯”，他开始了新一轮的反抗。当倪大侠去和别人玩耍的时候，他会趁其不备地捅她一下；或是在大侠订正作业的时候推她一下……这样的结果不是“苦中作乐”，而是导致暴力的升级，以至于被万万发现，大大地修理了一番：“君子动口不动手。你们是琅小校园里的小主人，看看你们的行为哪点像小主人？我看把‘主字’拿掉——简直就是两个小人！”从此，两人不做“小人”，改成“君子之战”——口水之战！

我记忆犹新的一次“口水战役”发生在毛老师的英语课上。那时，毛老师让我们全班齐声朗读课文，在全班洪亮的音浪声中，我身后的“口水仗”开打了。

那时正逢2008年奥运会即将到来之时，《福娃漫游记》成为我们班的热捧卡通片。他们俩的战争就从五个福娃开始。

倪大侠对倒霉蛋说：“喂，你就当晶晶吧？反正你们都胖胖的、傻傻的。”

“那你就是那个盈盈呗。哈哈，是只藏羚羊，愁了吧？不会两只脚站立，还要被猎人追着四条腿到处跑！”说完，传来倒霉蛋开心的呵呵声。

“我是藏羚羊怎么啦？起码我跑得快，跳得高，不像你那个蠢样儿——四肢肥短，头脑简单！”

“我是熊猫怎么样？反正我有的是力气，随便举块大石头，一砸，你就能趴下！”

就这样，你来我往，吵来吵去，直到英语课下课，倪大侠大打出手反身为“功夫熊猫”，而倒霉蛋却变成了“藏羚羊”四处躲避去了。

这样的日子无穷无尽，直到他们分开，彼此有了新的同桌才打住了。

有了新同桌的倒霉蛋从我的后排调到了前排，而那时我的同桌是独立岩石。座位的变动并没有给倒霉蛋的生活带来曙光，他依然在倒霉中继续着，折磨他的人从倪大侠变成了独立岩石。如果说倪大侠的手段都是阳的，那独立岩石的招数基本属于阴的。有时候，我甚至觉得倒霉蛋会怀念起和倪大侠同桌的日子，因为独立岩石的折磨更加让他苦不堪言！由于坐在独立岩石的前面，倒霉蛋的帽子里经常会出现吃剩下的玉米棒；上课的时候，冷不丁地一团废纸就会粗暴地塞进他的脖子里；写着猪头的牌子会粘在他的后背；翻过来的透明胶密布在他的椅子上等待着和他的裤子亲密接触……独立岩石喜欢踢倒霉蛋的椅子，说是让他体会坐过山车的感觉；独立岩石还动手用小棒和皮筋做成了弹弓，把一个个小纸团作为礼物发射给倒霉蛋；有时候被整得奄奄一息的倒霉蛋会耷拉着脑袋趴在独立岩石的铅笔盒上，这时独立岩石就用铅笔尖对着他的眼睛吓唬他……总之，倒霉蛋的日子时时刻刻都不得安稳。我听到他曾说过："真想找个借口窝在家里不想来上学了！"

可是，倒霉蛋还是天天来学校上学，面对自己的倒霉日子。独立岩石头脑灵活，追求新鲜，在玩儿腻了传统的整人方法后，他发明了一种倒霉蛋游戏，用图画加讲解的方式为大家展示倒霉蛋在游戏中的种种倒霉经历。

"这是一个酷刑场。看，第一关，倒霉蛋在大粪池中游泳。游累了就进入第二关，让他去睡觉。他的床上铺满了大毛蜘蛛，有两个金刚把倒霉蛋扔到这张床上。第三关是用爆奶器扫射他，让倒霉蛋的奶子无限暴大。第四关是一间暴室，里面待着梁山108条好汉，倒霉蛋一走进来就要挨揍！第五关的名称叫做无限蹦极，游戏

规则是：无绳索，直接蹦，高度只能无限上升，不能下降，一旦跳下，魂飞魄散，尸骨无存！最后一关是上断头台。这就是倒霉蛋的大通关！”独立岩石兴奋地讲解着，倒霉蛋的脸上并不愤怒，他有时也会跟着笑，也许这样的方式让他并不痛苦，身体总算可以休息休息了。

倒霉蛋的10岁生日会，我意外地受到了邀请，更意外的是倪大侠和独立岩石也都在他的邀请之列。那天，我们一起在巨大的恐龙蛋里挖掘宝藏，玩儿得很开心！

十八、屏蔽蟹

屏蔽蟹对老师和同学向他发出的任何信息都没有反应。他似乎很喜欢一个只属于自己的世界，因为那个世界太丰富、美好、神秘、莫测，不容侵犯，所以，他屏蔽了外界的一切信息。

屏蔽蟹曾经坐过我的后面，安静无声。他的安静，让我对他产生了强烈的好奇。下课的时候，我会主动接近他："喂，你好。我们一起玩儿吧！"面对我的热情，屏蔽蟹很紧张，他先是向后退，然后退出教室，退向楼梯，逃进厕所去了。试了好几次，每次的结果都是这样，我不敢再打扰他的安静，尊重了他的选择。

在我们(6)班唯一看见过屏蔽蟹笑的人是——老天王。他把这次珍贵的经历写进了自己的周记。他的这篇周记得了优星，所以我们大家都有机会分享到屏蔽蟹的笑。那时，屏蔽蟹和老天王同桌。有一次，老天王看着屏蔽蟹的铅笔盒对他说："哎，你要换换铅笔盒了。"屏蔽蟹没有反应。"哎，你看看！"老天王用胳膊肘捅了一下屏蔽蟹接着说，"你看看，你的铅笔盒都成一堆废铁了！""呵呵。"屏蔽蟹笑了。他真的笑了。笑得呵呵呵的，很开心。第二天下课，屏蔽蟹突然问老天王："你喜欢《三国演义》里的哪个片段？"(那时，我们班正流行读《三国演义》)，老天王说："三英战吕布！""我也是。呵呵。"屏蔽蟹再次发出了愉快的呵呵声。

更多的时候，屏蔽蟹喜欢一个人趴在窗口看蓝天。有时候我想，他真的来自另一个世界，他把所有的记忆、朋友、感情……都留在了那个星球，而眼睛和心灵是他和那个世界的传感器，他刻刻都

想回去，但却肩负着和地球亲善的使命，所以，他是“身在曹营心在汉”的。但是，在(6)班不是每个人都了解他的来历，而他对此也只字不提，就像小人鱼必须用沉默守住一定的魔力。在不了解真相的时候，屏蔽蟹的屏蔽反应让大家都觉得怪。到了四年级，我们班开始流行办手抄小报，于是各种以屏蔽蟹为主题的小报一夜之间漫天飞舞，什么《小蟹糗事》《蟹呆呆的一天》《小蟹流氓报》……这些用草稿纸片办起的“非法出版物”在(6)班的地上、过道里随处都可以捡到，而报纸的主编从不留下大名。我也捡过几张，有一张是纯漫画的，内容是屏蔽蟹舞着大螯在艰难地攀登，那山上的岩石都是一把把尖利的钢刀；屏蔽蟹伤痕累累地爬到了顶峰，却在刀尖上立足不稳，四仰八叉、连滚带爬地摔下山崖，一命呜呼。还有一张内容更是糟糕，说小蟹耍流氓、包二奶，还藏有后宫佳丽三千……要做蟹皇帝——整个乱七八糟，不知所云！但是，“非法出版集团”却乐此不疲。

我曾奋笔疾书——痛斥《小报现象》这种不良行为：“办这样的报纸不但浪费了自己和他人的时间，破坏了自己在班级同学中的形象，更是亵渎了祖国的文字。而且，对于那些在报中被攻击、侮辱的同学的身心也是一种严重的伤害！为了自己并不健康的‘兴趣’而破坏了同学间的友谊与和谐，这样的行为铸成了多么大的童年遗憾呀！把自己的快乐建筑在别人的痛苦之上的行为是可耻的！这样的报纸有存在的意义吗？在我看来，它们只是一堆又脏又臭的垃圾！没有人喜欢，更没有价值！”最后我建议：“办报其实是件好事，喜欢办报、能当主编的人其实都很有才！只要你们把报名和内容来个‘大换血’，改头换面、脱胎换骨之后，垃圾报就可以变成钻石报了！甚至几位主编还可以开会协商成立个四(6)班光明报业协会，出版《事事关心》、《健文汇编》、《知识周报》、《友谊之花》等健康有意义的报纸，更可以把《批评报》作为主要刊物出版推广。因为在人的成长中，善意的批评是良药。但是，对于这份《批评报》的编写应该注意两个要点：1. 批评要实事求是，不能夸大其词，更不能胡编乱造。2. 在批评时要一针见血地指出错误，但切忌使用脏字、骂字，要用恳切、温和的语句，并提出改进的方案和建议。这样的《批评报》人人皆可参与，各位主编应该鼓励大家踊跃投稿，这才是一张展现智慧班集体智慧的好报纸！”

“我希望咱们班的垃圾报能够随着瑟瑟北风消失无踪，而光明报会像光芒万丈的太阳般冉冉升起！”

当这篇文章在班级公布之后，(6)班的小报现象几乎一夜消失。那也是我第一次感受到墨水和笔可以产生一种叫正义的力量。不过，面对那些内容充满攻击、诋毁的小报，屏蔽蟹也捡起来看过。但是，从他的脸上你找不到任何的愤怒、哀伤……他只是看看而已，却屏蔽掉所有的情绪，大有我是我，你们爱谁谁的做派。由此我更加相信他是天外来客，有着和我们一样的躯壳儿，但是他的精神世界是不容我们进犯和窥探的。他的使命是和地球亲善、友好，即使遭受异样的眼光和攻击他也不能反抗、不能逃避、不能放弃……不过我相信，随着时间的增长，他也会发现我们的好，也会在人群中找到朋友和欢乐；随着时间的增长，地球会成为他的第二故乡，他也许会和地球人相爱、结婚、生子，那个时候他的眼睛和心灵就不会再孤独；也许那时他的使命已经完成，魔法也就自然消失，变成了一个真正的地球人，过着和我们一样闹嚷嚷，却乐呵呵的生活。他会和他的孩子讲他们那个世界的故事，他的孩子对他充满了崇拜。他可以选择作家这个职业，也可以当个电影导演，用文字或画面给更多的地球人讲述他们的世界。也许在那个时候，他会发现，在地球上还有许多和他一样的天外来客，他们已经把地球当成了自己的家园。他们有自己的俱乐部，可以时常聚聚，就像我们的“快乐星期天”小队，一群志同道合的人寻找快乐，分享快乐，创造快乐……

十九、鹏程万里

三年级，我和鹏程万里一起去参加一个小博士的活动。当时，我们班的二十多人和(5)班的二十多人共挤一辆车。放眼望去，车里的每个座位上都挤着两三个人，但以鹏程万里为底座的座位上横、竖、上、下地摞着七人。鸭梨董探着脑袋说：“你们知道吗，目前的吉尼斯世界纪录一辆小汽车里可以乘坐十几人，如果按我们一个座位坐七人乘一下，我们远远打破这个记录了！”

四、五年级，我和鹏程万里越走越近，从阳台朋友，变成了书房朋友。我们一起聊历史，参心学，说爱好……应该算作志同道合、趣味相投！

最近一次体育课上，张老师宣布了春季运动会将在4月举行的消息，而今年的比赛项目有一项叫做——两人三腿跑，听到此处，我和杜鹃花就兴奋地抱在了一起。一直以来，参加校运动会就是我俩的梦想，可是中等个子的我们，体重却是班级里的倒数第一、第二名。连续五年体检报告上都写着“营养不良”这四个字。所以，班主任在选择运动员的时候从不会叫到我们的名字。尽管如此，我们内心的渴望却从来没有减退过。

这不，张老师一声令下：“各自找对子练习。解散！”我和杜鹃花解下红领巾麻利地把两条腿绑到了一起。我们以绝对的默契和速度斗败了一个个选手，毫不夸张地说：“我们倒着小跑都很流畅，两个人就像一个人！”

“嘟——”哨声一响，张老师大叫：“集合！”我们迅速排成四行，等待张老师的指令。

“胡子小、舞蹈妞出列。大家注意看她们的示范，我觉得她们这对是目前我们班做得最好的。”

听着张老师的这番话，再看着胡子小和舞蹈妞并非默契十足的配合，我和杜鹃花都愤愤起来：“什么呀，这怎么能算最好的？也就比倪大侠和两张嘴那组好一丁点儿，而我们甩她们一大截呢！”

“既然要选拔，就应该比赛决定。不能每次都是老师凭感觉！”

故事说到这儿，似乎像是跑了题的作文——鹏程万里这个主角到哪里去啦？别着急，就在这至关重要的时刻，鹏程万里悄无声息地来到我和杜鹃花的身后，对我们说：“只要有实力，是会发光的！”然后，他又凑近我的耳朵小声说：“想想天泉论道。”我扭过头来看着他，会心地笑了。他用真诚的友情和博学的智慧救我们出愤愤和牢骚，终止了我的愚蠢言行，我和杜鹃花决定抓紧运动会前一个多月的时间刻苦练习，为梦想而战！

鹏程万里救我，不止一次。四年级的一次春游，我们班去了红山动物园。那天晴空万里，春光明媚，动物园里除了我们还有许多带着小小孩、推着娃娃车的老年人，更有别的小学和幼儿园的春游队伍。真是——“people mountain people sea”啊！

我在猴山那儿看猴子，猛一回头，才发现眼前花花绿绿的人群中没有一张我熟悉的(6)班面孔。我的心突地一紧，手心里全是冷汗。我用慌乱和无助的眼神在人群中乱扫，这时一只手握住了我：“Q海盗，别担心。只要有我在，你一定丢不了！”是鹏程万里，就是鹏程万里！他的出现让我一下子有了勇气和依靠。当我跟着他在人群中穿梭的时候，蒲公英笑了，映山红更艳了。

很快，我们看见了蹲在一块大石头上的老李，那样子俨然猴王一般。他轻声叨叨着：“这么多人，我可不想去挤。在这里看看热

闹——很好哇!”

“冲啊!!!”

“抓住他啊!!!”

这一听就是故事大王和熊猫超人的喊声,果然眨眼的工夫,几只(6)班的“皮猴子”就蹿入视线。

“找到了!找到了!”我开心地跳了起来:“谢谢你,鹏程万里!谢谢!”

那刻,我看见他眼中有一个快乐无比的自己,而我的眼睛里也一定有一个带着春天般温暖笑容的鹏程万里。

二十、BB战士

BB战士喜欢翻翻眼儿。只要有老师说他，他必翻。如果内容是夸他的，他就晃晃头，翻翻眼儿；如果内容是批评他的，他就撅着嘴，翻翻眼儿。他的眼睛很大，黑白分明，所以翻翻眼儿的时候特别明显。

BB战士喜欢吃糖，嘴里常常含着口香糖、果汁糖、牛奶糖、巧克力糖、QQ糖……这个嗜好导致他长期处于口齿不清的状态。

“你怎么回事儿？好好说话！这么大个子，讲话喔哩喔噜的。小小宋，去看看他嘴里是不是有东西?”

在魏老师的命令下，小小宋示意BB战士把嘴张开。眼看着就要露馅了，BB战士突然咽了口口水，把嘴里的糖给整吞到了肚子里。然后，他张大了嘴让小小宋检查。

“报告老师，他嘴里什么也没有。不过有股柠檬味儿，真香啊！”

“哈哈哈哈哈……”全班都笑翻了。

BB战士是我们(6)班的手工艺大师。他的口袋里总是揣着彩纸、油泥、胶带、双面胶……他会用胶带编织透明的蜘蛛网，用油泥捏一个穿着盔甲的古代将军，最喜欢用纸团和双面胶合做成一个个手握长长佩剑的BB战士……

“你太神了！你在我们班上课真是浪费时间！你应该去找鲁班或是马良的后人拜师学艺，将来一定能千古留名！”看过BB战士手工作品的许多同学都这么认为。

BB战士为人慷慨大方。如果你去向他借文具，他在给你的同时，常常会奉送一句："拿去吧，不用还了！"

三年级，我们班流行"生命珠"那阵，BB战士每天都带很多质量上乘的五彩珠来分送给同学，要者人人有份，直到送完为止。他送的珠子活力很强，弹性十足，不易破碎，不仅有常规的"鸟巢"，还有蓝、紫色的"水立方"——可带劲儿了！

BB战士既不是金刚兄弟，也不属于天兵天将，但他干过一件事，却让他比金刚兄弟、天兵天将加在一起都出名。

三年级的一天下午，戚校长走到我们班门口，向万万招招手。于是，万万走出了教室。过了一会儿，重回教室的万万脸色铁青："同学们，知道校长为什么找我单独谈话吗？刚才课间，居然有人把痰吐在戚校长的头上！这是什么行为？这是什么行为？！太粗鲁了！太不文明了！这个人就是我们班的BB战士！我谢谢你给我们班挣来这么个史无前例的荣誉——真是气死我了！写500字检查，好好反省！"

说来有趣，看着气哼哼的万万，想着戚校长头上的那口痰，我真的很想笑。

三年级、万万……已经成为了历史，变成了回忆。五年级开学第一周，沉寂了很久的BB战士又表演了一出惊动校园的大戏。

要说起来，BB战士在这出戏中是非常被动，而且是被逼迫成为主角的。

那是升旗仪式之前，每个班级都往操场上集合。我们班在顶楼，大家陆续往楼下走。熊猫超人走在BB战士的后面，总嫌他走得慢，就不停地推搡、催促。BB战士没有理会他。面对不被重视的局面，熊猫超人武力升级，他不仅推后背，而且还捅胳肢窝，外加踢屁股。起初，BB战士依然没有反应，可越是没有反应熊猫超人就越是来劲儿！他加重力度，加快频率，终于把BB战士的火儿点燃了。这时，大批的队伍已经集结到了操场，就在众目睽睽之下，我们班的这两位仁兄扭打在一起，从站着打成了躺着，从直着打成了滚着。周围呼啦啦聚拢了许多人。同学们喊："别打了！别打了！"老师们指指点点："太不像话了！哪个班的?!"陆华山老师上前去制止，但他们就像两张膏药一样，紧紧地粘在一起——分不开了！直到老李出现，他走上前去，大叫一声："够了！"然后"刷"的一下，撕开了"两贴膏药"！

这件事，在全校的影响很大。"像什么样子?!"有许多老师在升旗仪式之后还余怒未消，"影响太坏了！"

本来以为回到班上老李肯定要怒发冲冠、火气冲天、没想到他却好脾气地让当事人和同学们一起还原当时的实际情况。最后，老李平静地说："这件事的起因是因为熊猫超人，BB战士是被逼的。但打架怎么说都不是一件好事，更不是解决问题的好办法。既然做错了事，就要接受惩罚。BB战士写200字情况说明，放学留下来帮助班级布置黑板报。熊猫超人写500字检查，外加每节课后去我的办公室七日游！"

面对老李的明察秋毫、赏罚分明，那天的BB战士没有翻翻眼儿。

二十一、独立岩石

四年级开学的时候，我们班要重新排座位，杨柳随风对我说：“Q海盗，千万别和独立岩石坐，我可受死他的罪了！”这时我就想起上课的时候，杨柳随风发出的惨叫：“啊——疼死我了！”原来，是她的同桌独立岩石用自己的左脚在猛跺杨柳随风的右脚。

“是啊，Q海盗，独立岩石可烦呢！他会骂人，还给人乱起外号！”

“还有，他经常发飙，手脚乱舞！”

不知怎的，听了这么多独立岩石的“恶行”，我的心里反而有种莫名的期待，期待着能和他分到一张课桌上，开启一段同桌缘。

“Q海盗、独立岩石，第三组，第四排。”老李的声音传来，我的期待变成了现实。

有关独立岩石的暴力，至今也没招呼到我的身上，但他上课时喜欢讲话，尤其喜欢讲冷笑话，这是我对他的第一印象。

“Q海盗，我有两个笑话，一个特别特别长，一个特别短，你想先听哪一个？”数学课上，独立岩石轻声问我。

“长的。”

“好。一只苍蝇，扇动翅膀，嗡哇嗡哇嗡哇嗡哇……”

我控制着被挑动的笑神经，看着黑板说：“短的。”

“呵呵。”他也笑了两声，说，“一只苍蝇‘啪’地撞在墙上——死了。”

我看了他一眼，偷笑着轻声说：“咳咳，上课吧。”

像这样的冷笑话，独立岩石的肚子里有一箩筐，他随时都能拿出来解闷儿。我觉得对上课的影响不大，还挺喜欢的。

说到他的有趣，不仅仅只是会讲冷笑话。他跟我对作业，只要发现自己做错了，就会用笔敲着我的本子嚷：“怎么搞的？那么不认真！你做错啦！”然后，赶紧拿起橡皮，把自己的错题擦了，写上正确的答案。

有时，他还会问我：“早上的早，早上的早，哎呀，早上的早怎么写啊？”

“你傻啊！”我对着他笑着喊上一句，然后在草稿纸上写一个大大的“早”给他。

这时的独立岩石就会拍着自己的脸颊，噘起嘴说：“你才知道啊？我是傻子，傻子的傻子。我很傻、很傻、很傻的！”

独立岩石确实爱给人起外号。有一阵他对谁都爱叫一声：“鸡巴！”那时，我正在看《红楼梦》，正读到薛蟠作的一首歪诗里有这个读音的词，只不过字形都是“毛”字旁，一个内加一个“茶几”的“几”，一个内加一个“尾巴”的“巴”。于是我就去问妈妈。

妈妈说：“鸡巴应该是现代的简体字。但这两个词的意思一样，都是指男人的生殖器官。但鸡巴不是科学名称，是属于骂人的脏字，很不文明。薛蟠的诗里出现这个词，作者是想借这个词塑造出薛蟠不学无术、粗俗鄙陋、满身市井之气的形象。”

第二天早自习前，独立岩石对鸭梨董说：“鸡巴。鸭梨董长了一个绝世漂亮的鸡巴。”

“独立岩石，你知道鸡巴是什么吗？鸡巴是男人的生殖器，也是骂人的粗话。你以后别再鸡巴、鸡巴的了。”

只见独立岩石低下头“咯咯咯”地笑，但是那次以后他的确没再说过这个词了。

现在，他对男生、女生的称呼进行了一番改革，即“亚男”为男生或先生，“亚女”为女生或女士。他叫自己“潘亚男”，叫我“朱亚女”。因为这个发明，他也常常给老师做“变性手术”。他会在语文课上对着老李轻轻地叫“李亚女”，在数学课上对着魏老师叫“魏亚男。”各科老师都成为他的实验对象，一个不落。

独立岩石不是一个听话的小子，但他真的很独立。从上小学的那天起他就一个人睡觉，自己洗自己的衣裤；他爸妈的工作都很忙，他经常自己煎蛋、下面、热饭……照顾自己的生活。我曾在周记《我的同桌——独立岩石》里介绍过他的这些了不起的优点，当老师向全班朗读的时候，他一边窃笑一边不停地埋怨我：“谁让你写的?！谁让你写的?！我要掐死你！”

除了生活上的独立，他的思想也不那么循规蹈矩，很有个性。他常常会说：“没劲！体育课就只能走楼梯，真没创意！”“可笑！为什么美术课大家非要画一样的东西?！”“烦死了！难道作业就只能拿着笔不停地写、写、写吗?！”这些不会被老师采纳和重视的观点，我却很欣赏、认同。我觉得他以后一定能成为一个极具改革精神的有为青年。

我跟独立岩石的缘分在四年级下学期的时候中断了。那时，他被分去了小鱼儿的桌边，而我的身旁则坐下了刘博士。

分开的第一天，他无精打采地来找我，难过地说：“Q海盗，我还想跟你坐。”

分开的第二天，他又来到我的桌前说着同样的话，而且看着我的眼睛里有眼泪在转圈圈。

分开的第三天，他兴冲冲地跑来对我说：“Q海盗，放学我们一起去找老李，跟他讲！”

一堂课后，他沮丧地跑来找我：“我已经去过了，老李不同意。”

那天放学，他跟我的婆婆诉苦："婆婆，我和Q海盗不坐在一起了，我们分开了。"见他耷拉着脑袋，婆婆安慰他说："没关系，你们不是还在一个班嘛！说不定下学期又坐在一起了呢！"

"真的？"

真的。五年级上学期，我和独立岩石又坐到了一张课桌上。他兴奋地指着我说："怎么又是你？谁让你来的?!"

学期快要结束的时候，老李让我们写一写谁是自己心目中最理想的同桌，以便为他下学期的排位作参考。刚宣布完，独立岩石就问我："Q海盗，要是不跟我坐，你会选谁呢？"

我想了想说："也许我会选学究程。"

"哈哈，我就知道你不会选我！"

"要是不和我坐，你会选谁？"我反问他。

独立岩石只摇头，不回答。

我又问了一遍："要是不和我坐，你会选谁？"

他还是只摇头，不回答。

"你是不是还想和我坐？"

"谁想？谁稀罕！"

第二天，李老师宣布了我班的互选名单，其中有我和独立岩石。提到我们名字的那刻，我看见他埋着头，缩着脖子，嘟囔着："谁让你选我的?!"但我也发现了他一边耸着肩，一边偷偷地在笑。

五年级下学期，我们还是在一张课桌上坐着。五年级下学期，我的同桌依然是他——独立岩石。

二十二、悦非睿

悦非睿？什么“悦非睿”？

对啊，悦非睿，就是“悦”非“睿”啊。

你要是还不明白，就听我来告诉你吧。

在我的小学生涯里，到目前为止，除了万万和老李，其他所有教过我们的任课老师最初都会在我们(6)班点一个(5)班男生的名字，希望他站起来回答问题。根据我们的调查，(5)班那名男生和我们班一名男生的名字的前两字一模一样，只最后一个“睿”字和我班的“悦”字不同；并且(5)班的那位“睿”，性格外向、活泼，更容易给人留下深刻印象，所以，初次任课的老师们点名时就常会用“睿”替代了“悦”。但是事实是——“悦”非“睿”——悦非睿啊！我们班的悦非睿就是这么来的。

面对老师的张冠李戴，悦非睿保持沉默。直到同学们纷纷提示、纠正，老师恍然大悟、重新改过，他才笑眯眯地站起来回答问题。

据我观察，悦非睿最爱有三：数学、英语和雪梅娘。

在我们(6)班，从魏老师任课以来，一直保持着每日一道奥数竞赛题的传统，有兴趣的同学可以自由参加。魏老师每天都会给做题又对又快的前十名同学打五角星，计名次。我从未挤进过前三，基本都排名在6~10位和一大群人厮杀，名落孙山的滋味也偶有所尝。我班奥数第一、二名的争夺永远只有两个人，一个是万马奔腾，一个就是悦非睿。其实，从能力上来说学究程也跟他们不分伯仲，但是因为腿脚不够协调、敏捷，跑不过前面那两位，所以基本稳守第三名。而万马奔腾和悦非睿的夺冠之路也就是看谁能比谁跑得更快，很多时候他们都是同时扑到魏老师面前，难分胜负！

五年级，我们的英语测验卷上出现了英语数学题。当我还在为能做出几道题欣喜不已的时候，悦非睿却是以每次满分的成绩傲视(6)班。这一点，万马奔腾和学究程也不得不佩服。

悦非睿喜欢做题，像个做题机器。他只要一拿到题目就兴奋，然后全力以赴、争分夺秒地把题目“干掉”，展露出快乐的笑容。我特别喜欢看悦非睿的笑容，那眼睛细细地眯成线，嘴巴弯弯地向上翘起，每当此时，他圆圆的脸上就像升起了一道雨后的彩虹，让看的人心里顿时一片晴朗。有一阵，我的同桌独立岩石被老师大追债，再加上不断的批评和连续的罚写作文，让他的情绪很烦躁、沮丧，这时，我就让他去看悦非睿的笑脸——真的很灵，只要一看，独立岩石的心情就好了许多。

悦非睿下课的时候常常会和学究程一起讨论数学。什么“百分比”、“解方程”、“牛吃草”、“鸡兔同笼”……这些让大多数人一听就感到纠结、糊涂、头昏的内容，他们俩却津津乐道、乐此不疲。只要他们俩凑到一起，准保身边没有旁人前去打扰，那是(6)班的一块清静之地。

悦非睿在奥数上的才能让大家叹服，这也激发了一些同学想效仿他去尝试一下奥数的滋味，多做一些习题。可是，只要一看到悦非睿头上早生的华发，许多女生就犹豫起来：“悦非睿头上的白头发是不是题做多了长出来的啊？天哪，我要是学奥数，头发会不会也变白啊？哎呀，到底我会不会长白头发啊?!”

“别纠结了。我们去帮悦非睿把白头发拔掉吧！”

“好啊，好啊。我们一起去拔。”

“哎哟！哎哟！”这是悦非睿在叫喊，因为我们班的女生的“除白发行动”正在进行中。

悦非睿的脾气十分温和，我从没见他在(6)班发过火，所以他喜欢永远笑眯眯的雪梅娘就一点也不奇怪。雪梅娘的皮肤雪白粉嫩，外形圆润，笑容甜美，看起来就会让你想到圆软香甜的糕点——“雪梅娘”。下课的时候，如果悦非睿不和学究程一起讨论数学，他就会发出幽灵式笑声去捉雪梅娘。那时，(6)班最甜、最晴朗的笑容就会合到一起变成——雪梅娘彩虹。

二十三、故事大王

故事大王可不是他自封的，那是一年级的时候在学校举行的“故事大王比赛”中赢得的。我还记得他讲的故事是《乌鸦喝水》。在舞台上，他不仅声情并茂，而且几乎是边讲边演的。狐狸出场的时候，他就捏着鼻子，扭着身子，先奸笑两声，再憋着嗓子阴阳怪气地开腔儿。等换成乌鸦的时候，他就用手代替翅膀，扇动几下，哑着嗓子呆呆地“呱呱”叫上两声儿。他还把拳头塞在嘴里当成肉，然后张大了嘴“哇”的一声把拳头拿出来，向下一沉，紧接着迅速变成狐狸，蹲下身子叼起这块令人垂涎的美味跑走了。这故事大王可真是名副其实啊！

故事大王全身长满了表演细胞。有一次他说：“我是练芭蕾的，我给大家表演一个。”然后对起两颗眼珠子，踮起脚尖，抖动双臂，哼起《四小天鹅》的乐曲，把我们逗得前仰后合。

四年级的时候，胡子小和米老鼠公主她们发明了一种叫“幽灵球”的游戏。第一关，选一个人当幽灵，选两个人分立左右——当墙。那个幽灵就在两墙之间伸出手匀速来回走动，而其他的游戏者则要一个接一个地通过幽灵墙。被幽灵碰到的人就算出局。第二关，幽灵加速。第三关，幽灵人数增加，第四关，幽灵人数再增加。第五关，幽灵聚在一起转圈，形成一个巨大的、滚动的幽灵球。这个游戏吸引了故事大王，他自告奋勇地扮演起幽灵球。只见他翻着白眼儿，歪着嘴巴，吐出舌头，手指一张一合，一会儿走机器人步，一会儿模仿旋转陀螺，一会儿全身抖动，一会儿歪歪倒倒像喝醉酒的猴子……经过他这么一折腾，所有的游戏者都自动变成了观众，笑疼了肚皮，拍红了巴掌。

还有一次，上语文公开课，老师说：“《林冲棒打洪教头》这课若用评书的方式来演绎会别有一番风味儿，有哪位同学愿意上台来尝试一下？”

“呼”，故事大王的手立时举起，自信满满地上了台。一开口，他就眉飞色舞、口若悬河，尤其是那“拨草寻蛇”四字，听起来很有点单田芳的味道。

“太棒了！太精彩了！你很有曲艺天分！”上公开课的老师一边带头热烈鼓掌，一边对着故事大王赞不绝口。而我们知道，这对故事大王来说那是“小菜一碟”。

还记得小小宋那张人见人爱的脸吗？他是一年级出的名，而(6)班另一张出名的脸——我，Q海盗的脸，是三年级被关注的。发现者就是——故事大王。

一天下课，故事大王来到我面前，突然伸出两手揪住我的脸使劲儿向两边拉，边拉边喊：“油条！油条！”然后，他又松手变掌，“啪”的一声拍在我脸上，往里用力挤压，边挤边兴奋地喊：“包子！包子！”之后，他再捏住我的嘴角往下一拉，喊：“哭了！哭了！”还没等我喘口气，他猛地把我的嘴角往上一拽，叫着：“笑了！笑了！”停手的时候，他用哥伦布发现新大陆的口气嚷嚷：“天哪！你的脸好软好软啊！”还没一秒，他又瞪着我说：“不过，还没有蜡笔小新的软。蜡笔小新的脸可是可以拽这么长的呀！”他边说边张开双手比画着那个长度，看得我心里直起毛：“天啊！要是我的脸被拉成那样儿，我还能活嘛！”

故事大王那阵一下课就来揪我的脸，带动着(6)班的“揪脸族”都把目标集中到我的脸上。我终于尝到“集万千宠爱于一身”的感觉，很惊心动魄，又无可奈何。

那时，我的同桌是刘博士。有一天下课，他用自己的口水拌了些厕所地边捡来的花蕊如获至宝地带回了座位。上课的时候，他把那混合物质在我的耳朵上来回地搓，边搓边说：“别动，这是我的一项新实验。你的耳朵也很软很软的，配合我这个实验是很合适的。”结果，回家以后，我的右耳朵肿胀如猪耳，还火辣辣地发热，并逐渐隐隐作痛。爸爸妈妈吓坏了，拉着我就去鼓楼医院看急诊。在医生的询问下，我讲述了刘博士的实验。

“这怎么能行呢?！你要跟那个小朋友讲，以后不能这样对待同学。那么脏的东西抹在耳朵上来回搓，表皮破损了之后细菌侵入引起了炎症。耳朵上的神经很多，离大脑又近，要是不及时就医，感染恶化，后果是很严重的！”

医生的话让我冷汗涔涔，真害怕那些看不见的细菌跑到我的脑子里去做窝儿，慢慢地让我变成个大猪头。

回家的路上，妈妈问我：“这事儿你自己能解决吗？需要妈妈去学校跟老师交流一下吗?”

“嗯，”我沉吟了一下，对妈妈说，“我想先试着自己解决一下，如果效果不好再请你帮忙。”

第二天一大早，我把刘博士、故事大王和另外几个喜欢捏我脸的家伙们都找齐了，然后我认真地对他们说：“各位，我知道你们捏我脸是因为好玩儿，或者是对我友好的一种特别方式。但是，你们的手上有许多看不见的细菌在你们捏我脸的时候会侵入我的皮肤。看，我的耳朵，已经发炎了。如果你们再继续这样对我，我就只有去住院了。希望捏脸游戏就到此为止吧。谢谢各位！”

当我弯腰鞠躬的时候，我看见故事大王的舌头吐得老长。

故事大王对我的脸感兴趣，但他的心上人却是——米老鼠公主。一堂早自习课后，玛丽张跑来对我说：“早自习前我看见故事大王拉着米老鼠公主的手问：‘你喜欢我吗？喜欢我吗？’你猜米老鼠公主说什么？她说：‘你说这个干吗？恶不恶心啊?!’”

五年级学期末，我们班评选班级明星，规则是：可以举手毛遂自荐，也可以推举他人；只要票数超过十，就可当选。从一开始，故事大王的手就举得老高老高，可是老李总是不叫他。后来眼看着奖状越发越少，他急得整个身子都站了起来，又蹦又跳地喊：“我选米老鼠公主当文艺之星！我选米老鼠公主当文艺之星！”但是，米老鼠公主好像并不领情，对着他说：“你能不能冷静一点啊?!”

还有一次下课，实在无聊的大康突然跑到小个子群中对着胡子小和米老鼠公主说：“来啊，来打我啊！你们敢吗？来啊，来试试啊！”他一边说，一边还挥舞着大拳头。这时，故事大王一下蹿出来，护在米老鼠公主前面大声说道：“你干什么?！不许欺负公主！我来跟你打！”说完抡起双拳就和大康厮杀开来。虽然故事大王讲故事是一把好手，但在拳脚上却远远不及受过专业训练又人高马大的大康，结果毫无悬念——故事大王惨败。但输了的故事大王却笑得格外甜，因为大败之后米老鼠公主关心地问他：“你疼吗？有没有受伤？谢谢你啊。”

据(6)班可靠消息：目前米老鼠公主和熊猫超人依然要好。所以，故事大王还要加油哟！

二十四、日本寿司

日本寿司不仅爱吃寿司，而且在四年级的时候作为我们(6)班唯一的学生代表和学校的访问团一起去了趟日本，历时三个星期。据和我一个集体舞队的队友郁郁葱葱讲：“你们班的那个日本寿司嗓门真是大。他每天都大叫大嚷，我只好每天都修理他。”

嗓门大，的确是日本寿司的特点之一。尤其在朗读的时候，他不仅嗓门大，而且语速总比我们要慢几拍。

一年级的时候，万万让我们集体朗读课文，结束后她总是微皱眉头，自言自语：“我们班里有一个人声音很响，但却拖腔拖调的，他是谁呢？”

以后每次朗读的时候，万万就来回巡查，仔细辨听。一天，她站在日本寿司身边兴奋地喊：“啊，原来是你啊！”

万万让日本寿司站起来读：“让我们荡起双桨。”

日本寿司就读：“让——我——们——荡——起——双——桨。”

万万说：“不对，要一个词一个词连起来读。”

日本寿司就读：“让——我们——荡起——双桨。”

万万说：“你跟我一起读。”

日本寿司就跟万万一起读。结果变成了“男女二重颂”，而且是绝对的“卡农”效果。全班禁不住哄堂大笑，万万也笑了起来。她拍着日本寿司的头说：“你以后尽量读快一点，好吗？声音小一点，好吗？多用耳朵听大家的声音，尽量跟上，好吗？”

日本寿司和我也曾有过一段同桌缘。他虽然是金刚兄弟中的一员，但为人温和，对我不错。记得上课的时候，他会把巧克力掰成一小块一小块地送到我的课桌里，我就把头埋在右手上，用左手拿起那些香喷喷的诱人颗粒快速地塞进嘴里。因为巧克力块很小，可以把它压在舌头底下，即使被老师喊起来发言，也不影响讲话；而且因为颗粒很小，气味就不会太浓郁，即使老师走近了，也闻不出来。那小小的巧克力块在口水的帮助下在我的口腔里一点一点地弥漫开来，真是一种美妙的享受。尤其是在第三、第四节课的时候，那就是幸福的滋味啊！

因为是同桌，就会有更多的接触。每天的朝夕相处，我发现每当测验或是考试的时候，耳边总是传来日本寿司特有的语言：

“好了！”

“完成！”

“OK！”

“翻一面！”

“下一页开始！”

“又完成一题！”

“做出来了！”

“准对！”

“……”

最后一声是：“太好了！全部完成！”然后我们的椅子就会震动一下，那是日本寿司在做把卷子往前一推，身体往后一靠的结束动作。

还有一次，日本寿司把他爸爸快要用完的打火机给拆了，然后把可以按压的打火器带到学校来。他喜欢一边弹，一边用另一只手的手指去摸打火器的顶端，然后对我说：“有电的，但不危险。你敢不敢试试?”

于是,我就学着他的样子模仿起来。果然,有一种麻麻的触电的感觉,很舒服。

“怎么样?”他问。

“感觉挺刺激,挺舒服的。”我答。

“太好了!就是这种感觉!你是第一个相信我的人!这样,你给我作证明好吗?”

“行!没问题!”

正在这时,我的好朋友小鱼儿游到了我这儿。日本寿司“咔咔”地弹着打火器,对小鱼儿说:“你要不要把手放上去试试?不会电死的,感觉可好了!”

小鱼儿身子向后缩。

“不信你问她!”日本寿司看向我,用手一指。

“是的。真的有种触电的感觉,很舒服。”

小鱼儿还是皱着眉头,神情紧张。上课铃一响,她赶紧游回座位去了。

关于这个实验,(6)班最终也只有我一个女生自愿尝试,日本寿司对此感到挺遗憾的。

前段时间,我们班掀起了悠悠球的浪潮。当我带着第一个悠悠球——“风火轮”来学校埋头苦练的时候,日本寿司来到我面前,说:“我给你上点润滑油吧,上点润滑油就好玩了。”

他说着从口袋里掏出一个很小很小的塑料瓶,拧开盖子对我说:“这个油很珍贵的,我只给你一个人上。”

那是我第一次知道“润滑油”这种东西,只见日本寿司打开我的“风火轮”在钢珠上仔细地滴着润滑油,然后熟练地把“风火轮”复原,交回我手上:“你试试!”

我整理好线绳，一投——“沙——”，“风火轮”飞速转动，发出响声，比以前威风多了！然后，我试着向上一抖手腕——天哪！不可思议的事情发生了，本来我怎么练都收不上手的“风火轮”瞬间飞到了我的手里，让我满满地抓住了！

“太棒了！真神啦！谢谢你的润滑油，谢谢！”我欣喜若狂、两眼放光，日本寿司高兴中带着点得意地说：“那当然啦！”

二十五、刘博士

刘博士和我都是“快乐星期天　雏鹰假日小队”的成员，他的妈妈是我们小队的大组长。听他妈妈讲，刘博士在幼儿园的时候就能背唐诗、讲故事，尤其痴迷昆虫、植物，还常常发表关于宇宙星空的“学说”，所以，他那时的班主任就叫他“刘博士”。

刘博士和我有过两次同桌缘，让我对这位博士的研究领域有了比较具体的了解。

午自习的时候，一只苍蝇停憩在刘博士的语文书上。“刺！刺！”随着这细小的声响，几道白线迅速地从刘博士的齿缝中飞出，直奔苍蝇而去。那准头极好，百分百的命中率，让人联想到水中猎手——射水鱼！被射中的苍蝇一定受了重伤，一动不动地被刘博士捏在了手里。然后，刘博士的另一只手打开了铅笔盒，拿出一支“试管”(笔套)，凑在自己的嘴唇边接了点儿口水。在我大惑不解的时候，刘博士把那只苍蝇放进了“试管”。这时，他用食指堵住“试管”口，用力摇晃着，停下以后，他又拿出一支铅笔，在笔尖上吐上几口口水，把它插进试管里搅拌起来。大约十几秒钟过后，刘博士的笔尖开始发狂，对着苍蝇猛捣起来。很快，我看见苍蝇的翅膀、小腿、脑袋……四分五裂开来了。最后，刘博士把“试管”口对着地面使劲儿甩几下，再用脚把那些苍蝇残骸踩个稀烂，直到无影无踪。他做这一切的时候，动作娴熟、流畅，神情专注，兴奋异常。

有一次，刘博士拿出习字册要和我比星数。眼看着要输的时候，他突然从课桌抽屉里掏出几张习字册的内页。那纸已看不出原来的白色，像太太1934年拍的照片儿一样黄。更怪异的是，那纸上布满了星星点点、大大小小、乱七八糟的酱色斑点，还释放出微微的臭气。我想，这一定是刘博士在搞什么古董实验。刘博士把这堆“古董”往我的面前“啪”地一拍，高叫着：“这里还有几颗星！”

那阵子，刘博士的作业本常常引发各科老师的声声尖叫。原因是，他在做完作业之后，会把他家晚上吃的剩菜挑出几片形状优美的贴到作业本上（什么芹菜、白菜、胡萝卜、土豆……），再用透明胶带封起来作标本装饰。不出两天，这种未经消毒的蔬菜尸体就会发出阵阵恶臭；再过上几天，一些墨绿色、绛红色、深紫色、褐黄色的菌斑就滋生出来。面对这些气味和菌斑刘博士手舞足蹈，成就感十足，他得意地向我展示着、炫耀着，根本不理会老师们的愤怒。直到各科老师集体对他下达了封杀令：“你要是明天再搞这些玩意儿，以后就不用交作业了！换本本子，作业重做！”重补作业的痛苦经历让刘博士龇牙咧嘴、抓耳挠腮，从此，再也没有勇气继续标本实验了。

刘博士和我家住得很近。所以，只要小队有活动，我们常常坐一辆车去活动地点。如果路途长，我们会在车里吃些东西。每次吃水果的时候，刘博士都要打开车窗把果核儿用力地吐向一个他满意的地方，然后告诉我：“它一定会生根、发芽、开花、结果的！”

随着年级的上升，刘博士对充满神秘的天外来客——UFO产生了强烈的兴趣。他常常跟我讲：“外星人到处都是，他们已经和地球人混杂在一起好几个世纪了。如果这些外星人中有人死了，就会有UFO来地球接他们的尸体。在地球的外星人活着的时候看不出什么特别，但死了以后就会发生很大的变化。当UFO来到地球的时候大多数的人是无法察觉的。但是，地球人中也有一些超能力者，比如像我这样的，就能发现。”

一个夏日的傍晚，我、跳跳蛙和刘博士一起相约去南大操场做游戏。

“快来看哪！天空有极光！”刘博士的惊叫声引起我和跳跳蛙的好奇。我们抬起头，看见玫瑰红色的霞光中夹杂着一道蓝、一道紫、一道绿的云层，面积不大，但十分绚烂夺目。

“多美的晚霞啊！”我和跳跳蛙不约而同地赞叹道。

“是极光！”刘博士纠正着我们。

“这里不是南极，也不是北极，哪里来的极光？”我问。

“噢！我讲错了！”刘博士搓搓脸，挠挠头，盯着西边的天空出神。突然，他拍着脑袋，跳着大叫：“天哪！这就是传说中的UFO啊！”

我和跳跳蛙你看看我，我看看你，哈哈大笑起来。

刘博士喜欢谈论冰人奥兹、蓝色皮肤的蜥蜴人、金字塔里的秘密……也正因为他的影响，我对《人类未解之谜》这类的书籍产生了兴趣。和刘博士聊天，是件愉快的事情，但刘博士的信息也要筛选着来听。一次晚饭后，我们一起去散步，他突然煞有介事地跟我讲：“Q海盗，你知道红木是很珍贵的吧？告诉你，现在这种树种已经濒临灭绝。据我所知，全世界现在仅剩下一棵红木树了。”

“是吗？”我将信将疑。回家以后，我上网百度了一下，发现——这个信息应该算是“浮云”。

但有些时候，刘博士确实名副其实。10岁那年的暑假，我、倪大侠、周小子和刘博士一起去庐山游玩。刚到的那天中午，大人们都打着哈欠去午休了，我们四个就去小客厅开会。大家轮流主讲，每人一个话题。轮到刘博士的时候，他神秘兮兮地说：“告诉你们，10岁以后，我们都要发育了。胳肢窝、肚脐下面会长出黑毛毛；有极个别的人在发育的时候，会全身长满黑毛，甚至长出尾巴，这些都是返祖现象，表明我们的祖先是猿。如果是蜥蜴人的后代，手指和脚趾之间就会长出蹼来。发育的时候，男生会长胡子，说话的声音变粗，喉咙鼓起一个包，叫喉结。女生不长喉结，但会来月经。以后，每个月都会从子宫里流出一些血。不过，不用担心，那是子宫在发育。对了，女生的乳腺也要发育，乳房会变大，这是为了以后给小孩哺乳。其实，男生的乳房也会发育，但不会长得很大。乳房发育的时候要避免碰撞，否则会很痛。各位都要小心了！”

四年级的时候，他的亲弟弟刘小弟出生了。刘小弟的来临让刘博士“兴奋过度”，变得反常起来。上课时他常常答非所问或哑口无言，下课后就放浪形骸、惹是生非。那阵子刘博士踢汽车、爬墙头、偷袭人……弄残了鸭梨董的眼睛，弄紫了磕头猫的眼圈儿，摔碎了铁蛋蛋的眼镜儿，还狠狠地踹过我一脚……

那是我们学校的排球月，我天天都带着阿公送我的排球去学校玩儿。一次课间，刘博士不请自来，他不传球，也不颠球，而是把排球当成足球，一个劲儿地踢向脏水洼、垃圾堆取乐。我很不高兴，跑过去推了他一下，说：“你干嘛啊?！把球还给我，不带你玩儿了！”

刘博士很不高兴，他狠狠地向我的肚子踹了一脚。立时，我的五脏六腑翻江倒海，大肠小肠不断抽筋，直到晚上睡觉前还隐隐作痛。那个时期，刘博士妈妈的电话成了绝对热线，隔三差五地就有(6)班的家长或老师跟她告刘博士的状。刘博士也渐渐成了老师口中的“刘不是”。好在这样的日子随着四年级的结束而结束了。五年级的时候，刘博士安静了许多。他的兴趣和精力转向了网络游戏。从此，他对每一次的测验和考试的分数变得认真起来，因为他说他和他老妈有个约定，分数和游戏时间绝对挂钩，所以他要分秒必争，马虎不得呢！

二十六、鬼点子

鬼点子一直坐在我们班的第一排。他小小的个子，细细的手脚，大多数的时候说话声不高，不知为什么，我一看见他就会想到蚂蚁和逗号。

无论是在万万时代还是在老李时代，只要我们班开“公审大会”，班主任指着一干“罪犯”问怎么处置的时候，鬼点子就变得活跃起来。只要站起身，他的点子就一个接着一个，层出不穷：“首先，罚写作文是免不了的。根据各人问题大小的不同，罚写作文的字数也应不同，但至少不得少于200字！还有，在周末评分的时候，每人至少要扣100分，外加上交10朵小红花。最后，他们还要为班级做一个星期的好人好事！”

鬼点子的这些点子基本都被老师采纳、实施，只是在“要为班级做一个星期的好人好事”这一条上，两位班主任都会提出更加具体的措施。比如：中午打扫教室的值日生可以休息，由谁谁谁、谁谁谁来顶替一周。负责拎饭桶和汤桶的同学可以休息，由谁谁谁、谁谁谁来顶替一周。宣传委请注意，这期墙报由谁谁谁、谁谁谁来义务帮工，请给他们分配任务……

鬼点子是金刚兄弟中的一员。他时常跟在熊猫超人的身边，很像一个军师。只要金刚兄弟中有人违规，熊猫超人就会问鬼点子：“你说，怎么处罚他？”这时，鬼点子军师就会毫不犹豫地说：“先让他和我们几个打。然后按住他，揍他的屁股！”于是，教室内外经常能看到被按在地上“挨板子”的金刚兄弟，那一定是鬼点子的点子奏效了。

鬼点子的身材虽然纤细、矮小，但他绝对不甘于只是做个出谋划策的军师。有些时候，他也是会主动出击、冲锋陷阵的。比如对于不公平，鬼点子就常常趁其不备地伸出一只脚来绊他个嘴啃泥，或是不经意地走到他的身后，对着他的后背发上几拳。比之熊猫超人，鬼点子更擅长“暗器”。

鬼点子喜欢欺负的人不止不公平一个。有一次课间，我看见他用力地推搡着铁蛋蛋，大有挑衅的意思。

“你干吗啊?!”铁蛋蛋喊起来。

“你管我干吗?!”鬼点子一边说着，一边又推了铁蛋蛋一下。

“你这不是不讲理吗?!”铁蛋蛋急了。

于是，两个人就动起手来。

从身形上看，铁蛋蛋比鬼点子结实，而且差不多高出小半个头；从力量上说，鬼点子绝对不可能占上风。但是在实际情况中，鬼点子把自身的缺点全部转化成了优点，他步履轻快，身形灵活，忽左忽右，声东击西，看准机会闪电攻击，外加绝招——绊腿神功的运用得当，不久之后铁蛋蛋就被打倒在地。这时候，鬼点子不再是“军师吴用”，而是摇身变成了“英雄武松”，他把胯下的铁蛋蛋当成了景阳冈上的吊睛白额猛虎，正准备显示三拳两脚的威力。就在这个时候，我冲到了他的面前大喝一声：“你想干吗?!”

他翻翻眼皮看看我，说：“你管我干吗?!”

“你这不是欺负人嘛?!”

“要你管!”鬼点子一边说着，一边在铁蛋蛋的背上捣了两拳，悻悻地走开了。

鬼点子不买我的账，但也不敢欺负我。对于中队干部，他从不去主动招惹。还有就是班上那几个真正的大块头，他也是绝不会单枪匹马去挑逗的。除非熊猫超人带领着金刚兄弟一起去围攻，那时鬼点子就会在人群中瞅准机会发发暗器。

从学习成绩上来说，鬼点子的数学能力很强，和周小子、熊猫超人不相上下，也获得过免考资格。在奥数竞赛中，他也获得过二等奖的好成绩。可是令我意想不到的是，鬼点子的中国书法也相当的不错！

三年级5月的校槐花节，万万想在我们(6)班找几个小小书法家为这个清香四溢的节日再增添几缕墨香。一共挑选了五个人，其中就有鬼点子。那天，我们为(6)班的五位小小书法家拼好桌子、铺好宣纸、倒好墨汁、架好狼豪，屏息静气地等待着他们的大作。当五位小小书法家站定位置，悬腕挥毫的时候，我的目光注视着个子最矮的鬼点子，只见他神情专注，运笔均匀，白色的宣纸上渐渐显现出隶书风味的“槐香”二字。透过那清秀的字体我似乎真的闻到了和着墨香气的槐花的香甜，也让我对小小的鬼点子多了些许暗暗的欣赏。

二十七、石头人

石头人是我的第二任同桌，而且他和鸭梨董（我的第一任同桌）是有福同享有难同当的好朋友。

先说有福同享吧。万万时代，我们(6)班明文规定，不许自带饮料，除非感冒的同学可以带板蓝根来冲水喝，其余的人一律喝白开水。至于零食，虽然没有反复强调，但也是不允许携带的，除非是刚刚病好的同学，三天之内可以自带食物来学校补充营养。在饥肠辘辘的课间，看着极个别的同学拿出一个苹果、一块巧克力、一大张肉脯……大多数的人只能一边羡慕地看着，一边大口大口地吸着空气、咽着口水。如果碰巧你是那个同学的同桌或是好朋友，幸运的事就会降临。由于刚刚病好的人往往胃口都不太好，他们常常吃不完带来的美食，这时他们的同桌和好朋友就成了最幸福的人。但是石头人的运气比这些人都要好很多，因为他的好朋友是鸭梨董。千万别误会，鸭梨董可不是个经常生病的大鸭梨，石头人的幸运来自于鸭梨董的“胆大妄为”——他天天无视班规，私带巧克力来上学。鸭梨董从不吃独食，他总是带着双份儿。第二节课后的大课间，他就会叫上石头人，两人偷偷地挪到(6)班的角落，撕开精美的包装纸，津津有味地吃着丝滑香浓的美味，远远地看去像两个被罚站的淘气包在面壁思过。

再说说有难同当吧。课间的时候，老天王和熊猫超人的人马一般都去操场练兵，剩下的一些“小泼皮”会三三两两地凑合到一起向某一个人发动围攻。如果围攻的对象是鸭梨董或者石头人中的一个，那他俩中的另一个就会奋不顾身地从外围杀出一条“血路”，冲到里面去“营救”另一个。从功夫上来说，“小泼皮”们都是些不入流的三脚猫功夫，基本不是鸭梨董和石头人的对手。而鸭梨董和石头人中石头人的身体更强壮，身手更矫健些。二年级的时候我们班对每个人的兴趣爱好作过一次统计，石头人是(6)班首屈一指的游泳健将。当年，许多人还不会狗刨、不敢下水的时候，石头人就已能在碧波里劈波斩浪，一次可以游1000米呢！

虽然石头人和鸭梨董非常要好，但是他们的性格却不相同。鸭梨董活泼，石头人安静，不爱说话。初次见面，我们相互拍了拍对方的肩算是友好和欢迎。之后是宁静而温和的日子，他很像是一个风平浪静的海湾，置身于其中有一种悠闲自得的享受。

记得妈妈曾经问我：“你现在的同桌叫什么名字？”

我整整三天之后才告诉她。

妈妈很不解：“你们相处得不好吗？”

“没有啊，我们相处得很好。我很喜欢他。”

“那怎么连名字都不知道啊？”

“我们都不太关心名字的。”

妈妈还是很不解地摇摇头。其实到了三年级的时候，我们班还是有同学不能叫出彼此的名字，能把名字全写对的人也没有几个，但这并不影响我们之间的友谊和快乐。大人们很强调姓名，而我们更注重在一起时的感觉、做的事情；名字和鲜活的人、事相比，在(6)班，前者没那么重要。

如果不出意外，我和石头人的同桌缘应该是悄无声息的，但偏偏意外还是发生了。

二年级的课间，“文具战斗机”的游戏在我们班超流行。大家掏出文具盒里所有的东西，用胶带绑啊、缠啊，把它们一件件地组装成飞机的样子，然后拿在手上相互斗。长铅笔是机头加机身的不二之选。每到下课，鸭梨董就会开着他的战斗机来找我的同桌石头人开战。看着它们手中上下翻飞的战斗机，我的心痒痒的。终于有一天，我不想只是当个观众，于是也拿出所有的文具，学着他们的样子，生产制造了属于自己的第一架“文具战斗机”。

“哎呀呀，你这个一看就很垃圾！”鸭梨董和石头人指着我手里的战斗机评价着。

“你们也太看不起人了吧？不试试怎么知道？”我反驳道。

“好，让你看看我的厉害！”石头人说着就抖着手中的战斗机向我飞来。他先在我的头顶盘旋了几圈，然后突然下降，直扑我的面门。只听“呀”的一声，我俩不约而同地惊叫起来——他的“机头”深深地扎进了我的眉头！我在他的脸上看到的全是恐惧，而那刻我自己的脑子里一片空白，变成了一具真正的石头人。“啪”的一声，石头人把“机身”往下一掰，那黑色的“机头”永远地留在了我的皮肤里。我记得当时伤口流了两滴血，但不怎么疼，可能是神经被吓麻木了。石头人呢，他表情僵硬地看着我，慌乱地、不断地对我重复着：“啊，对不起啊！啊，对不起啊……”直到上课铃响起，我们才缓过点神来。

那是一堂数学课，我低着头，捂着脑门儿，似乎能清楚地听到来自身边惴惴不安的心跳。

“Q海盗，你感冒了吗？是不是头疼？”于老师关心地问。

我闭着眼睛点点头。

“那你就趴着听吧。”于老师温和地说。

我就又点点头，心里祷告着：“千万别过来，千万别过来……”

好在祷告灵验，数学课终于下课了。我的心情渐渐地恢复平静。第二节课时我已把头上的“飞机残骸”淡忘了，直到中午去小饭桌吃饭，陆爷爷看见我说："Q海盗，别动。你头上有只死苍蝇，来，我来帮你掸下来！"

"啊！"我吓得尖叫起来，一手捂住我的破脑门儿，快速地蹿进门去，嘴里一连声地喊："谢谢，谢谢，不用了！谢谢，谢谢！"

晚上回家，婆婆看见了我的破脑门儿，心疼地问："怎么回事？"

那天真是我的倒霉日！下午查视力，医生说我恢复进度慢，必须戴眼罩配合治疗。而现在婆婆又提起我的破脑门儿，还说要去学校找老师聊聊……"哇"——我哭了起来。

第二天早上，婆婆真的去办公室见万万了。早自习的时候，万万严肃地对我们说："立即取消文具大战，不许再生产战斗机，违令者——后果自负！"

万万厉害的表情、威力强大的语气，再加上我头上的"后果"，使得"文具大战"在(6)班偃旗息鼓，销声匿迹。但值得庆幸的是，我和石头人的友谊却没有受到影响，从那以后，我们的话似乎比以前还更多了。

四年级的时候，石头人离开了(6)班，离开了琅小，转学去了仙林外小。得知这个消息的时候，我情不自禁地摸着眉头上的小伤疤想：这也许是我可以永远记住他的礼物吧。

没有告别，以为就这样不会再见面了。可没想到四年级期末的一个星期五的下午，石头人突然在我们(6)班的门口出现了！那是一堂班会课，老李"识趣"地撤了退，把时间完全让给了我们。哗啦啦，兴奋地人群涌到门口，把石头人簇拥进门，众星捧月地围着他，七嘴八舌起来。

鸭梨董第一个提问："嘿，那个学校伙食怎么样？"

石头人答："很好！光食堂就两层楼，比这儿好多了！照伙食来说，我倒是宁愿留在那儿！"

(6)班全体:“嗐！真不够意思!”

另一个声音问:“你们那儿有像魏老师这么‘凶残’的老师吗?”

石头人答:“没有!”

(6)班全体:“哇！这么好啊!”

又一个声音问:“你们学什么啊?”

石头人答:“废话！和你们一样!”

(6)班全体:“呵呵呵呵……哈哈哈哈哈……”

“你们班干部是男生多还是女生多?”

“这还用问？当然和(6)班一样,女生多嘛!”

“你们班有像地狱夫人这么强悍的女强人吗?”

“太多了！到处都是!”

“你们班有像Q海盗和杜鹃花这样整天黏在一起的‘宝贝床’吗?”

“哎呀！多了去啦!”

“告诉你,老李对男生不公平,专宠女生,我们要推翻他的暴政！你有什么好建议吗?”

“???????”

“！！！！!”

那天下午,我们问呀问呀,石头人答啊答啊,如果不是下课铃响了,不是老李走进来了,不是石头人的妈妈来接他了,我们真希望一直继续下去,永远也不要停!

二十八、磕头猫

一、二年级的万万时代，磕头猫可是我们(6)班的一颗熠熠生辉的明星。他上课发言积极，思考主动，人见人爱，备受关注！但不知怎的，二下之后，磕头猫的星光迅速暗淡下来，到了跟我同桌的三年级时，已经听不到老师表扬他了。

和磕头猫同座的第一天，我就发现只要一做作业，他的眼睛就不自觉地往我的本子上瞟。如果我用手挡住，他就软绵绵地对我说:“让我看看咧”，或“借我抄抄咧”。三天之后，我对此习以为常，不再遮挡，随他抄去了。

我清楚地记得我们学乘法的时候，一次测验的内容就是让我们默写乘法口诀表。我刚写完“4×6=24”后，就听见磕头猫的声音传来:“四六二十六，四六二十六。”那时，我紧紧地咬住自己的嘴唇，要不非笑喷了不可。

第二天数学课，老师发下那张测验卷。我得了97分，他的分数是96分。

“怎么会这样呢?”磕头猫用手指着卷子上“4×6=26”这题，自相谓曰:“四六二十六，四六二十六，明明是四六二十六，怎么会错呢?!”

“Q海盗，”他转向我，“把你的卷子给我看看，四六不是二十六吗？你不就是这么写的吗?”

“怎么是四六二十六啊？四六二十四，拜托!”我边说边拿出卷子，拍了下他的头，“抄也能抄错!”

这种看花眼的小失误，在磕头猫的“抄人”生涯中比比皆是、时时发生，但对他总体没有太多影响，倒是因为他乐意做“抄人”的志向，时常给我带来麻烦。

一次语文补充习题本发下来后，我们俩都有订正。我三两下订正好后，准备去交。就在这时，磕头猫的声音响起来了：“这么快！借我抄抄咧。”

那天我不想耽误时间，只想快点去交订正，所以没理他。可是就在我站起来，刚跨出第一步的时候，磕头猫突然离开了座位，跪在地上不停地对着我磕起头来，边磕还边念经似的央求着，“求求你咧，求求你咧……”

“你抄吧抄吧抄吧！”我赶紧收了脚步，把本子放在桌上：“怕了你了！”

因为怕磕头猫的磕头功，所以当他对我说“哎，别急翻，我还有两题没好”的时候，我就会耐着性子等等他；当他对我说“我还没订正完”的时候，我也会坐在位子上看会儿书，等他一块儿去交订正。这也算我们同舟同济、和衷共济的相处之道吧。

有时，我烦了，难免对他发火：“你能不能少抄点儿啊？又不是没脑子，什么都要抄！你又不是我的复制品！再这样抄下去，对你有什么好处啊？！”这时，磕头猫就撅起嘴，不停地眨巴着一双大眼睛，一副楚楚可怜的样子盯着我看。同桌没有隔夜仇，只一堂课的工夫，我们就说说笑笑，和好如初了。

磕头猫的性格十分温柔，甚至有些软弱。他从不欺负别人，但有些人却专门找他来欺负。这不，故事大王和刘博士来找他了。他们用手指着磕头猫说：“你，敢打我们吗？”面对这种情形，磕头猫吓得直往后退。那两个不依不饶，步步紧逼。“咕咚”一下，磕头猫干脆钻进桌肚里，抱着头，不出来了。

“你们别这么无聊好不好！”我实在看不下去了，站起身张开双手，往故事大王和刘博士面前一横，“要是老师在这儿你们敢吗？欺软怕硬，算什么本事？！”

“哼！”刘博士和故事大王瞪了我一眼，悻悻地走了。

“咕咚”，磕头猫像小鼹鼠一样钻了出来，用无辜、可怜加感激的眼光看着我，让我又好气，又好笑！

在长期的“抄人”生涯中，磕头猫的抄功是越练越精。我们这组，他只抄我的作业。除非我不在，而别人又先抄好了我的作业，否则他是不会去抄别人的作业的。我们分开之后，他居然向他的好友介绍经验：“你们那组你就抄Q海盗的，绝对保险！”

说来也巧，磕头猫和我的好友杜鹃花很有同桌缘，而磕头猫又恰恰是杜鹃花的帮辅对象。杜鹃花喜欢让磕头猫做课外题。一次下课，我去找杜鹃花玩儿，刚来到她的桌边，就见她张大了嘴对着磕头猫吼道：“啊——你是怎么做的呀！！！啊——气死我啦！！！”再看磕头猫，撅着嘴，忽闪着大眼睛，一副我曾经熟悉的可怜样儿。

“你看，他竟然这样对待我！”杜鹃花把磕头猫的作业拎起来给我看，我就拿起来翻了翻。那是一本语文课外阅读练习题册，所有问“为什么”的题，磕头猫都这样写着：因为……（省略号），所以……（省略号）。所有问是非的理由题，他都只答“是”或“非”，理由处为零。再看看他写过字的所有页面，让我不禁心生一副对联，上联：满城尽带黄金甲；下联：整页都是红麻叉。横批：无可奈何！

最近，在课堂上，磕头猫开始活跃起来。不过这种活跃和他一、二年级的活跃大不相同。那时的他喜欢和老师互动，现在他的互动对象是刘博士。有时，他们互动得忘了形，时不时传出激烈的喊叫声——

“哈姆雷特!”

“来吧！皮皮!”

“飞叶风暴”

“超人NoNo!”

“补血胶囊!”

“加经验值30分!”

“过一关!”

“站到后面去!!!”魏老师中气十足的一声咆哮把这两个斗赛迷给轰到了教室后面。他们一个站在后门口，一个站在队角前，虽然远隔天涯、相隔千里，但两人用手语和口型继续斗得如火如荼！照这样下去，磕头猫看来要改名叫做“斗赛猫”喽！

二十九、学究程

在我之前，学究程有过三段“同桌恶缘”。无论是倪大侠、小松鼠，还是舞蹈妞，都不约而同地选择了“折磨”这种方式来对待学究程。所以，当我们刚做了一天的同桌后，“老先生”就真诚地对我说：“我从来没有遇到过像你这么好的同桌！”

学究程最喜欢的学科是数学。和他同桌的时候，他经常拿出一本《奥赛起跑线》的书思考、研究、计算、核对答案。

“你不做奥数题吗？”他问我。

“我不会。”我说。

“你看，这是三角形，它的内角和是180°；这是正方形和长方形，它们的内角和都是360°。除了内角，它们各自都还有外角。三角形的外角和是360°；正方形和长方形的外角和都是720°。”

“哦，你真了不起！”我一边点头，一边看他画图，一边由衷地赞叹。不知不觉，这些知识深深地印在了我的脑子里，到现在都十分清晰。

学究程对数学的痴迷程度很深，就连语文测验卷发下来讲解的时候，他都是歪着头，一手托着下巴，一手托着手肘地沉浸在数学的世界中，直到我们把所有的记录做完，他才大梦初醒般地问他的同桌：“刚才老师讲了什么？把你的记录借我看看。”

一次、两次、三次……终于被老李发现了。

“学究程，你想什么呐？”老李走到发呆的学究程身边和蔼可亲地问。

“费布拉切数列。”学究程若有所思地回答。

“你要是不想上语文课，我现在就可以把你送到魏老师办公室去！”老李收起了笑容，变成了大老虎！

学究程吓了一跳，定睛看着咫尺之遥的老李，脸色发白。这时，我仿佛看见费布拉切数列四分五裂地在他的脑子里落荒而逃，骤然消失无踪。

除了数学，学究程的英语成绩在(6)班也是名列前茅的。但最近的一次英语考试，他栽了个小小的跟头，让老李拍手称快！怎么会这样呢？且听我慢慢道来。

那次英语阅读是一篇有关口渴的乌鸦用投石子的方式喝到瓶子里的水的小短文。根据文章有一提问：以下选项中哪个最适合做本文的题目？A选项的意思是：口渴的乌鸦；B选项的意思是：这是一只乌鸦；C选项的意思是：乌鸦和水；D选项的意思是：乌鸦和石子。交卷以后，学究程回过头来和我对答案。前面一路顺畅，相同率为100%。到了这题，分歧产生了。他说：“应该是D。因为乌鸦是用投石子的方法喝到水的。所以，D最合适。”

“应该是A。因为前提是这只乌鸦口渴了，才会找水喝。丢石子只是解决口渴的手段。”我发表着和他不同的看法。

“是D!”

“是A!”

一时间，全班都分成了两派，对这个问题争论起来。

有人忍不住大叫：“凌老师，乌鸦那题，哪个题目最合适？”

“A啊。”凌老师双手一摊，“这么简单还用争吗？选错的人语文都没学好吧？”

学究程立刻沉默了。过了一会儿，他喃喃自语道：“唉，看来学好语文也是很重要的啊！不然是要吃亏的！”

“呵呵，知道了吧？”老李不知何时站在了窗外的走廊上，他笑嘻嘻地看着学究程说：“以后上语文课要专心噢！”

除了做数学题，学究程最喜欢讨论升学问题。他常常问我：“Q海盗，你拿了多少证书了？”

我说：“什么证书？”

他说：“奥赛证书、英语比赛证书、计算机竞赛证书啊。我已经拿了……要上树人或者南外，就要拿证书，你拿了多少了？”

“我一张也没有。”

“啊？！”他的眼睛在眼镜背后瞪起来，但很快恢复了原样，建议道：“没关系，没关系。你先到书人报个奥数班，争取当上五星学员；然后，再去桃李阁考个奥赛一等奖，就可以和好学校签约了；要不你赶紧报个计算机编程班，拿个全国一等奖，上树人或者南外就不用愁了！”

上个星期，我在课间和学究程闲聊，他又对我说：“最近挺烦的。要是我的计算机编程竞赛拿了一等奖，我是选树人好，还是选南外好呢？”

“等你拿了奖就去这两所学校看看，和他们谈谈，多了解了解，自然就会知道哪个更适合你了。”

“但愿如此吧。”他摸摸下巴，点点头。

虽然语、数、外三门里学究程的语文成绩稍弱，但是他天生具有超强的数学逻辑思维，这让他的作文独树一帜，令老李叹服。比如，写雨天，我们都是着重“阴云密布”、“电闪雷鸣”、“倾盆而出”、“秋雨绵绵”……这些景象的描写上，但学究程却是可以很严谨地告诉你这些景象的缘由。从他的文章中你可以了解到闪电永远在雷声之前出现，因为光的速度比声波快。“沙沙”的雨声为中雨，而且雨点较细密，多为打在树叶上所发出的。打在玻璃窗上是“噼

啪”声。雨点打在静止的车窗上和开动的车窗上的声音是不一样的……

虽然学究程的逻辑思维让人钦佩，但是他却干出过一件非常没有逻辑的事情。

四年级，中队干部改选。学究程的竞选目标是体育委员。当他戴着眼镜，微弯着瘦高的身子，双手互搭在丹田上用作学术报告的声音和姿态向我们宣布的时候，全班哗然。

这时，我就想起他在体育课上挥舞着“双刀”、同手同脚的奔跑。这个被他称为“仿刘翔式”的跑步姿势，在我看来就像是一边骑车一边剁肉一样滑稽，和他自己的感觉大相径庭！

那天他的竞选宣言我只记住了一个信息，就是学究程是一个斯诺克爱好者。但是，和所有的同学一样，我们并不认为一个斯诺克爱好者是(6)班体委的有力人选，所以，一个非常有逻辑的结果诞生了——学究程落选。

第二学期，他调整了竞选目标，改为——学习委员。本来我认为凭他的实力应该是十拿九稳，但是听了他的竞选宣言后，我就预感到不妙。因为，学究程过多地陈述了他在数学、英语、计算机编程上所获得的奖项和成就，而忽略了作为(6)班的学习委员，他究竟有哪些帮助大家学习进步的规划和举措。看来，“学究”和“干部”之间并不能简单地画个等号啊。结果我的感觉应验了——学究程和学习委无缘。之后，他对竞选没了兴趣，更加专注于学术研究，以及奖项的积累。虽然他整天忙忙碌碌，但却快乐而满足。

学究程和我之间还有过一个未来约定，这个约定是一次择校话题后的产物。那是一个下午的课间，我们许多人聚集在一起谈论不远的将来。

“我要上南外，以后出国！”米老鼠公主说。

“我也是要出国的!”玛丽张说。

“我也要出国!”

“我也要出国!”

“Q海盗,你呢?”学究程问我。

“我不想出国,中国挺好的。”我说。

“那我就上树人,以后上北大,或者清华。”学究程说。

第二天,早自习前,学究程抱歉地对我说:“Q海盗,我可能还是要出国的。不过,等我毕业回国,一定找你一起去收复台湾!”

我曾把这个“未来约定”告诉过妈妈。她“嘎嘎”地笑着,从摇椅上一个后滚翻摔在了地上,一屁股坐在了《青年文摘》上。

“有这么可笑吗?”我心里嘀咕着,“老妈,你也太夸张了吧!”

三十、铁蛋蛋

我们班有两个“蛋蛋”。一个是男生，一个是女生。我在男“蛋蛋”前加了一个“铁”字，以示区别。为什么不加“金”，不加“银”，而选择“铁”呢？因为“金”、“银”的特性都很软弱，随便掰掰就弯了，而“铁”是坚强的男子汉的代表。万万曾经推荐我们看过一本书叫做《钢铁是怎样炼成的》，主人公保尔•柯察金就是一个具有钢铁般意志的男子汉，所以，我认为在男“蛋蛋”前面加个“铁”字是很恰当的。

铁蛋蛋很特别。他每个月的农历十五就会变成“狼人”，对着好朋友们嚎叫。上个星期，他有些郁郁寡欢地对我说：“Q海盗，真倒霉，这个月的农历十五是星期天！”听到这个消息我也有点失落，因为当铁蛋蛋变成“狼人”的那天，能给我们带来许多的欢笑。

去年，我和他在一个小饭桌吃午饭。每逢十五，铁蛋蛋狼人的特征就出现了。最先变化的是他的手指，一个个地都弯曲成爪子；然后他转一下头，张开嘴“嗷”地嚎上一嗓子，张牙舞爪地爬上座位，对着饭碗猛扑过去，用嘴叼住；最后，他把头往碗里一埋，咬上一大口饭菜，抬起头夸张地大嚼起来。

“好噢！”

“再来一个！”

一旁的我们一边叫好，一边鼓掌。周小子更是喷着饭、挺着肚子，笑翻了！

每逢农历十五，吃饭的过程就超丰富！狼人会不时嗅嗅这个，闻闻那个，冲他龇龇牙，冲我伸伸爪……饭快吃完的时候，吃得慢的人就要被狼人抓了。不过也别怕，因为不等狼人发狂，只要有人喊："快点跑啊，今天是魏老师的午自习！"狼人就立刻变成了铁蛋蛋，和我们一起向学校冲去。那真是：铁蛋蛋变狼人令人叫绝，魏老师收狼人功夫了得！

铁蛋蛋一身正气，勇敢无畏。他曾经领导我们在小饭桌进行过一次维护诚信的起义。时光要回到四年级时的一天中午，那天杜鹃花的妈妈带她去看牙医，而且还装上了牙套，变成了钢牙小姐。杜鹃花戴着牙套吃饭菜很困难，小饭桌的阿姨就给她泡了一碗方便面。这一泡，麻烦来了。周小子第一个眼馋，看着热气腾腾、红油闪闪的方便面，嚷嚷着："我也要吃方便面！我也要吃方便面！"紧接着，此起彼伏的"我也要吃方便面"的声音在饭厅里一浪高过一浪地涌动起来。

"不要吵，都不要吵！明天中午大家都吃方便面！"阿姨像个乐队指挥，挥舞着双手，用许诺结束了"我要吃方便面的交响乐章"。

"噢——好噢——"小饭桌的饭厅里响起一片欢呼声。

第二天中午，同学们陆陆续续地来到了小饭桌。一看到饭桌上的米饭和菜就嚷嚷开了："怎么回事？不是说今天吃方便面吗？"

"骗子！小饭桌是骗子！"

"我要吃方便面！"周小子不依不饶地在座位上叫起来，"诚信是人类最好的品质，你们懂不懂啊？！你们有没有上过学啊？！"

"我们要吃方便面！我们要吃方便面！"饭厅里叫嚣起来，大家都不吃饭，有人还拿着勺子敲着汤碗。

阿姨进来了，凶狠狠地大吼着："我看哪个再叫？！"一下子，我们的声音弱了许多。

"有饭吃就不错了，你们还想怎么样？！"阿姨的声音更大了，"想翻天啊？！"

“我们就是想吃方便面!”铁蛋蛋的声音突然高起来,冲着双手叉腰的阿姨说:“你们昨天答应我们今天中午吃方便面的。做人要讲诚信!”

“谁答应你们的?!”阿姨气势汹汹地走到铁蛋蛋对面,“没有方便面,快点吃饭!”

“啪!”铁蛋蛋一拍桌子,“呼”地站了起来,大声说:“Who do you think you are ?”

阿姨应该不懂英文,但她可能从铁蛋蛋的态度上判断出那肯定不是什么好话,于是,大手一挥,只听“叮铃当啷”——铁蛋蛋的碗、汤、饭、菜撒了一地,“不想吃就不要吃了!”

“呼啦啦”,饭厅里我们都放下了碗筷,站了起来,走到铁蛋蛋的身边。

“干什么?! 你们想造反啊?! 不得了了,我还怕你们啊?!”阿姨像得了狂躁症。

“走!”铁蛋蛋一呼百应,我们跟着他齐刷刷地走出了小饭桌。

路上,我问铁蛋蛋:“你是想说,你以为你是谁吗?”

“是。我不敢讲中文。本来我还想说:You must say sorry to us ! You are wrong ! Wrong! Wrong! Wrong! 不过我最想说的是:你们不应该欺负小孩! 但是我不会用英文说‘欺负’。”

“我也不会。但是刚才看见她那个样子我真的很想笑,因为我想起了一个英文单词——ghost! A big ghost!”

“呵呵,哈哈哈……”我们一起痛快地大笑起来。

这次起义的结果是,我们得到了家长们的支持。许多同学后来都换了小饭桌或是回校吃午饭了。我查了字典,“你们不应该欺负小孩”的英文应该这样说:You can not bully children!

铁蛋蛋有一阵子和鹏程万里总爱斗嘴,方式像打争上游,就是看谁出的牌大。一天下课，我和鹏程万里靠着窗户聊得正欢，铁蛋蛋走过来了，他大叫一声："我是你爷爷！"

鹏程万里即刻回应："我是你祖宗！"

"我是魔王！"铁蛋蛋改口道。

"我是太岁！"鹏程万里压上一句。

"我是皇帝！"铁蛋蛋出了王牌。

"我是玉皇大帝！"鹏程万里甩出大王。

"等等，我出！我是康熙！"鹏程万里更加偏爱历史人物。

"哈哈，我是乾隆！"铁蛋蛋得意地对应。

"你是我孙子！"鹏程万里一副赢定了的口气。

"顺、康、雍、乾、嘉，怎么不出顺治？"我心里也很纳闷。

"你有我活得长吗？！"铁蛋蛋打出了致命的一击。

由此可见，这两人的课外功夫可谓旗鼓相当呢！

这学期，铁蛋蛋和蛋蛋图成了同桌。两个蛋蛋都具有超凡的绘画能力。随手一勾，这个勾出了美人鱼，那个勾出匹小马驹；这个勾出只梅花鹿，那个勾出个憨熊猫……活灵活现，生动有趣。除了切磋绘画，铁蛋蛋还经常带些好吃的和蛋蛋图分享，他们是(6)班的一对令人羡慕的好同桌。

三十一、小皮球

小皮球是三年级的时候从别的学校转到我们(6)班来的。他一来，万万就把他安排到了我的身边，他和我应该算是有缘分的阳台朋友。

头几天，他只跟我讲话。不过很快，他就和金刚兄弟情投意合，加入了进去，并且得到熊猫超人的器重，坐上了第二把交椅，排名在难上难之前。熊猫超人经常安排小皮球和难上难切磋武艺，但难上难始终没有打上来，只能位居第三。因为小皮球的加入，金刚兄弟的人数从“幸运七”，变成了“发财八”。

没多久，语文测验的分数下来，小皮球考出了95分的高分，排名(6)班第三，发出夺目的光彩，就连胡子小和米老鼠公主都忍不住回头看了他好几眼。

凭借“金刚二”和“语文三”，小皮球在(6)班如鱼得水、自由自在地生活了。

小皮球什么都好，就是丢三落四得厉害。他天天忘带文具，样样都跟我借，弄得我头皮发麻。其实光借倒也罢了，关键是他一边借一边丢，看着一支支的铅笔、一把把的尺子、一杆杆的钢笔、一块块的橡皮有去无回，除了挠头，我真是无计可施。和他同桌的日子，我天天都带着双份儿文具，晚上还得不停地补充“弹药”，没完没了、没完没了……

那时，我们刚刚开始学用钢笔，万万让我们用胶带清理错误。常常我这边刚粘上，他那边就不停地催：“胶带！快！胶带！”有时，他等不及，手就伸过来抓。每每遇到这种情况，我就被他搞得心烦意乱。

一天晚上，妈妈为我买了一打彩色胶带。那胶带比一般的宽，而且颜色漂亮。我选了一个送给了小皮球。不久之后，我们换了座位，那时正是尺子大战流行的时候，许多玩家喜欢在尺子上绑上一个胶带互斗。一天下课，我无意中看见小皮球的尺子上绑着我送给他的那个漂亮的胶带，心中一阵暗喜：啊，这么多天他都没丢，看来，他学会珍惜了！

小皮球在(6)班算是"皇亲国戚"，因为他的爸爸是我们学校的数学老师。提起他的爸爸可真了不起！他不仅数学方面才华横溢，而且体育运动也是出奇的好！曾经老李邀请他做我们班的外援，参加五年级排球对抗赛，那天小皮球和他爸爸同时披挂上阵，成为一对父子兵，以默契的配合、高超的球技打败所有对手，为(6)班赢得了第一名的荣誉！

既然小皮球的爸爸是优秀数学老师，那么小皮球在数学方面就有了令人羡慕的靠山。五年级，魏老师常常布置一些奥数题，让同学们根据自己的能力来挑战，当然可以请家长帮忙！当许多人的本子上写着"这题很难，请老师为孩子讲解"的时候，小皮球总是为数不多的正确派；当绝大多数的同学都能做对的时候，小皮球往往能解出两种方法。如果遇到订正，他的爸爸还会举一反三地出一些近似题给他做，所以他的订正在(6)班是一等一的豪华级别，常常得到魏老师的表扬。

别看小皮球各科成绩都很不错，但在藏龙卧虎的(6)班他很难挤进前八名。我们班级排名的分数咬得都很紧，只有零点几的差距。四年级期末，(6)班评选三好生，按各科总成绩及民主投票的方式，八个名额很快产生，我以总分第一、票数第一，位居榜首。可是第二天早自习的时候，老李对我们说："小皮球这次的总成绩也

够资格竞选，大家愿不愿意重选一次？”

沉默，没有一个人说话。

看着这个僵持的局面，我忍不住站了起来，说：“我愿意把自己的名额让给小皮球！”

“啪啪！”老李先是愣了一下，然后为我鼓起掌来。我看见小皮球充满渴望和紧张的脸上露出了开心的笑容。

晚上和妈妈聊起这件事，妈妈问我：“你为什么要让呢？”

我说：“这样的机会对于我来说还有很多，但是对于小皮球也许就这一次。他也很优秀，但名额太少了。再说老李说完以后没有人响应，总不能这样一直僵持下去没个结果吧？我让出去，不就两全其美了？”

“你的选择令我钦佩！”妈妈对我说，“但是，也许再选一次对他更加公平。人生的荣誉要靠争取才可贵，‘让’的里面总是多了一些施舍，不够纯粹。挑战、成功、失败，都是收获，勇者应该无惧！”

我觉得妈妈讲得很有道理。以后我会更加尊重自己的同学和竞争对手。但是，我所不理解的是三好生的评选制度：评选三好生应该有规定的条件这没错，但我觉得不应该有人数的限制，凡是符合条件的同学，经过民主的选举，都应该获得这个荣誉。评选三好生的目的是为了让同学们的学习、生活都更有目标，能达到这个目标的人就像跳过龙门的小鲤鱼，既然通过努力跃过了龙门，就应该变成飞龙，不然“龙门”还有什么意义？小皮球就是跃过龙门的小鲤鱼，不应该被名额阻挡，他不是没有资格，而是评选制度有问题。一个班只给八个三好生的名额，那不是说八个之外的优秀生就不算优秀了?！事实上，老师那么辛勤地工作，不就是为了迎来桃李芬芳吗？为什么要设立一个可笑的规定，只允许果园里结出八个好果子呢？

三十二、倪大侠

倪大侠和学究程同桌的时候，我就坐在他们俩的前面。虽然她脾气大，爱折磨“老先生”，但是她也很有趣。她的口袋里常常装着些小零食，有时，她拿着一块可乐糖喊：“这儿有一块毒药，不怕死的就来尝尝啊！”这时，只要有“不怕死的”走过去，一伸手，她就会慷慨地把“毒药”送给他。还有时，她会攥着个拳头伸到我面前，说：“我这儿有一把‘老鼠屎’，剧毒无比，敢吃吗？”我就笑着摊开手掌，说：“多谢！多谢！”倪大侠给的老鼠屎，味道咸咸的、酸酸的、甜甜的，含在嘴里满口生津，颗粒虽小，但很经吃。

倪大侠喜欢各种各样的小玩意儿。什么玻璃球、水笔套子、手机挂件、贴花……有一阵子，她和鸭梨董各自带了许多小玩意儿到学校来交换。倪大侠先把自己的玩意儿拿出来，然后你一个、我一个地和鸭梨董分起来。当遇到她喜欢的东东时，她的手就会停在半空“嘿嘿”地笑着说：“这个我喜欢，还是给我吧！”

自从猛女在我们班开设了第一个地下小商铺以后，倪大侠紧接着就开了第二家。从此，她的小玩意儿不再白送，必须花钱去买。那阵子，倪大侠的书包里成天塞着一个大大的塑料袋，里面装满了琳琅满目的小商品；另外她还随身带着一个锦囊，里面放着许多叮当作响的“大头”，是为了找零用的。倪大侠的店铺很红火，东东经常不够卖。所以，她常常拿着钱去别人那儿“进货”。有一次，她花了两块钱从日本寿司那儿买了八颗玻璃弹珠，然后以两块钱一个的价格卖给了磕头猫。我觉得这个“商人”有点奸！倪大侠的

口才很好，她常常主动兜售，还给自己的商品做广告。在她口若悬河的描述里，一双双围观的眼睛里充满了渴望，最后，尽管她的价格很贵，但是买主丝毫也不介意。我又觉得这个“商人”很有才！

班里的小商品市场逐渐从地下转入了公开，而且生意火爆，交易者络绎不绝。据我所知，(6)班大概只有两个例外：一个是屏蔽蟹，因为他来自外星；一个是我，因为兜里没钱。不喜欢做商人，又买不了任何东西的我，心里倒也没有什么遗憾，因为我正被另一件事困扰着。

我每天中午都去小饭桌吃饭。有一天，小魔仙递给我一张写着“合同”两个字的纸，对我说：“Q海盗，你在上面签个名。以后在小饭桌，你、我和小魔女三个人就是一个团体，其他人都不许加入！”

“为什么？大家不都是同学嘛？应该可以自由交往！”

“你签不签？”

“我不想签。”

我没有在那张纸上签字，小魔仙和小魔女因此不高兴了。几天之后就是小魔女的生日，那天午饭以后，小饭桌的阿姨领我们一起去不远处的小乐园拍照。当快门按下的那刻，小魔女和小魔仙一起指着我说：“Q海盗，我觉得你的笑比哭还难看！”

被她们奚落的不只是我。那时小鱼儿也和我们一个小饭桌吃饭。一天，小魔仙递给小鱼儿几张写着“券”的小纸片儿，对她说：“你要想加入我们，和我们一起玩儿，就必须交一张券给我们，没有券就不能加入我们。如果你的券用完了，可以跟我申请，由我来发给你，知道吗？”

小鱼儿老实地点着头，接过那几张券，然后，她拿出一张，交给小魔仙。可是，得到加入许可的小鱼儿并没有获得游戏的快乐，小魔女和小魔仙总是拿她的“胖”说事儿，不断地嘲笑她。

“(6)班之大，朋友何其多也！我不要再忍受，我要离开她们！”一天，忍无可忍的我在心里大声地对自己说。回到教室，我把心中的苦闷告诉了倪大侠。只见倪大侠听后，“啪”地一拍桌子，站起身，大声喝道：“什么人?！太过分了！你离开得对！什么狗屁合同？一钱不值！见鬼去吧！”

这次谈话以后，我和倪大侠从同学变成了朋友。她因为生意忙，顾不上我，但不久之后，(6)班所有的商铺遭到了万万的全面绞杀。做不成生意的倪大侠和我决定合写一本书，名字叫做“神秘的眼睛”。她封自己为这本书的主编，封我为副主编，还龙飞凤舞地把我们的名字和称号写在了软抄本的扉页上。

这本书的主角叫做安娜。安娜是个从小没有父母的孤儿，她和她的继父母一起生活。不幸的是，她的继父母不是什么好人，他们虐待安娜，不给她好日子过。但安娜并不是个灰姑娘，面对折磨，她用一个个恶作剧对继父母进行报复，终于搞得那对恶人头皮发麻，他们拎着安娜的衣服领子去警察局告状……那阵子，只要一下课，我们俩就凑在一起创作我们共同的故事，她写一段，我写一段，两人轮流，交替进行。后来，杜鹃花主动加入进来，愿意给我们当书记员。我和倪大侠就改笔为口，创作小组从两人变成了三人。

我们还把自己编进了故事里。安娜就是倪大侠。我在书中叫稻草，是安娜骑着恐龙逃走后在水果王国孤儿院解救的一个营养不良的姑娘，后来一直跟着安娜闯荡天涯。杜鹃花在书里的角色是香蕉公主，她渴望冒险，偷偷地从水果王国逃出来，和安娜还有我一起去游历天下！

软抄本的横线格里密密麻麻地爬满了铅笔字，终于有一天我们都冷淡了下来，不知该怎么继续前途未卜的故事。这时候，“快

乐星期天 雏鹰假日小队”新年课本剧排演的任务下来了，我们三个正好被分在一个小组，于是，我们放下了《神秘的眼睛》，全身心地投入到《普罗米修斯盗火》的改编和排练中去了。

倪大侠主动挑起了导演和编剧的大梁，并出演万神之王——宙斯。我得到的角色是普罗米修斯，杜鹃花担任旁白和一切配角。倪大侠是个大刀阔斧的编导，她完全抛弃原课文，根据自己的兴趣把经典改编成了“倪氏爆笑加无厘头闹剧”。在我们排练的每一个中午，聚集着越来越多的观众和粉丝。应大家的要求，我们会提前向各班发布排练时间表，以保证粉丝们全程观看。

活动当天，除了我们小队的10个家庭，老李和数学老师游游也应邀出席。在课本剧单元，轮到我们出场的时候，倪大侠一声：“兄弟姐妹，给我上！”我们三个一阵风似的蹿上了舞台。

我，英俊潇洒的普罗米修斯，为了给人间送去光明，被迫乔装成“天匪”，闪亮登场啦！因为打小视力不好，导致普罗米修斯的英雄形象只能像个讨饭的小老鼠，跌跌撞撞地追着阿波罗的太阳马车讨他的名字。后来出于怜悯，阿波罗给了我一条红领巾(山寨天火)，扬长而去！我手捧天火，摘掉了高度近视的眼镜儿，欢欢喜喜把火种送到了人间！我们一边沉浸在角色的表演中，一边听到台下人群的大笑声！余光里，周小子和刘博士更是夸张地从座位上笑到了地板上，捧着肚子，四脚乱蹬！

最让人发笑的是给我——普罗米修斯判罪的片段！倪大侠扮演的宙斯在宣读审判结论时竟然先后掏出了多多的私人日记，如：“今天被老婆打……”、“今日奶粉涨价……”、“今日股市下跌……”等；弄得受审的我脸上怎么绷也绷不住，哈哈大笑起来！这时，我偷偷地瞄了一眼老李，他正拿下眼镜擦眼泪呢！瞬息间，台下欢呼声、掌声、笑声汇成一片！

最大的改动非结尾莫属！只见大英雄赫剌克勒斯不远万里来到高加索山下，因为太辛苦，居然失手将我——普罗米修斯射死！唉，真是命苦啊！好不容易盼来个救星，却要了我的命！不过这兄弟倒真是个英雄，对我不离不弃，在我倒地的那刻就不停地拨打“李时珍免费行医江湖队”的电话，但因为情急慌乱，居然接通了警察局。好在李时珍大人神通广大，他骑着神驴颠到了高加索山脚下，给我服下了还魂丹，把我从黄泉路上拉回了阳间！

那天谢幕的时候，我们三个在不断地笑声和掌声中体会着无边无际的满足和快乐，真是太过瘾了！

倪大侠不仅多才多艺，而且有情有义。记得四年级的暑假，和她一起去江西庐山。在五老峰顶，她花了一块钱买了一颗青梅请我吃。当我美滋滋地拿在手里，刚刚剥开包装纸，那圆滚滚的梅子就迫不及待地跳到了地上，全身沾满了泥土。

“啊！”我和她不约而同地叫起来，“太可惜了！”

随后，倪大侠拍拍我的肩，建议道：“没关系，我们把它埋进土里种了吧。这就是我们友谊的象征。等我们长大后再来这里，看看能不能找到它！希望那个时候，树上长满了梅子，想吃多少就吃多少！”

“好！”我高兴极了，蹲下身和她一起用小砖头挖起土来。

现在我知道，那颗被腌渍的青梅是永远也不会发芽、长叶、开花、结果的。但是，倪大侠的友谊已经深深地植入了我的心里，早已枝繁叶茂、生机勃勃了！我们“快乐星期天　雏鹰假日小队”的队歌里有这样一段歌词：“你把种子种下，我用爱泼一幅山水画。童年纯真友谊最珍贵，点点滴滴值得我们去珍藏……”每当唱到这里，我就会想起庐山的青梅，想起我的好朋友——倪大侠！

三十三、胡子小

胡子小是万万眼中的一颗星，所以，她也是(6)班粉丝最多的偶像。我们学校从二年级开始设立了干部选举制度，胡子小的干部生涯一路看涨：二年级，她是(6)班的中队长；三年级，她当选为校大队组织委；四年级，她又成为大队文艺委；五年级，她迎来了干部生涯的顶峰，成功竞选为校大队长。

围在胡子小身边的人分成两拨：一拨以故事大王、米老鼠公主和玛丽张为代表，他们拥护着、追捧着胡子小；另一拨以大康、小皮球、小小宋、日本寿司为代表，他们常常联合一群人去骚扰胡子小。常见的骚扰方式为：一，躲在胡子小的身后，偷袭她的屁股；二，鬼鬼祟祟地跟在胡子小后面，冷不丁地大叫一声："哇！"然后，嬉皮笑脸地一哄而散！

我觉得胡子小像个女王，她身边的这两拨人，一拨是"保王党"，一拨是"扰王党"。两党水火不容，势不两立。从人数上来说，"保王党"的成员众多，有绝对优势。从兵力上来说，"扰王党"的成员有的精干，有的高大，有的还是跆拳道高手。从性别上来说，"保王党"里只有一个男生——故事大王；而"扰王党"里没有一个女生。

两党之间的战役从一年级一直打到三年级，相持不下、十分胶着。曾经有一度"扰王党"占了上风，"保王党"的成员着急地四处去拉壮丁。我这只"闲云野鹤"也曾被他们请出茅庐，去火线救急。

那天下课，两党人马各成梯字队形层层排开，故事大王让我站在最前面当“特邀先锋”。就在双方欲将“剑拔弩张”之时，我“碍”地叫了一声。只见——“呼啦啦”，“扰王党”的大将们“妈呀”一声，扭头就跑，一眨眼的工夫，溃不成军。“噢！噢！噢！”“保王党”的阵营里欢呼声阵阵，终于迎来了盼望已久的胜利！

你一定觉得奇怪，一个“碍”字怎么能有这么大的威力？哈哈，这话还要从一年级时说起。那时，我和乖猫无意间发明了一种名叫“障碍物”的游戏。我们俩相互抱在一起，然后或前、或后、或左、或右地移动，一边移动，一边“碍”、“碍”地嗲叫。当有人关注我们，并对我们产生兴趣，我们就张开双臂摆出拥抱的姿势，并连续不断地“碍——碍——”地发出强嗲音，表示欢迎。这时，大多数女生都会欢天喜地地张开双臂扑向我们，和我们一起“碍”起来；但若是男生，他们的态度恰恰相反，个个大叫一声：“恶心！”然后，鸡飞狗跳、逃之夭夭！

“障碍物”在女生中迅速流行，渐渐演变成了修理男生的一种方式。被“碍”捉住的男生，被女生们挤在中间，包围在嗲音里，还要忍受卡脖子、捏耳朵、拽脸蛋……的折磨。二年级以后，“障碍物”渐渐演变、发展成了“宝贝床”。“宝贝床”基本不再对男生进行攻击，而是自愿成为好朋友的一种方式。最终，“宝贝床”成了好朋友的代名词，像我和杜鹃花就是六班公认的“宝贝床”。

现在你可以理解，为什么单枪匹马站在阵前的我，只一声“碍”，就可以兵不血刃地取得胜利了吧？全是因为那声“碍”字，瞬间勾起了男生们对于“障碍物”时代的恐慌，虽历时已久，但记忆犹新啊！

虽然胡子小是(6)班大多数人的偶像，但我和她的接触并不多。我清楚地记得第一次近距离地和她接触是在二年级的时候。那时的我，梳了两条细细长长的麻花辫。一天下课，我从厕所刚回到班级的走廊上，突然，一双手抓住了我的辫子，而且还使劲儿地向下扽着；随即，“驾驾驾”的吆喝声响起，我被迫变成了一匹瘦马，被赶进了班里，来到了米老鼠公主和玛丽张的面前。“吁——”，我的头被拽得向后仰去，停住了脚步。

“看，我有一匹马啦！”胡子小兴奋地指着我，然后慷慨地说，“你们要不要试试？”

摸摸隐隐作痛的头皮，我拔腿就跑。这下，她们可来了劲儿，每节下课都来找我当马。我是能躲则躲，能逃则逃。大约一周之后，她们终于不再执著，我又恢复了自由自在的感觉。

我和胡子小真正的一次朋友式的交往是在三年级的时候。我记不清当时是五一长假还是十一长假之后，总之，她没来上学。从万万那里得知，胡子小因为旅游途中出了意外，从小山坡上摔下来，手骨折了，所以要请一段时间的病假，在医院养伤。这个消息一出，“保王党”的成员都惊叫和骚动起来。放学之后，或是星期六、星期天，他们纷纷去医院看望、陪伴、安慰胡子小——他们的女王。故事大王也去了。那时，故事大王是胡子小的绝对追求者，但从四年级开始，他的心上人换成了米老鼠公主，可能是觉得女王太高不可攀，公主也许还有点儿希望吧。

且不说故事大王的“移情别恋”，还是单表我们的主角——胡子小。大约两个礼拜之后，胡子小来上学了。她的伤并没有痊愈，左手上还缠着雪白的绷带。写字时不方便扶着本子，只能用铅笔盒压在本子上代替手。她的出现得到了万万的高度赞扬：“胡子小同学热爱学习，伤还没好就来上学，她的这种精神值得大家学习！让我们为她鼓鼓掌！”

那天课后，我去上厕所，路上听见有人叫我：“Q海盗！”我一回头，见是胡子小，于是，停下来，等她跟我并排，然后一块儿走。

“你的伤怎么样？还疼不疼?”

“还好啦，已经不疼了。唉，当时都怪我自己太不小心了。你们这个礼拜具体都学了什么?”

“语文上了两课，测了一次验。数学上了一个单元……”

“……本来也没好透，我就是怕落得太多了，所以就来听听课，老待在家里不踏实!”

那天，我们一路上谈谈说说，很亲近。我第一次和她产生了一种朋友般的感觉。也就是这次谈话后，让我从心里觉得胡子小真是一个学习上的小主人。

胡子小一年级的时候，在课间做二年级的课外习题；二年级的时候，当然就做三年级的……除了学习，她的校务活动也很繁忙，常常要出席大队会，还主持一些全校性的重要活动。她曾和故事大王一起，在三年级的时候主持了琅小槐花节，是一颗备受注目的Superstar！胡子小竖笛吹得婉转动听，是(6)班的No1！胡子小为我们琅小的《小主人》杂志写过刊名，她的隶书很有功底。胡子小访问著名学者的文章上过《扬子晚报》，现在还被老李压在讲台的桌面下珍藏……胡子小是(6)班的全才！数学魏老师曾在(6)班训话时这样说：“你们要都像胡子小这样各科优秀，那你们去参加什么班我都没意见！偏偏就是有一帮人，连作业都交不齐，还一会儿参加这个，一会儿参加那个，你们还想不想考中学啊?!”

现在我和胡子小接触得渐渐多了。我们有时一起玩悠悠球，有时一块儿跳“双飞”，有时搭伙儿踢毽子，有时结伴“抓俘虏”……我们还合作编过一首《矛盾诗》，我老妈大夸“有才”！诗的内容是这样的：“在一个黄昏的早晨，一个年轻的老人，手拿一把闪亮的锈刀，杀了一个他心爱的仇人!”哈哈，一个活泼、健康、勇敢、快乐、执著、幽默的胡子小逐渐走进了我的视野。四年级时，她被评选为学校的读书之星，老李让我为她写特点介绍，我记得那天我这样写道：“她是书的精灵，畅游在知识的海洋中。在教学楼旁的石阶上，在小主人塑像的花坛边，伴着迎春花的笑脸、梧桐树的绿荫、石榴果的红艳、蜡梅花的清香，到处都能见到她——那手捧书本的女孩，被一个个故事、一段段文字迷住的身影！她就是(6)班的胡子小，我们琅小的读书之星！”

三十四、玛丽张

我和玛丽张是同一年当选的班干部，她是当时的宣传委，我是卫生委，两人的工作没有交集。到了四年级，她依然在宣传委的位子上，而我改选成了文艺委，我们在工作中的接触就变得频繁起来。

刚开始合作，我们就接到了筹备“(6)班10岁集体生日会”的大任务。我的工作是总策划，她要负责板报布置，而老李特别叮嘱要我兼顾协助玛丽张完成任务。一下课，玛丽张就喊来了胡子小、米老鼠公主，商量着画一幅三层大蛋糕加小朋友加气球的画，我的任务是帮她们递水彩笔。

画纸铺好了，水彩笔排开了，三位大师手拿铅笔开始起稿了。为了节省时间，大师们决定统一绘画技法，采取画一笔、描一笔，描一笔、画一笔的方式。结果，搞得那块蛋糕的外形毛毛糙糙的，好像烤好以后被人莫名其妙地用刨子刨了皮，而那刨皮的刨子没准儿是从我太太家的厨房里借的——绝对的不利索！终于，三位大师似乎也看出了问题，都停了手，发出“哎呀，不行”的叫声。于是，齐刷刷地拿起橡皮“呼啦啦、呼啦啦”地一通猛擦，像在DIY的面点手工坊里制作面条儿。

“我觉得让一个人来画轮廓，而且用大线条画好了其他人再描比较好。”我这个没上过正经美术班的助理建议道。

“沙沙沙……”“嚓嚓嚓……”大师们仿佛我不存在，又画一笔、描一笔、擦一通地干起来了。接下来的许多天，只要一下课，我们就聚到米老鼠公主的座位上，围着画纸，三个人忙活，一个人着急。有时候我也会离开，去看看节目的排练进度，盯一盯PPT的制作、游戏的材料搜集……一切都在向前推进着，但唯独这张画和那后面的板报还没有太大的动静。终于，老李指着后面不动声色的板报板起了面孔，勒令："明天必须开工，后天必须弄完！"

放学时分，玛丽张叫住了我："Q海盗，这张画你带回家弄一下，把它画完吧。我们来不及了，拜托——明天早上一定要带来哦！"

天哪！这是个什么"拜托"啊？我觉得自己一下成了辛德瑞拉，可是我的鸽子奶奶在哪里啊？今天有语文预习，这个作业的时间是最耗时的！但，没有办法，谁让我们坐在一条船上？拼了！那天晚上，我的妈妈成了"鸽子奶奶"。第二天，那幅画顺顺利利地上了墙，玛丽张乐得直拍巴掌。

我和玛丽张的工作合作时间是整整的一个学年，几乎每个月，不是在我洗脚之前，就是在我准备上床之时，总会有一个电话是她打来找我的。

"喂，Q海盗，麻烦你帮我打几篇文章，明天我要装饰板报用。"

"喂，Q海盗，请你准备几张小队活动照片，明天带给我，一定要哦！"

"喂，Q海盗，你把班级评分细则设计、打印一下，我有急用！"

"喂，Q海盗……"

玛丽张的电话都是十万火急，那段时间，只要一听到她的声音从电话里传来，我们家的打印机都跟着全身紧张，零件发麻。

那时，分管我们工作的是小小宋。小小宋属于能不管就不管的领导，除非老李再三再四地叮嘱，最后没办法了他就按照他的想法不容更改地瞎管一气。结果是老李指着墙报火冒三丈："这就是四年级的水准啊?！要是倒回去两年还差不多！"于是，我就被留下来配合玛丽张重弄。重弄的过程特别锻炼人的忍耐力，虽然玛丽张的电话总是十万火急，但在具体的工作中她总是左挑挑、右拣拣……看着时光在她慢吞吞地动作里流淌，真是叫人没脾气！

五年级班干部改选，玛丽张成了体育委员，而我依旧是文艺委，我们的合作生涯画上了句号。

要说玛丽张的体育天分还真是不容小觑！一次体育课，张老师拉着脸、皱着眉地宣布："今天立定跳远考试！"千万别误会，张老师的不高兴不是因为体育考试，而是因为我们班的整队速度和纪律。很快，男生、女生分成了两大组，胡子小耳朵上夹着笔，手拿成绩册成了记分员，而排球队的跳跳蛙和万马奔腾担当测量员。第一个跳的是倪大侠，两跳成绩都是1米78。玛丽张第二个出场，只见她在横线后，运气、甩手、起跳、落地——哇，2米04！"漂亮！"围观的我们情不自禁地赞叹道。第二跳，玛丽张先深吸一口气，然后使劲儿摆动着手臂，轻快地向前蹿去，落地无声。"2米08！"在跳跳蛙惊叫着喊出这个成绩的时候，张老师板着的脸舒展开来，露出了笑容。他走到玛丽张的面前，拍拍她的肩说："小姑娘，不错啊！下次春运会我们班这个项目有人了！"那次考试，玛丽张以2米08的傲人成绩位居(6)班立定跳远项目榜首，排球健将羊角妞以1米99的成绩位居第二，万马奔腾和我以1米98位列第三；而男生中成绩最好的熊猫超人只能排在第四，他的成绩是1米95。以后，只要一提到立定跳远，(6)班所有人都会脱口而出："谁能跟玛丽张比？她是我们班跳坛的'牛十三'！"

按说有这样的体育天分，当好(6)班的体育委员应该是小菜一碟。但是班干部和体育明星似乎不是一回事儿。因为不熟悉体委的工作条例，尤其是评分标准，玛丽张常常挨批。比如，经老师表扬者，每人加五分；经老师批评者，每人减五分；经班干部批评者，每人减两分；无批评、表扬者，每人加两分……糊里糊涂的玛丽张给无表扬和批评的人每天都加五分，结果比得到表扬的人分数还高。猛然间，(6)班出现了一大批史无前例的体育课高分者，这个喜人的现象和张老师脸部的表情完全不相称，于是，玛丽张不仅要纠正工作失误，还要认真反思工作态度！

玛丽张的记性不太好，她常常忘记放学的时候举班牌这件事。有时候，即使她举起了班牌，可是因为个子小的缘故，家长们经常看不见，也会听到这样的抱怨："那么多大个子不选，怎么让个小个子来举牌子啊？看都看不见！"

玛丽张的声音很动听，曾是校朗诵组的成员。在语文课上，无论是万万还是老李，都喜欢让她为大家朗读课文。但是，这样的好嗓子用在喊口令方面就很不适合，没有了生动的内容和优美的词句，玛丽张的优势无法发挥，常常她都喊完"手放下"了，我还在队伍里纳闷儿："怎么还不整队呢?"说实话，要说整队、喊口令，谁也没有小小宋帅！虽说老师一直认为(6)班"阴盛阳衰"，但体委这活儿还是小小宋干得最棒！

玛丽张和我曾一起入围参加了名为"感动2008"的小学生美术大赛。她画的主题是"1000只兔子的大合唱"！我看见雪白的画纸上满满当当地画满了张着大嘴的兔子，数一数有53只，它们站在月亮底下的山坡上、亭子里、水塘边……月光照水，水波映月，乐曲久久地在山野回响，舒缓而又起伏，恬静而又激荡。我仿佛听到兔子们用动人心弦的歌声告诉2008："我们很弱小，我们也很强大；我们很平凡，但我们也可以让人感到震撼！"玛丽张的兔子，深深地印在了我的记忆里。在我看来，做一个随心所欲的艺术家比当干部更能施展玛丽张的才华！

三十五、杜鹃花

“咩……”

“咩……”

这是我和杜鹃花最喜欢发出的声音。我们常常彼此发出或高、或低、或长、或短的咩音。在这些女生听不懂，男生觉得肉麻的咩音里，我们无拘无束地交流着，友谊源源不断地增长着……在“宝贝床”之后，我们成了“绵绵”。

《绵绵，我要感谢你》，是我的一篇周记，那里记录着杜鹃花为我雪中送炭的故事。那是一个中午，老李张罗着要收竖笛款了。“哎呀”，我紧张起来，“忘带钱了怎么办?!”

“Q海盗，我这儿有30块钱，15块钱买竖笛，还有15块钱就给你吧!”正在我一筹莫展的时候，杜鹃花走到我身边，她的手上拿着崭新的15块钱。那天交钱的时候，我发现她自己交上去的钱是旧的，而她给我的却是干干净净、崭新崭新的新钱，我的眼睛一下就湿润了。

杜鹃花、小松鼠和我，无论从外形、声音还有性格上来说都有许多相似之处。所以，我们三个经常在一起玩儿。有一阵子，我和杜鹃花身上总是带着一根绳子。一下课，我们就把绳子拿出来，套在身上，然后小松鼠就抓住绳头儿，“驾！驾!”地吆喝着，我们就一阵风似的跑出去，把操场想象成无边无际的大草原，撒开腿尽情地奔跑！跑着、跑着，我们挣脱了缰绳，迎着阳光欢腾，有许多七彩的泡泡在空气中跟着我们一起舞动。不一会儿，身后传来“主人”气

喘吁吁的抱怨声："这是什么马？跑得这么快，刹也刹不住！"这个时候，我和杜鹃花总是相视一笑，好像在说："合作愉快！"

我们特别痴迷这个游戏，三人每天都乐此不疲。有一次，正在下楼的时候遇到了值日班长两张嘴，她严肃地喊住我们，训斥道："你们再这样跑，扰乱上下楼秩序，我就把你们的不良行为记到班级日志上去，让老李看见了，还不定怎么收拾你们呢！"面对威胁，我们没有屈服，而是改变了游戏策略。每当两张嘴值日的星期五，我们就一起散步、聊天，其余的那四天我们照旧狂跑。有两次被她撞上了，我们看见她的两只眼睛瞬间变成了灯泡发出惊奇的强光，不等她开口，我们就乐着跑开了，留给她一串"呵呵呵……"的笑声。这样的日子一直持续到小松鼠被她的家人带去美国。一个学期之后，小松鼠又回到了(6)班，她在美国的时候最想念的居然就是我和杜鹃花这两匹马！

小松鼠的回来让我既高兴，又有些犯难。还记得我和杜鹃花正在苦练的两人三腿跑项目吗？因为小松鼠的回来，我们从原来的两个人变成了三个人，而我和她们俩的默契度都非常的高，很难抉择到底应该和谁一起去参赛！不过这个星期四，体育张老师一声令下帮我们解决了这个难题，他说："春季运动会，两人三腿跑项目取消……"但是，新的问题又来了，因为张老师紧接着继续说："我们要选拔两人夹球跑的选手，请大家抓紧练习！"

新项目——两人夹球跑的比赛规则是：两个选手背靠背地站着，把一个排球夹在后背之间，然后同时侧步向前，到目的地后把球传给另一对选手就算完成任务。还是我们三个，还是一样地让我为选择犯难。从练习来看，我和小松鼠的速度会更快一点儿，但是和杜鹃花的默契也非常好。日子一天天地过去，我心里总是找不到解决的方案，而春运会的选拔明天就要开始了。

“Q海盗，这次选拔你跟小松鼠去吧，你们俩的配合更好一点。虽然我很想跟你配合，但是为了班级的荣誉，为了多一分胜利的希望，在班级荣誉和个人喜好冲突时，我想我只好把个人喜好放在一边了。你跟小松鼠去吧！”杜鹃花对我说这话的时候，她的黑眼睛里闪烁出月光的皎洁，我的心因这皎洁而变得清澈透明。在她的无私里，我感动着、自豪着、骄傲着！晚上，我把这事跟妈妈分享的时候，妈妈说：“有友当如杜鹃花。”我觉得这句话说进我的心里去了。

杜鹃花是我的好朋友，也是一个称职的劳动委员。从四年级开始，她就担任这个职务直到现在，她不怕琐碎，不怕辛苦，每天一大早赶到学校，有时连早饭都是在车里吃的。为了(6)班能争到卫生流动红旗，她任劳任怨，勤奋工作，始终如一。

六班有许多卫生死角，什么门后面，垃圾桶旁边，放扫帚的地方，被桌脚、椅脚压住的地方，靠墙的桌肚里……这些都逃不过杜鹃花的眼睛。她一方面多派人员勤加检查，绝不松懈；一方面亲自上阵，带头清理，就这样，一个个死角被消灭了。但是，杜鹃花并没有胜利的喜悦，因为她的眼睛已经盯上了我们班的“卫生角”。说是卫生角，其实那里是(6)班最不卫生的地方。那里不仅摆着永远倒不干净垃圾的簸箕，还挂着一块块脏乎乎的抹布，然后是一排排同学们的水杯，还掺杂着一些绿色小盆栽……这里常年的乱，地上总有沙土和一汪汪的水；这里虽只是弹丸之地，但却人流集中，杂乱无章！杜鹃花很苦恼，因为这地方实在难搞。有一阵子，她总是盯着那个地方嘟起嘴，鼓起腮帮子，微皱着眉头若有所思。终于有一天，她的智慧冲出大脑，大显神通！首先，她先招募了一批志愿者，这些人都是早上一贯来得比较早的同学，他们的任务是先给卫生角来个彻底大清扫，然后规划卫生角的物品排放，定时给盆栽浇水，监督值日生把簸箕里的垃圾倒干净。然后，杜鹃花每天依然早早到校，监督值日生做好工作。经过第一天的实践，杜鹃花发现(6)班的抹布实在是脏得可怕，而且已经起不到抹布的作用，反而使抹过的地方更脏。于是，第二天，她发动了“更换抹布大行动”。凡是为班级自愿贡献抹布的同学，卫生评分各加20分。哇！此政策一出台，(6)班的许多人都红了眼，第二天那些令人作呕的脏抹布统统下了岗，卫生角的挂杆上一排洁白如雪的新抹布正喜气洋洋地准备迎接光荣的任务。卫生角变样了！同学们在放水杯的时候不随手乱扔了，喝水的时候，也比以前小心、注意多了。小盆栽里的土和水不再像以前那样搞得到处都是，而且植物们长得也比以前好看、引人注目了。但是，杜鹃花还是高兴不起来。因为，抹布可以更换，喝水、浇水可以小心，但是那簸箕里的垃圾却总是赖在里面跟杜鹃花示威。怎么办呢？苦思冥想后的杜鹃花决定请老李帮忙。于是，周五的班会上，老李下命：“值日生扫完地后一定要把垃圾倒干净，如果发现簸箕里依然有垃圾的话，嘿嘿，那你就等着到我这儿来领赏吧！”这“圣旨”一下，同学们的脑子里就浮现出“办公室无限游”、“日记大礼包”、“日日帮扫”……这些无人敢食的饕餮大餐。终于，(6)班的卫生死角彻底干净了！卫生流动红旗连续好几期都在我们班流连忘返！杜鹃花的脸上也绽放出了灿烂的笑容！就连背地里素有“恶魔”之称的数学魏老师都忍不住在全班夸赞杜鹃花，说：“吃苦耐劳，工作有方法、有效率，杜鹃花真是个好干部！”

2010年感动琅小人物评选时，(6)班全体，无论老师还是同学都把这一票投给了我们的劳动委员杜鹃花。作为(6)班的成员，作为她的好友，在祝贺之余，更为她自豪！

三十六、格子

格子有一条魔法手链。在楼道里，她小心地撸起衣袖，伸出手腕，我看见一根红线穿过一块黄色的石块儿，的确很不寻常。在那黄色石块儿的边缘，有一圈儿幽蓝色的小碎石，而石块儿的正中心有一块更大的幽蓝色花纹，看起来像一只神秘莫测的眼睛。

“这是魔眼。”格子压低了声音对我说：“它可神了！只要你盯着它一直看、一直看，然后心里反复祷告，它就能帮你实现愿望！我上次语文考了全班第一，就是它保佑的！告诉你一个秘密，我还让魔眼保佑别让悦非睿考试超过我，它真的显灵了！下午就要语文测验了，你要不要试试？很灵、很灵、很灵的！”

魔眼是格子的宝贝，她朋友之外的人都不知道。格子的朋友不多，我有幸是她朋友中的一个。不过，格子最要好的朋友不是我，而是铃摇摇。她们俩无话不谈，没有秘密，什么都分享！像这样如糖似蜜的友谊也并非不出状况，一场友谊的风波曾经在她们之间掀起过巨浪。

一天早上，铃摇摇在教室门口看见格子和悦非睿有说有笑的，而且隐约手里还晃着个东西。突然，格子发现了门口的铃摇摇，就赶紧把手里的东西往课桌里一塞，还慌慌张张地跟悦非睿咬了几句耳朵。

“肯定有事想瞒我！”铃摇摇压制着自己难过的心情走进了教室，强装笑脸地对格子说：“你们说什么呢？”

“没，没什么啊。”格子脸上闪烁着笑意，矢口否认。

“你们刚才在说什么？”见好友不承认，铃摇摇转头去问悦非睿。

“没说什么啊。”悦非睿也不承认，表情和语气都和格子一模一样。

这时，老李走进了教室，铃摇摇不想因为追究而引起老李的关注，更不想得到老李随时准备送出的“日记大礼包”，就回自己的座位去了。

上午的每个课间，铃摇摇都不停地问格子同一个问题：“你到底瞒着我什么？”可是，格子铁了心地就是不承认。

到了中午吃饭前，格子下楼去洗手。铃摇摇追了出去，三步两步地赶上格子，捉住她问：“你到底有什么事，现在可以告诉我了吧？”

“我不能告诉你！”格子对铃摇摇摇着头。

铃摇摇一下笑了起来，她对格子说：“你也真是的，有什么不能对我说的呢？我们不是说好的，我们两个是没有秘密的好朋友吗！你快告诉我吧，到底是什么事呢？”

“我真的不能告诉你！”格子依然守口如瓶。更让铃摇摇生气的是，格子的脸上总是显露出一丝隐藏不住的笑意。

“亏我把你当成最好的朋友，可是你连约定都不遵守！我以后都不要理你了！”铃摇摇生气地一扭头，准备上楼去了。

看着生气的铃摇摇，听着这番绝情的话，格子开始抽泣起来。

“自己没道理，还哭！可恶！”铃摇摇心想。

“你别走！”格子喊道，然后她一边抽泣一边说：“那个小盒子里放着的是我准备送给你的生日礼物。我想着，还有几天就是、就是你的生日了，我想，我想那时给你个惊喜，所以，所以让悦非睿也替我，替我保密……”

铃摇摇像被电击了一样，站在那里一动不动了。后悔，强烈的后悔袭击了她的全身，看着格子伤心的眼泪，她多想收回她刚才对她说的所有的话呀！“格子，对不起！”刚开口，眼泪就从铃摇摇的眼睛里流了出来。这场风波终于在最危险的时候结束了，而经过了风浪的洗礼，她们俩的友谊比以前更牢固、更甜蜜了！

和格子同桌缘最好的人是悦非睿。用熊猫超人的话说：“这对小夫妻和和睦睦、甜甜美美，是(6)班的模范！”而事实上，他们俩也确实有过一次莫名其妙的“红线缘”。

“你拿这个。这个给你。这是我的。”熊猫超人拉开悦非睿的竖笛袋，掏出里面的竖笛，把它拆成了三段，分给了格子、哪吒女和他自己。然后，他把悦非睿的竖笛谱卷了起来，放进了竖笛袋里，拉上拉链，放回悦非睿的抽屉里。

“快走！”熊猫超人手一挥，格子和哪吒女就跟着他出了(6)班的大门向着音乐教室的方向冲去。

“等等我！”悦非睿在教室门口碰上了熊猫超人他们，然后他飞快地跑回座位，一把抓起竖笛袋，朝着熊猫超人他们的方向追了过去。

“稍息！”

“立正！”

“齐步走！”

音乐教室门外，同学们跟着口令整队，进入教室。找到座位后，悦非睿拉开竖笛袋的拉链，“啪”的一下，乐谱从竖笛袋里跳了出来，在桌面上滚着。“怎么回事儿？”悦非睿看着空空的竖笛袋惊讶地瞪起了眼睛。

“给你！”格子把一支竖笛的中段递给了惊恐中的同桌。然后，哪吒女也把那支竖笛的下段让人传给了悦非睿。

“交出来。快给我交出来！”悦非睿冲着回过头来坏笑的熊猫超人说。

“什么？你说什么？我听不懂。”熊猫超人装出一副糊里糊涂的样子，还想继续这个游戏。

“别装了，快还给他，马上就要练习了！”格子揭露了熊猫超人的底牌。

“真没劲！”熊猫超人只好把那支竖笛的上半截还给了悦非睿。

接下来，音乐教室里此起彼伏的噪声混绕成一片。用音乐老师贾老师的话评价是：“比锯木头还难听！”下课的铃声终于响起，“呼啦啦”，人群争先恐后地涌出了教室。格子也站起了身，刚往前跨了一步，只听“叮铃当啷”、“哎哟”，一扭头，发现悦非睿惨兮兮地趴在地上，表情痛苦地指着她的脚。顺着悦非睿手指的方向找去，格子的眼睛越瞪越大——她的鞋带和悦非睿的鞋带被系了一个死疙瘩。

“哈哈，月老线！情侣鞋！”熊猫超人指着他们的鞋子开心地拍起了巴掌。

“Q海盗，幸好那天教室里的人都跑得差不多了，要不我们多尴尬啊！”事后，格子对我讲起这事，脸上还红红的。

三十七、水汪汪

水汪汪是(6)班的纪律委员。老李对她的评价是:“她做工作我放心!”但是,在同学群里,对于水汪汪的评价可谓五花八门、精彩纷呈!

【岩石体】:“缘定三生的母老虎!”

一堂科学课前,老师还没来,课堂里闹嚷嚷的。突然,水汪汪蹿到讲台前,大吼一声:“安——静——”立时,吓哑了一大片。有几只皮猴子“贼性不改”,压低了声音仍在叽咕。水汪汪定睛一看,箭步如飞地来到他们面前,伸手一抓、一拉,把为首的熊猫超人给揪了起来,然后顺势拧上一圈儿。再看那平日里威风凛凛、神气活现的金刚首领,此时栽了两栽,晃了两晃,歪歪倒倒地站稳了身形,两眼一片茫然。“哇,居然熊猫超人都被她搞成这个样子了,水汪汪真是个缘定三生的母老虎啊!”我旁边的独立岩石倒吸一口凉气,不由自主地感叹道。

【寿司体】:“七品芝麻官儿——威力无穷!”

一日课间,日本寿司、猛女和大康一齐蹿到我跟前,兴致勃勃地说道:“水汪汪头戴乌纱帽,两袖一挥沙尘暴!”我一下蒙了,问:“怎么回事儿?”日本寿司得意扬扬地冲自己一挑大拇哥儿,说:“怎么样?我编的!”这时,我如梦初醒,心想:“水汪汪啊,你的形象可真是非同寻常啊!”

【闷姜体】:“地狱夫人来啦!九阴白骨爪难逃哇!”

某课间,闷姜把订正抛在一边,和大康、猛女等人打打闹闹,玩

儿得正欢。猛然间，他的肩头被人一记重拍，按住了。随即，“快点去订正”的吼声在耳畔如同响雷一般炸开了。闷姜心道：“完了，一定是水汪汪！”水汪汪见制住了闷姜，就转向大康、猛女发威，把他们统统给撵出了教室。闷姜心有不甘，抬脚去追他的同伴。“嚓——”一道寒光闪过，闷姜“啊——”的一声惨叫，手背上三道血红色的爪痕清晰可见。“罢了！”闷姜缩了脖子，耷拉了脑袋，回座位上订正作业去了。但“地狱夫人”的名号就此代替了水汪汪的名字，被六班传叫。

【小小宋体】：“克星啊！”

论官职，当然是中队长的官大。但是，更多的时候，中队长小小宋却受制于纪律委员水汪汪。五年级的时候，男生们对脏话，尤其是人体生殖器官产生了特别浓厚的兴趣，小小宋也不例外。纪律委员的工作职责里有这样一条：凡同学说脏话的，经提醒、制止不改者，都要扣分。这个条例在执法如山的水汪汪这里，无论皇亲国戚，还是平民百姓，一律一视同仁。一次午饭前，水汪汪捉住了脏字出口的小小宋，两人难免一番争执。等我从小饭桌吃完午饭回来，只见这两人都窝在后门口，一个仰面看天，一个“呜呜”流泪。到底水汪汪用了什么招数让小小宋变成这样？没人敢问。很多人走过来看看，又摇摇头走了。“厉害啊！”远远地有人在嘀咕。

虽然水汪汪在工作上非常铁腕，是个不折不扣的女强人，但她在朋友群里却有着另一面。水汪汪有一个特别团结的少女团队，团员除了她外还有小鱼儿、蛋蛋囡和小魔仙。因为她们从四年级开始就从早到晚地凑在一起，所以大家给这个团队起了个很贴切又很有诗意的名字——四叶草。

四叶草的成员们都有手机，除了在学校形影不离外，回家后还有说不完的话，讲不完的事，她们就通过手机短信联络。有一次假期，我去小鱼儿家和她一起写作业，她的四叶草姐妹们就不停地发信息给她。我看见小鱼儿的大拇指灵活地在手机按键上跳舞，不知疲倦，不停忙活。因为小鱼儿的缘故，我了解到四叶草的团员们都很热爱日本卡通片，尤其最迷《蔷薇少女》；并且她们还按照各自的喜好对应着卡通片里的角色，在自己的博客里编写属于她们的故事。水汪汪的角色是雏莓，那是个活泼开朗的女孩。

“Q海盗，你吃过莓大福吗？”一次，四叶草姐妹们煞有介事地问我。

“什么莓大福？我不知道。”

“莓大福就是莓大福啊！”

“它是粉红色的，软软的、香香的、甜甜的，是草莓馅儿的！”

“还有豆大福、麻大福，肉大福……”

“你没吃过吗？”

“没有。在哪里可以买到啊？”

“在街转角的一家四叶草大福店里！如果你闻到淡淡的四叶草的清香，看到四张甜甜的笑脸，那就是四叶草大福店。想吃的话，就来买吧！”

“呵呵呵……”

“呵呵呵……”

四叶草姐妹们开心地笑起来。这时候，我仿佛闻到空气中真的飘浮着一种清新的草香，似乎看到梧桐树撑起的绿荫里有一家淡绿色的大福店，那店里的糕点就叫“大福”。每种大福都有一张甜甜的笑脸，四个不同笑脸的大福拼在一起就是我眼前的四叶草姐妹。那条路的转角就在通往美少女心灵的路途上，想去的人们都能去，而去过的人们一定都会爱上四叶草大福店独特的气息和味道。

在(6)班，能品味到四叶草味道的人可能不多，尤其是男生，他们没有人知道水汪汪会做带着甜甜笑脸的大福糕点。这一阵子，(6)班对清宫穿越剧《宫》产生了浓厚的兴趣，尤其喜欢讨论我们班的谁谁谁像《宫》里的谁谁谁。一天早上，周小子领着几个淘气包对着小魔仙单腿跪地，参拜道："僖嫔娘娘吉祥！"

"我不是啦！"小魔仙显然不喜欢自己被叫做僖嫔娘娘，所以把头摇得像拨浪鼓一样。

这时，水汪汪走进了教室。周小子他们几个"呼啦"一下离开了小魔仙，跑到了教室的一角叽咕起来。然后，他们选择了一个靠门口的地方，远远地对着水汪汪拜了下去，口中叫着："参见四福晋。四福晋吉祥！"

"谁是四福晋?!"水汪汪厉声问道。

"四福晋就是金枝！哈哈！"周小子远远地答道，挺着肚子和那群人笑作一团。

"啊——"水汪汪气得大叫起来，但是与往日不同，这次的吼声失去了震慑人心的威力，反而招来越来越多的男生对她口尊"四福晋"，并连连参拜。没办法，水汪汪想不当"金枝"都不行啊！

三十八、毛豆豆

毛豆豆和我曾经是幼儿园同学。那时我们班有27个人，毕业后只有毛豆豆和我进入了同一个小学的同一个班，11岁的我们已经快要同学9年了！在幼儿园的时候，我们经常在一起玩儿，进入小学后，她和美絮、猛女十分投缘，成天黏在一起，就像“三明治”里的面包、火腿和蛋。

三年级，我们“快乐星期天 雏鹰假日小队”的大组长组织了一次规模盛大的苏州游，除了我们小队的成员外，班级里许多同学和家长都来参加，把一辆大客车塞得满满的。那天，我和毛豆豆坐在一张座位上。刚坐下，我们的话匣子就打开了。虽然在一个班，但那刻的我们就像阔别已久的老友，心里充满了激动、兴奋和喜悦。一路上，我们用嘴巴转换着时空，经历着一场场刺激而神秘的奇幻旅行。她带我去天上的天使园，我带她去龙王的水晶宫；她带我去怪兽岛冒险，我带她去宇宙穿越……后来，我们都在梦幻世界里流连忘返！

“啊！糖果雨啊！”毛豆豆兴奋地叫道，“这是草莓味的，这是蜜瓜味的，呵，还有柠檬味的……天哪！”推开梦幻世界的大门，迎接我们的是一场糖果雨。无数糖果从天而降，带着各种水果的气味把我们包裹着。我们在色彩缤纷的糖果雨中奔跑，无论多大的雨滴砸在头上、脸上、身上……都像妈妈的吻，“啵儿”的一声，甜蜜又温柔，一点也不疼。不一会儿，一个巨型煎蛋一样的太阳出现在蓝宝石一样的天空，糖果雨瞬间消失无踪，只留下袅袅香甜。这时，地面上钻出了绿色的小草，生长着，快速地生长着！

“Q海盗，快看！这些不是草，全是棒棒糖！”毛豆豆弯着腰睁大了一双乌溜溜的眼睛像是龚琳娜在唱《忐忑》！我的妈呀，真的！这里的土地上一大片、一大片绿油油、闪亮亮的不是雨后的青草，全是一根根你挨着我，我挨着你的棒棒糖！当“草”们停止生长后，五颜六色的“花”在“草丛”中冒了出来，张开了花苞，伸开了花瓣……“啊！这也不是花，是果冻呀！”毛豆豆又叫了起来。

柔柔的音乐响起，我们抬头看向天空。许多美丽的仙子，扇着透明的羽翅边歌边舞。我想起肖红在《我的祖父里》的一句话：“想做什么，就做什么；想怎么样就怎么样，都是自由的！”我们高兴坏了，随着棒棒糖们跟着节拍左右摇摆。这时，一个穿着黄裙子，带着黄帽子的仙子向我们一挥手，一根几尺长的大香蕉就闪到了我们面前。“啪”，香蕉开了口，香蕉皮均匀地分成了四瓣翻卷下来；其中两条香蕉皮分别伸到我和毛豆豆面前，像是在说：“请吧！”于是，我和毛豆豆就轻轻一跳，跳上了伸向我们的香蕉皮，一直走到白色的如同圆柱的香蕉果肉处。我们抱着这个香软的柱子爬到了顶端，“哇”，那上面开阔极了，像一个迷人的舞台！这时，香蕉皮舞动起来，香蕉旋转起来，带着我们飞到了空中，加入到仙子们的舞会中去。我们跳啊、笑啊、唱啊、转啊……尽情地……尽情地……

沉醉在这迷人的幻想世界，我们与车厢里周小子和熊猫超人的决斗隔绝了，与妈妈们唧唧呱呱、嘻嘻哈哈的闲聊隔绝了，与同学们嚼着的鸡爪子、鸭翅膀、话梅、薯片……隔绝了，现实的一切都与我们俩毫不相干。我们在彼此编织的时空里干着自己想干的事，无拘无束、自由自在！当车停苏州，到了目的地，一群人涌出门的时候，平日里严重晕车的我居然一点也不想下车，似乎来苏州的目的已经不是起初盼望的寒山寺、太湖、园林、小吃……而是继续和毛豆豆一起的奇幻之旅！

奇幻之旅，是属于我和毛豆豆两个人的，在这里我们亲密无间，快乐无比！这段奇异的旅程在下车之后就莫名地画上了句号，回到(6)班以后，毛豆豆很自然地又成了“三明治”中的一员，我们再也没有那样相处过。

不久之后，(6)班江湖出现了一个全新的、响当当的名号——王羲之！请注意，这并不是王羲之变成小孩儿穿越来到(6)班，而是……而是猛女为她们的“三明治”组合起的新名号！“王”是指猛女自己；“羲”是毛豆豆(也不知是什么原因，猛女刚认识毛豆豆的时候，就喜欢对着她Xi——Xi——地叫)；“之”是美絮(因为“之”的外形和汉语拼音里的“Z”接近，而美絮的真名最后一个字的开头字母就是“Z”)。“王羲之”组合的成立并不是一个行书社团的兴起，这个名号跟文墨没有任何瓜葛；事实上，“王羲之”行走(6)班江湖专干滋事、捣乱的营生，是(6)班最厉害的“碍”！　此王羲之与彼王羲之完全是风马牛不相及的！

大课间，同学们分组游戏，“王羲之”抱着团、滚动着，在各个游戏组之间徘徊。渐渐地，她们看准了“三个字”(本班大课间经典游戏)的游戏，当捉人的那位就要抓到“猎物”的时候，“王羲之”看准机会同时往捉人的那位身上一扑，结果整个游戏队伍就像是被推倒的多米诺骨牌，“哗啦啦”地倒了一大片！“三个字”的游戏彻底被搅黄了！“啊——哈哈哈哈哈哈！”捣乱成功的“王羲之”找到了乐子，开心地大笑起来。

“王羲之”的解体是因为她的创始人猛女突然间和四段锦结合成了一个新的细胞体，专心致志地追逐着鸭梨董，不放过任何一个踢他屁股的机会。剩下的毛豆豆和美絮依旧干着“老本行“，大有把捣乱进行到底的决心。在校园里，同学们都很珍惜大课间那20

分钟的游戏时间，很想痛痛快快地在游戏中舒活舒活筋骨，抖擞抖擞精神，寻找寻找快乐！但偏偏毛豆豆和美絮的快乐是以干扰别人团队的游戏为核心的，这就难免会发生矛盾。有一次，我和两张嘴等人在玩“三个字”，酣战正欢时，毛豆豆抱着美絮来了。别看“王羲之”解散了，但“碍”的威力似乎比以前更加强大。因为相比三个人，两个人的“碍”更灵活，目标更精准！这不，因为她们的加入，我们的“三个字”瞬间被击溃，游戏现场一片狼藉。正当这两人哈哈大笑的时候，两张嘴生气地说：“你们怎么搞的？天天都来碍我们的大课间游戏！你们这样有意思吗？这是我们的游戏地盘！”

“你们的地盘？你以为你是谁啊！”毛豆豆反应很快，她抓住了两张嘴话里的把柄，快速地反击，“你有这块地的契约吗？拿出来给我看看哪！你说这块地是你的就是你的啊？这地方是学校的，是大家的，你们能来，为什么我们就不能来?!”

“你，你！”两张嘴当然拿不出契约，只能生气，不出声了。而打了胜仗的毛豆豆和美絮的“碍”又开始摇摇晃晃地搜寻着下一个目标。胆子越来越大的“碍”，不仅游走在(6)班，整个校园的操场都成为她们释放能量的地方。终于有一天，操场上传来一个男孩对她们粗鲁的咆哮：“你们浑蛋啊！滚一边儿去！”

“这就是报应！”两张嘴特别解气地叨叨了一句。

“呵呵呵呵呵……”毛豆豆和美絮对此却并不在意，她们抱在一起笑得很开怀。

除了学校规定雨天各班大课间必须在室内活动外，毛豆豆和美絮整整在操场上“碍”过了五年级的上半学期。五年级下学期开学后，她们像是忘记了这回事儿，大课间再也听不到她们“碍、碍”的声音了，热闹的操场隐约里似乎有一些不被察觉的小小寂寞，让人觉得成长中的烦恼原来也是美的。

三十九、美絮

美絮和猛女、毛豆豆从一年级开始就形成了“三明治”组合，黏在一起的时间比“四叶草”长多了。

美絮的雅号跟猛女的一次笔误有关。那还是一年级的时候，课间，万万在地上捡到一个日记本。语文课前，师生相互问候之后，万万向我们展示了那个本子。我清楚地记得那本子的封面上有两个手拉手的小人儿，很可爱。

“我们班的猛女很不错噢，从小就养成了记日记的习惯。我们一起来欣赏一篇，好不好？”万万说着翻开一页，念道：“毛豆豆，我爱你。美絮，我恨你！”因为当时我们学习的生字有限，猛女的日记里多用汉语拼音，而“絮”就是猛女的误拼。

“记日记的习惯非常好，老师很赞许！但是，同学间应该相互团结，爱和恨，不是你们现在这个年纪能判断出来的。我们(6)班是一个集体，我们每一个人都要善待周围的每一个同学，这样才是好的，知道吗？……”万万长长的话我已经记不全了，但从此美絮就被大家传叫开来。前不久，我和妈妈去鬼脸城赏春，看见漫天飞舞的柳絮，起起落落、轻盈飘逸，就想到了美絮——哇，多美的名字，多美的笔误啊！

我和美絮第一次聊天是在校体育馆。那是一节体育课，老师让我们自由活动。当我还在考虑到底去参加哪个游戏的时候，一个身影一步步地爬到了我的面前。

“Q海盗，”她抬起头，一屁股坐在了地上，冲我微微地弯起嘴

角:“我给你做一个动作,你肯定做不来!”

我一看,是美絮。只见她把两个膝盖紧紧地对碰在一起,然后慢慢变成“一”字形向地面靠去,直到紧紧地贴着地面,不留一点缝隙,和并拢的大腿形成了一个“T”字。

“嘿,有意思!”强烈的好奇心让我也坐到了地上,学着美絮的样子做起来。但是,无论我怎么努力,我的“一”字总是带着微微的弧度,消除不了和地面的缝隙。

“你真行!”我赞叹道。

“呵呵!”美絮的嘴角依旧弯弯的,像个粉红色的月牙儿。

后来我知道,美絮入选了我们琅小的排球队,这个动作是她们排球队里的一项柔韧训练。五年级的时候,体育课上老师也让我们练习过这个动作,除了排球队员外没有一个能做得标准,而早已退出排球队的美絮,那时的“一”字也微弯成小小的拱桥,看来功夫这个东东真的是不进则退啊!

五年级3月的一天,我接到《南京晨报》小记者面试的通知。一个星期六的下午,妈妈陪我走进了新华报业集团的大厅。

“要是能碰上个同学就好了!”我一边走一边想着,随着人流涌进了电梯。

当电梯门打开的时候,“Q海盗!”一个熟悉的声音传来,我眼前一亮——是美絮!

“美絮!”我高兴地向她扑去,两个人抱在一起开心地蹦起来!

面试,是在一个大会议室里进行的。我们所有的小记者待选人都围着一张超大的长桌子坐着。因为来得不算早,所以没能找到挨在一起的座位,如果在我和美絮的座位之间连线,那应该是个大对角线。坐下后的我们开始用眼神交流,先是一眨一眨地傻笑。不一会儿,美絮手里拎起了一支笔,在半空中晃啊晃的。我目不转睛地盯着那支笔，心想："是见证奇迹的时刻到来了吗？美絮要变魔术吗？"果然，晃了一会儿之后，美絮的另一只手又放到了桌子底下，抽上来的时候手里又多了两支笔。这时，我开始低头看桌面，发现了一个细长的小盒子，打开来，里面也装着三支笔。再看看其他人的面前，也都有这样的一个盒子。于是我把那些笔抓在手里向美絮扬一扬，美絮开心地点点头，那个粉红色的月牙儿又美美地出现在了我的眼前。

我们都非常顺利地通过了面试，成为了《南京晨报》的小记者。一周之后，老李抱着一大摞作文本走进了教室，反常的是，在发完本子之后，他没有像以往那样让得优星的同学站起来，而是打破了常规："请本子上有红圈的同学举手，然后我点名，被点到者请到讲台上来跟大家分享你的精彩段落！"

于是，一只只手像春笋一样在竹林里钻了出来，然后在雨点般的掌声中迅速长高、长大，变成竹林中的一员，最后只剩下两只笋了。

"下面我们请美絮来跟大家分享。"老李先点了美絮的名。

"愿这些记忆存在我的心里，像小溪流水一样伴我成长。也愿我的记忆结在一棵小树上，待秋天成熟时我把它摘下放在盒子里，永远埋藏在我心中的大榕树下……"美絮的声音柔柔的、细细的，全班鸦雀无声，全都走进了她如诗的文字里。

"同学们，这个结尾多有诗意啊！美絮是我们(6)班又一颗作文明星！"老李激动地带头鼓起掌来。

"噼噼啪啪……"我们也跟着使劲儿地鼓掌。这时，我向美絮看去，她正把半个脸贴在课桌上偷偷地笑呢！

四十、小松鼠

9月的阳光亮亮的，无论照到哪里看上去都是新新的。2006年9月，阳光照在琅小校园里，照在和我肩并肩、手拉手的小松鼠身上，就觉得格外的温暖。那天，是我们这些琅小新生参观校园的日子，我和小松鼠结成一对。

“你叫什么名字？”走到小白楼的时候，我问她。

“小松鼠，你呢？”她回答后看着我。

“鲛鱇鱼。”那时的我还不叫Q海盗，幼儿园的时候我喜欢各种各类的鱼，鲛鱇鱼是我幼儿园时最喜欢的名字。

小松鼠是我小学生涯里第一个正式交流姓名的朋友，也是我在(6)班最早、最好的朋友。那时，她常穿着一件T-shirt，上面印着三种颜色的杯子，每种杯子对应着一种颜色的水果，而每个杯子里又装着和水果相对应的冰激凌。只要下课，小松鼠就来到我面前，指着那三个杯子问我：“鲛鱇鱼，你要吃哪种口味的？”

“樱桃口味的！”我指着中间的那杯说。

“好咧！请稍等！”小松鼠说着就在空中比手画脚地忙开了。我看着她打开了一个大盖子，然后拿起一个大勺子开始使劲儿地挖，边挖边说：“我给你做个最大的！”

“蘸点水，蘸点水好挖！”我看着她挖得费力，就提醒她。

“这真是个好主意！”小松鼠很高兴地采纳了我的意见，把大勺子在左手边的“水碗里”蘸了蘸，然后很快、很轻松地挖了一个超大的冰激凌递给我：“请吃吧！呵呵！”

“谢谢！”我高兴地接过期待已久的樱桃冰激凌，小心翼翼地舔了一舔：“哇！就是这个味儿！”然后，就大口大口地吃起来了。

“呵呵呵呵呵……”我们一起笑得比樱桃还甜！

一连三天，我把冰激凌的口味尝了个遍。第四天，天气有点凉，小松鼠穿了件外套来上学。下课后，她来到我的面前，微微撅起嘴巴对我说：“鲶鳙鱼，今天没有冰激凌吃了。”

“为什么？”

“因为……”小松鼠一边说着，一边拉开了外套的拉链，露出了一只憨态可掬的小熊。

“呵呵……我转行啦！”

“呵呵呵……真可爱！”我摸着那只熊也笑起来。

我们的友谊就这样开始了，带着甜甜的新鲜水果冰激凌的味道。不过世事多变，生活中总是会有小波澜。那还得回到一节体育课上……

那节体育课，体育老师要去办事，他用白粉在马路上画了一个圈儿，然后对我们说：“现在，你们可以自由活动，但是必须待在这个圈儿里，不许乱跑！我一会儿就回来，听见了没有？”

“听——见——啦！”

体育老师走了，我看着地上的那个白圈儿，就想起《孙悟空三打白骨精》里孙悟空在去找食物前也给唐僧画了这么个圈儿。可是呢，我们可没有唐僧那么“乖”，不一会儿就把老师的话忘到九霄云外去了。当我被闹哄哄的声音包围的时候，突然听到小魔仙在叫小松鼠的名字：“小松鼠，从现在开始你就是我的宠物猫咪。我牵你去哪儿，你就跟我去哪儿；我要你做什么，你就要做什么。我是你的主人，你要听我的话，这样，我就会喜欢你，给你好东西吃哦，知道吗？”

“喵——”我听到小松鼠无可奈何地应了一声。

一连几天下课，小魔仙都去找她的宠物猫咪。

“喵——，我想跟鲛鳈鱼去玩一会儿，好吗?”一天，小松鼠请求道。

“不行，你是我的宠物，只能跟我待在一起！你要听我的话，不然我就不喜欢你了!”小魔仙说。

“可是，我毕竟是人不是猫啊!”小松鼠边说边用求救的眼光看向我。这时，我就走上前对小魔仙说:“小松鼠已经给你当了好几天宠物了，大家都是同学一起玩是好事儿，但是也请你给她一点做人的尊严，尊重她自己的选择和自由，好吗?”

“不行，不行！这不关你的事！是她自愿给我当宠物猫咪的。我的宠物猫咪就得听我的话，不能和我分开，不然走丢了回不了家就变成可怜的流浪猫了!”小魔仙很固执，而且坚信小松鼠是她的宠物猫咪，需要她的守护。我看一时半会儿很难跟她讲明白，就暂时放下了。

一周后的又一节体育课，外面下起了雨，我们整队去了体育馆。自由活动的时候，体育老师指着一张排球网说:“都到那边儿去玩，不许过这个网!”说完，和另一个老师出门去了。

老师走后，大家都对那个排球网产生了强烈的兴趣。个子高的，小跳起来去够网顶；中等个子的，跳起来去够网顶；小个子的，使劲儿跳起来打在网上。大家你来我往，叫着、跳着，使劲儿地打，不停地打，尽情地打……看上去就像一群和网子有仇的人在发泄，也像一群渴望自由的人在挣扎。

“喵——，我也想去打网子。”小松鼠蹲在地上对她的“主人”说。

“不行。你看，我不是坐在这儿吗？我不去，你也不能去!”小魔仙回答。

“喵——，可是我只是想去玩一会儿。”

“一会儿也不行！你要是不听话我就不喜欢你了！宠物猫咪是不应该背叛她的主人的！”

“呼”，小松鼠生气地站了起来，说：“请你别把我当成一只真正的猫！我是人！我是人！”

这时，我跑向小松鼠，站在她的身边对小魔仙说：“她属于她自己，她是自由的！”

我和小松鼠肩并肩地站着，瞪大了眼睛看着小魔仙。终于，一阵无声的对峙之后，我们赢得了胜利，小魔仙的宠物猫咪从此消失，自由的小松鼠复活了！

五年级开学，我没有看见小松鼠。整整一周，她也没到学校来。胡子小去问老师，回来后向大家宣布：“各位，小松鼠和她爸爸妈妈去美国了！”啊？天呐！我的好朋友去美国了？那么远的地方！我们都还没有说再见，难道就这样永远都没有机会再见了吗?！我会想你的，好朋友，你呢?

五年级下学期的一个星期二中午，我从小饭桌回教室，看见走廊上一些同学正聚精会神地围着听老李和一个阿姨在讲话。

“怎么回事儿?”我走过去，轻轻地问杜鹃花。

“那个是小松鼠的妈妈！”杜鹃花指着那位阿姨轻轻地对我说。

“您知道她爸爸很忙，所以我先回来帮她办手续。不好意思，给您添麻烦了！”我站在杜鹃花身边，看着小松鼠妈妈的背影，听到她这样跟老李说。

“好，就这么定了。下周。”老李说。

“谢谢！谢谢！”小松鼠妈妈的脸转成了侧面，看上去很高兴。

“是小松鼠要回来吗?”我兴奋地看着杜鹃花。

“应该是的!”杜鹃花和我抱在了一起。

一周后,小松鼠回到了(6)班。那天,她的书包里塞满了糖果和饼干。早自习的时候,她给每个人都分了三块。第一个课间,下课铃一响,我站起身就跑;与此同时,另一个身影正和我做出完全相同的举动。奔跑中,我听见两颗相同频率的心跳声越来越近,越来越近……终于,在讲台前,“嘭”地撞了个满怀!

“Q海盗,我想死你了!”小松鼠紧紧地一把抱着我。

“啪!”因为太激动,我蹭掉了讲台上的一根粉笔:“我也好想你!”我也紧紧地抱着她。

那天,我和杜鹃花还得到了除了三块糖果以外的特别奉送——一块奥利奥饼干和一块德芙巧克力!体育课上,在枯燥的、没完没了的队列训练时,我们双手背在身后,把那特别的奉送掰成了小块儿,送进了嘴里,咀嚼着友谊的香甜,体育张老师生气的脸仿佛都变得可爱起来!

小松鼠回来了,作为她的好友,又是班级的文艺委员,我打算为她策划一次主题班会活动。而四段锦和杨柳随风这两位文艺骨干也正有此意。于是,我们三个就成立了一个活动小组,紧锣密鼓地干起来了。时间很快到了周五,我们在黑板上写着:欢迎小松鼠海归,美国之旅主题班会。在百科知识小问答的暖场游戏之后,小松鼠走上讲台,打开PPT,与我们图文并茂地分享了她在美国的一些日记。最后,同学代表为小松鼠送上礼物和祝福,正式欢迎她回到(6)班!

那天的活动,全班沸腾,小松鼠更是激动得两颧通红。就连越来越挑剔的老李都忍不住评价道:“这次活动非常成功!这是(6)班史上最好的一次班会!”

四十一、小鱼儿

周小子说:“小鱼儿和我从小就是邻居,从小就是对头!”

这话的意思不是说周小子和小鱼儿的家住在一块儿,而是他们俩打从托班开始就成了同学,开始了水火不容的缘分。那时的周小子很瘦小,但已经很爱挑衅。他常常对小鱼儿激情澎湃地大喊:“来对战吧!”“你敢不敢和我打架?!”或干脆从背后偷袭鱼儿一下。这样很容易使小鱼儿发怒,然后两人混战一通,周小子并不能取得优势,往往还处于下风。但他屡败屡战,屡战屡败!

上小学了,这对冤家一起进了(6)班,还坐在了同一个座位上。于是,战火连续,绵延不绝!课堂上,尤其是写字练习时,周小子开始对小鱼儿做起“干扰操”。别小看这只是针对小鱼儿肘部的小干扰,它的威力足足可以让小鱼儿本子上的字横变歪、竖变斜、撇碰地,提触天!看着本子上这些歪七扭八、鬼画符一样的字,小鱼儿发火了。她一发火,声音就很响,万万想不听都不行。于是,两人少不了一起挨批。打这以后,周小子改手为脚,战术变明为暗。从此,课桌上的风平浪静遮掩了课桌下的暗潮汹涌,就像元神分离的两位高人留下两具不动声色的肉身,灵魂却无时无刻不纠缠厮打,激烈而狂暴!

一天,上课铃打响之后,万万走进了教室,面沉似水。她在讲台后站定了,从身后抽出了一本破烂的语文书,接着另一只手又抽出了一本破烂的习字帖。这时,我打量了一下教室,发现有两个人的座位是空的。

“都上来吧。”万万对着大门外开了腔。

“不出三秒，周小子和小鱼儿走了进来。只见周小子瞪着红红的眼睛，手扯着小鱼儿的衣角；而小鱼儿脸上带着泪珠，生气地拧着眉头还着手。与此同时，两人一边走一边还你踢我一下，我踩你一脚的。

“瞧瞧，瞧瞧！你们都干了什么好事啊？来，向全班发布个演讲吧！”万万一边说着，一边把他们两个推到了台前。

这两位显然没有要发表演讲的意思，都拧着眉头，不吭气。周小子踩着小鱼儿的鞋子，小鱼儿抬脚不断反击。

我们都不敢做声，不知道发生了什么，连以往无论出什么事都喜欢小声嘀咕的人都封了口。我仿佛听见他们心里在说：“哥哥弟弟啊，不得了啦，今儿出大事啦！千万不要多说话啊，打喷嚏也要小声点儿，免得万万听到了不高兴啊！”

“是不是今天没带演讲稿啊？那我来做次代言人。同学们，你们知道吗？”万万的声音很像在演舞台剧，声调、语气变幻多端。我们都睁大了眼睛，竖着耳朵，而周、鱼的脚仗依旧继续着。

“今天早上，周同学在鱼同学写习字帖时推了她一把。然后，鱼同学就还了他一下。之后，周同学就把鱼同学的习字帖撕了，鱼同学也把周同学的语文书撕了。来，为我们班的这对猛男猛女鼓鼓掌吧！”万万话音刚落，教室里稀稀拉拉地响起了几声不确定的、弱弱的掌声。万万话锋一转，严厉地说：“下次我不想看到这样的事情再发生！”然后，她伸手一指周、鱼，“他们就是反例！”继而，音高八度，冲击High C，“上位去！”最后，又语重心长地送出两个问句，“你们都是同学，就不能和睦相处吗？周小子，你是个男子汉，就这么小肚鸡肠吗？”

这是一节品社课，万万也算用特别的方式教育了我们一番。

可在接下来的课上，我总是不能安心，眼睛不时瞟向“周鱼”的课桌。那里表面上似乎偃旗息鼓，但课桌下的战争更加如火如荼、不可开交！

“Q海盗，你和周小子坐过吗？”一次，小鱼儿这样问我。

“没有。”我答。

“你真是太幸运了！”小鱼儿拍拍我的肩说。

虽然小鱼儿和周小子是天生的“敌人”，但和我却是要好的朋友。尤其在我负责的文艺工作方面，小鱼儿是我最大的支持者！五年级刚开学，我们班搬到了学校的顶楼，布置队角是我开学后的第一个主要工作。可顶楼的这间教室里的队角破损程度严重，连底板都没法利用。到哪里去找一大块白色的板子呢？正在我一筹莫展之时，小鱼儿出现了：“Q海盗，别发愁，我来帮你找底板！”

“真的？太好了！”

“放心吧！”

第二天，小鱼儿果真带了一块大大的白色板子来到学校，那是她老爸为我们作的特别奉献。虽然之后因为那板子太大、太厚、太硬，找不到适合的工具把它切开，因此没能用成，但我从心里感谢小鱼儿的这份雪中送炭的情谊。

还有一次搞板报修复，我没有白纸。小鱼儿二话不说，跑去美术老师办公室搞来了三大张，解了我的燃眉之急。一旁的老李见了忍不住地说：“看来小鱼儿真是Q海盗的得力助手啊！”

小鱼儿比我小8个月，我属兔，她是千禧宝宝。可是无论在班级里还是小队活动中，小鱼儿都是那个主动帮助大家、很具有服务精神的伙伴。在二年级，我们“快乐星期天　雏鹰假日小队”第一次活动的聚餐中，她就张罗着为我们拿菜单、递水杯，还帮着要筷子、催饭菜……她的这一切举动让当时的我心里很佩服。因为是

好朋友，家又住得不远，小鱼儿常邀请我去她家玩儿。在她的家里我经历了人生中的许多个第一次。

我第一次喝功夫茶，是在小鱼儿的家。那是个周末的晚上，她的爸爸在她家客厅的茶几上摆了一个大大的托盘。

“这是茶海。”她爸爸对我说。

“哦。”我好奇地应着，目不转睛地看着那茶海和她爸爸忙碌的手。

不一会儿，“咕嘟咕嘟”的水声传来，她爸爸打开茶海里一个装好了茶叶的小茶壶，把沸水倒进去，然后盖好盖子，用手捏住那茶壶的顶部和底部，壶身倾斜，热水就从壶口流了出来。随着他手的晃动，那热水全都浇在了两只大蟾蜍的身上。有趣的是，那两只蟾蜍一沾热水，立刻变色！一只从墨绿变成了翡翠色，一只从黑褐色变成了金黄色。

“这是洗茶。把茶叶上的灰尘、浮沫洗掉。”小鱼儿爸爸一边倒进第二壶水，一边对我说：“现在这壶就是泡茶了。我们泡的是铁观音。”

茶泡好后，小鱼儿爸爸把茶水倒在一个长形小杯里，递给我说：“先用眼睛看茶色，再用鼻子闻茶香，最后再品一品。”

于是，我看到了白瓷内壁小杯子里的茶水是金黄色的；还没正式闻就闻到阵阵香气，应该说是沁人心脾吧；最后，我小心翼翼地含了一口在嘴里，有一种香中带苦、苦中有甜的滋味，很不寻常！喝了几泡铁观音后，她爸爸又为我们泡了大红袍。那味道没有铁观音香甜，苦的滋味更重些。但她爸爸说：“这也是好茶！”那时，我正想撒尿，因此只喝了一杯。相比起来，我更喜欢铁观音。

我第一次吃比目鱼也是在小鱼儿家。那是一个假期的中午，小鱼儿妈妈把两条形如薄鞋垫的鱼端上了饭桌。

“Q海盗，这是比目鱼，来尝尝。”

“这个可好吃了！”小鱼儿拿起筷子示意我快吃！

“哇，比目鱼！它们的眼睛真的是长在一边的呢！”我盯着那鱼惊叫起来。

那天，饭量小小的我，超常发挥，吃下了整整一条比目鱼！那味道真是鲜美无比！

我第一次在同学家留宿，也是在小鱼儿家。那是三年级的一个周末的晚上，我走进鱼儿的卧室，爬上那张令人羡慕的双层床的顶端，趴在木栏杆上看着下铺的小鱼儿，忍不住地笑。

“呵呵，Q海盗，到我家来睡觉你有什么感觉？”小鱼儿也笑着问我。

“兴奋！”

“呵呵，我也是！不过，你别太兴奋了。一会儿我妈会来看我们睡没睡着，要是太兴奋了她会唠叨的！”

“知道了，那我们睡吧！”

我躺到了枕头上，看着身边的毛绒娃娃。有凯蒂猫、大白熊、长尾猴、金角牛……还有《赛尔号》里的许多明星宝贝。最后，我选了一个皮皮抱着睡着了。

那晚我睡得很香甜，不知有没有做梦。醒来后，我们两个待在被窝里，晒着太阳，聊着天……那感觉应该叫做幸福、亲密、快乐吧？当然！

小鱼儿10岁生日会那天，她穿着紫色的公主裙，走在玫瑰、水晶搭建的长桥上，放飞一只梦想的白鸽。而我，作为她的好友，走到她的身边为她送上真心的祝福，庆贺她生命中如此不平凡的时刻：

也许是你我有缘，
也许是上天有意，
让一个天使成为我的朋友，
我们快快乐乐在一起！

学校里我们一起学习、游戏，
有了不懂的问题，我们互助解题，
下课时我们共同编织宝贝床……

假日小队里我们一起成长、经历，
千盛农庄里我们一起拔萝卜、捉鱼……
新年活动中我们碰着葡萄酒杯又长了一岁！

假期里我们一起分享快乐，
开心网上我送你一个天使，你送我一部手机，
最忘不了的是到你家吃的最鲜美的鲶鱼！

新的学期，
新的一年，
你又长了一岁！

愿你更加快乐，
更加努力，
更加坚强！

愿你的心
长上翅膀，飞向梦想的花园……

我最好的朋友——
小鱼儿，
祝你
生日快乐！

四十二、乖猫

还记得"碍"吗？这个特殊的称谓，我曾在前面提到过的。现在，我就来跟大家说说它的由来。低年级的时候，男生们总是追打、哄闹、嚷嚷叫。一天下课，我突然单枪匹马地冲进男生群中，无厘头地瞎闹。那时，他们正玩儿着捉人，我很快地扮演起被捉人的保护伞，挡在捉人的那位面前，还即兴发挥"碍"、"碍"地叫着。正在这时，另一个"碍"、"碍"的声音传来，我一看，是乖猫！她正手舞足蹈地学着我的叫声跑过来，和我抱在了一起，成为了更强大的"碍"。我们就这样在男生群中"厮杀"，来去自由，何止七进七出？"碍"的诞生，令(6)班男生闻"碍"丧胆、望"碍"而逃！"碍"的传播速度惊人，很快(6)班女生都抱团"碍"起来，从此，男生、女生混战一片。

因为"碍"，我和乖猫一时成为了好朋友。下课总待在一起。有一阵子，她喜欢把我的手伸上去，再放下来；伸上去，再放下来……反反复复、乐此不疲。她说："Yeah！这样 你就像只鸟儿啦！"

有一天，乖猫把我的手放下来后，没有再伸上去。

"你的翅膀断啦！不信，你试试！"

于是，我就抬起一只手，然后很快地垂下去。试了几次之后，她叫起来："哎呀，你的翅膀断啦，需要治疗！"说完，她解下了红领巾，绑在我的肩上。然后，又吊起我的一只手，并把红领巾打上了一个蝴蝶结。刚弄好，我的手却像泥鳅一样从蝴蝶结里出溜下来，又瘫下去了。

“太松了！”乖猫边说边抓起我的手，重新放回到蝴蝶结里，然后努力收紧蝴蝶结。可是，我的手却总是在她即将固定之时滑了下去。多次失败之后，乖猫冲我闭着眼睛，下巴忽左忽右地晃着，忽又蹲在地上“唉、唉”地叹起气来。

正在一筹莫展之时，乖猫的好姐妹万马奔腾过来了。

“你在干嘛哪？”万马奔腾问蹲在地上的乖猫。

“她的翅膀断了，我怎么也绑不好！”乖猫用手指着我说。

“我来看看！”万马奔腾说着拿起了我的手，可是还没等碰到那个吊在我肩头的蝴蝶结，我的手就软塌塌地出溜下去了。

“咦?!”尝试了多次之后，还是老样子，万马奔腾也没辙了。

这时，来我这儿的人越来越多。大家都要来帮我绑断了的翅膀，可是没有一个成功的。就在大家抓耳挠腮、束手无策之时，格子出现了。她笑眯眯地走过来，自信地把我的手拉到脖子后面，然后，用红领巾把我的脖子和手缠绕在一起。可是因为红领巾不够长，我的手还是滑脱了。

“叮铃铃……”

“啊，上课了！大家快跑啊！”

“呀！”我甩开两只胳膊，向座位跑去。

“啊，她的翅膀终于好啦！”身后传来乖猫的声音。

很快，一节语文课开始了。

乖猫是(6)班的小画家。她对眼睛的画法尤其独特，总是大大的、圆圆的，里面有三个亮点，这样的眼睛看上去特别的卡哇伊！乖猫可以用画笔把《赛尔号》和《摩尔庄园》里的宠物画得活灵活现，而对于小动物的描绘更是擅长。乖猫最喜欢画的当然还是“猫”！一次下课，我见她在纸上聚精会神地画着，走近一看，就被深深地吸引了。在乖猫的笔尖游走之下，一只尖耳朵，头上竖着两根毛，睁着卡哇伊的眼睛，翘着六弦琴的胡须，长着圆豆巧克力鼻子，体态纤细苗条，尾巴弯成一个丰满的S形的美猫跃然眼前！更可爱的是，乖猫还在它的左耳上加上了一个迷你的、粉色的蝴蝶结！这只猫看上去温柔又娇俏、可爱又机灵，就像我心目中的乖猫！

不过善于画猫的乖猫最近却得了个反常的、恐怖的新外号——克星杀手猫！

某课间，小魔仙冲着蛋蛋囡招招手："Hi，最、最、最近油价又涨啦！"

"你怎么知道我的台词？"蛋蛋囡表情惊讶地问。

"嗯，你每次要么说物价涨了，要么说油价涨了，我猜一下就知道了！"

"呵呵！"蛋蛋囡尴尬地笑了两声。

"叽里咕噜……"

"咕噜叽里……"

蛋蛋囡和小魔仙起劲儿地聊了起来。这时，一个身影悄无声息地闪到了蛋蛋囡的身后，而且越来越近，可是两人聊得太投入，都毫无察觉。

"喵——"一双猫爪从蛋蛋囡的身后伸出，缠住了她的腰。然后，在她的肚子上一通疯狂地抓挠。

惊恐的蛋蛋囡一扭头："啊！你真是我的克星杀手猫啊！"

"叮铃铃……"

"呼啦！"蛋蛋囡和她的克星杀手猫瞬间分离，迅速闪回了各自的座位。

铃声终结，又一堂语文课开始了。

四十三、舞蹈妞

舞蹈妞当然擅长跳舞。在(6)班10岁生日会上，她为大家表演了获得全市金奖的民族舞《拔根芦柴花》，赢得了阵阵掌声！这样的人才学校自然不会放过，三年级就退出校舞蹈队的她，五年级的时候又被拉回去为校增光。因为这个特长，舞蹈妞也成为(6)班最早确定人生目标的人，她目前正在发奋努力，准备报考北京舞蹈学校。

舞蹈妞在学习舞蹈前曾练过一段艺术体操，这碰巧和我有缘。所以无论体育课上，或是某些课间，我们不时会交流一下动作，切磋一下技艺。尤其在考坐位体前屈前，我们会用同样的方式，一个坐在另一个身上交替压后背，像是同一个教练带的学生。

“没事，你压重点！这样我能考个好成绩！”舞蹈妞对即将要跨上她后背的我说。

“好的。”我答应着，但是还是没有像俱乐部里的邵老师那样一屁股坐到她的背上，而是选择了弹压的方式一点点地加重分量。

“18厘米！”

“18厘米！”

教体育的张老师报出了我和舞蹈妞的坐位体前屈的成绩。这个项目14.5厘米就是优等，我们俩的18厘米算是超优了！

体育课上的我们一起互助争优，也一起协商偷懒。上节体育课，正逢今年入夏以来第一个高温天气，站在赤天白日的操场上，体育张老师宣布：“今天练习50米跑！两两捉对！”

“Q海盗，咱俩一对吧！”舞蹈妞拍了一下我的肩说。

“好啊！”

“你看这天气，我们不用拼命，万一摔了，肯定要破皮的！”

“我同意！我们一起悠着跑！”

哨声一响，我和舞蹈妞先摆出一副冲刺的架势跑了两步，然后接脚尖跳，接鹿跳，接并步小跳，最后我们以高抬腿的姿势并肩抵达终点。

“你们两个太没有拼搏精神了！”张老师叫着“想当年，我还在排球队的时候，也是一个炎热的天气，那天在赛场上，我和队友们摸爬滚打、拼尽全力为了全队的荣誉根本不去管自己会不会受伤，会不会晒黑……哪像你们这样，连汗都不愿意淌，一点拼搏精神都没有！”

“嗯？”

“嗯？”

我和舞蹈妞相互对着眨眨眼睛，会心地偷笑着，张老师的“想当年”成了浮云。

“Q海盗，今天学校卫生大检查，你负责把所有瓷砖都擦一遍吧！”杜鹃花对我下了命令。

操起一块抹布，打好水，我立即开工。

“嘿，我来和你一块儿擦吧！”

“是杜鹃花让你来的吗？”我看着手拿抹布、笑嘻嘻的舞蹈妞说。

“不是，是我自己！”

“啊噢，真谢谢啦！”

“别客气，我们是朋友嘛！”

有了舞蹈妞的帮助，第二节课后我们就干完了所有的活儿。

等到班级检查的时候，许多擦窗户、扫地的工作都不合格，需要返工，而我和舞蹈妞擦的瓷砖顺利地通过了检查。于是，我们又手拿抹布去帮忙擦窗户去了。

舞蹈妞坐在我的前面，她的同桌是学究程。学究程的后面坐着独立岩石，我的同桌。我们四个被分在一个学习小组。英语课上，四人小组开始练习分角色朗读课文。

“报仇的时候到啦！”学究程搓搓手，脸上显出抑制不住的兴奋。

接着，所有长句都被分配给了舞蹈妞。

五年级下学期的舞蹈妞很忙。每周放学后的三个下午，她要去校舞蹈队排练。为了报考北京舞蹈学校，她还要抽时间去上私教课。许多时候，她连作业都没时间记，都是回家后打电话来问我。所以，对于英语的提前预习，显然是无暇顾及的。而学究程五年级上学期的时候就开始做英语初中练习题了。所以，在四人小组的对话练习时，舞蹈妞瞪着一双卡哇伊的大眼，盯着学究程分配给她的长长的、生词丛生的句子——急！

“我来……”我刚开口。

“你别说话，就让她读。舞蹈妞，待会儿上台你就读这些！”学究程阻止了我。

“这些生字我都还没学过，你叫我怎么读？你还是不是人啊?!”舞蹈妞急得眼泪都掉下来了。

“你必须学会面对困难，面对逆境！不会读，下次就在家作好预习！对自己要求要严格！”学究程教训着舞蹈妞。

“你真不是人！”舞蹈妞发狠了。她不管三七二十一，双手交替，“噼里啪啦”，对着学究程一通猛拍。

“喀！喀！喀……”学究程一阵咳嗽。

“Stop!”教英语的凌老师喊了一声。

“Turn off!”我和独立岩石一人拉着一个，关闭了舞蹈妞和学究程之间的战斗。

那天，舞蹈妞很幸运，因为凌老师没有叫到我们这一组上台表演。但她和学究程之间这样的战争总是接二连三、没完没了。

“你为什么总是这样针对她?”一天，我问学究程。

“你看她平日里不是打我，就是搓我，我只有在这个时候才能教训她一下!”学究程坦荡地回答。

“可是你这样对她不是每次都招来一通恶打吗?”

“喀！喀!”老先生咳上两声，“这是个值得思考的问题。”

虽然打打闹闹、哭哭吵吵，但是当老李宣布要进行座位大调整的时候，我们四个，外加我后面的倪大侠，独立岩石后面的老天王，我们六个，都提出:“不愿掉换!”在五年级朝夕相处的每一天里，我们六个已成为了牙齿、舌头和嘴唇，虽然难免磕碰，但密不可分!

这几日，天气异常炎热，最高气温达到了37℃。课间，我和舞蹈妞结伴去洗脸。

“Q海盗，你会唱《爱的供养》吗?”路上，舞蹈妞挎着我的胳膊问。

“把爱放在手上，虔诚地焚香；剪下一段烛光，将经纶点亮……”我就唱起来。

“……我用尽一生一世来将你供养，只为停住你流转的目光。请赐予我无限爱与被爱的力量，让我能安心在菩提下静静地观想……”我们一起唱起来。

四十四、雪梅娘

二年级的一节体育课上，我对着站在我身边的雪梅娘的耳朵说了声："呜喂！"

"呜喂是什么？"

"我也不知道。"

"呵呵……呜喂！"

"呵呵……呜喂！"

"呜喂，你就做我的宠物吧！"

"呜喂！"

就这样，我成了雪梅娘的宠物。

"呜喂，你是吃肉还是吃草？"

"呜喂，我吃草。"

"呜喂，给你一些草！就在你的头上，黑黑的、长长的，快吃吧！呜喂！"

"我不吃黑色的草。呜喂！"

"给你这个草吃。呜喂！"雪梅娘掏出一个白色的小毛绒玩具。

看着那可爱的小家伙儿，我赶紧摇手说："呜喂，白色的草我不吃！"

"呜喂！吃这个！"雪梅娘指着脚下的绿色塑胶跑道。

"呜喂！绿色的草我不吃！"

"给你！呜喂！"雪梅娘抓了把空气递到我面前。

"呜喂！呜喂！"我高兴地接过来，啊呜、啊呜地吃起来："透明

的草我最爱吃！呜喂！”

雪梅娘超爱干净！

排球月，我们在课间一起打排球。有一天，因为下过一场雨，操场上的小水洼里积着水。两张嘴发球，雪梅娘没接住，球滚过小水洼，沾了一身水。雪梅娘跑过去，用两个大拇指和食指的指甲尖顶住那个排球，把它弄起来，远远地看去像是一个被逼无奈的人在掐另一个人的大脑袋！

“Q海盗，你发吧。这球太脏了！”雪梅娘把球递给我。

我接过她口中的那个“太脏了的球”，发现只是表面湿漉漉的而已。

“你这件衣服真好看！”周小子边说边伸出手准备摸一摸雪梅娘衣服上的图案。

“别摸！这是新衣服，你的手脏！”雪梅娘赶紧闪身、后退。

“有那么脏吗？！”周小子正过来、反过去地看着自己的手咕哝起来：“真有洁癖！”

雪梅娘超爱Hello Kitty！

一年级的时候，她的书包、铅笔、橡皮、尺子……都是Hello Kitty的。到了二年级，她的铅笔盒也换成了Hello Kitty的多功能珍藏版的。上课的时候，她打开磁铁盒盖，拿出一支铅笔开始写字。写完后，再打开磁铁盒盖把铅笔放进去。

“同学们，请拿起笔！”万万一声令下，她又打开刚关上的磁铁盒盖，拿出铅笔……就这样，开了关，关了开，反反复复、来来回回，一节课忙活不停。

“你累不累啊？就不能把一支笔放在外面？！”周小子替她嫌麻烦。

“这有什么累的？我要保持桌面整洁！”雪梅娘笑眯眯地说。

雪梅娘的Hello Kitty多功能珍藏版铅笔盒从二年级一直到现在都没有更换过，那颜色、那功能都如同新的一般。被雪梅娘喜爱的文具真是太有福气了！

雪梅娘、两张嘴和我都是杜鹃花的义务清扫员。有一阵子，雪梅娘早上到得比我还早，她一进教室就开始打扫。有一天，把四组全扫了个干净！等到值日班长来的时候，他看看整洁的教室，纳闷道：“怎么回事，难道是昨天上午的值日生扫得太干净了？是大家保持的太夸张了？总之，真不错，今天早上不用扫了！”等到老李进了教室，看着干净的地面，忍不住招呼来值日班长夸赞道：“今天的卫生这么早就打扫完啦？工作安排得很有效率嘛！”

“啊？这个、这个……”值日班长面对老李的表扬结巴起来，不知该怎么回应。

“是我扫的。”雪梅娘笑眯眯地站起来替一头雾水的值日班长解了围。

“你一个人扫的?!”老李惊讶的眼睛似乎要从眼镜片后面蹿出来了。

“嗯！”雪梅娘点点头。

“同学们，要是我们班的同学个个能像雪梅娘这样爱护自己的班级，把自己真正当做班级的小主人……”雪梅娘的举动引发了老李的长篇大论。他滔滔不绝地讲了一整个早自习，又讲了一整个课间，直到第一堂课的上课铃打响才打住。

第一节下课，黑太阳、周小子等人忍无可忍地跑到雪媚娘面前说：“你为什么要这样做啊？以后别扫了！害得我们白白损失一次斗赛的机会！”

雪梅娘虽然超爱干净，甚至有些洁癖，但她从不嫌弃悦非睿。悦非睿往她身上扑，她就“咯咯咯”地笑。有一阵下课，他们俩你扑

我，我扑你，远看上去像两只斗鸡。但走近了，你就能看到他们友善的眼神，听到他们“提克里克……”、“比卡求利……”的快乐交流。只是旁观的人根本听不懂他们在说些什么，那是要用神来之笔才能记录的精妙绝伦的语言！

雪梅娘爱笑，从不生气！

体育课前，我们总爱玩老鹰抓小鸡的游戏。从四楼冲下操场，跑在最后面的人当老鹰。雪梅娘十有八九是当老鹰的人选。而那“母鸡”相当的凶悍，身形虽然瘦弱，但为了孩子敢主动跟“老鹰”“拼命”！

“你看，Q海盗这只母鸡简直比老鹰还凶！Q海盗应该叫老母鸡！”日本寿司在一旁发表观看言论。

就算有时候“老鹰”能摆脱了“母鸡”的纠缠，向着“小鸡群”冲去，但因为体力消耗过多，所以任凭“鸡尾巴”甩来甩去，可就是抓不到一点儿毛！这样追七、八个来回，上课铃就响了。

集合！整队！

“呼哧！呼哧！”雪梅娘在我身边不停地喘气，好像一堂体育课已经结束，要下课了。但喘归喘，她圆圆的布满细密汗珠的脸上却始终笑吟吟的。

天很热，体育张老师宣布：“这堂课练习立定跳远，下节课考试！”

于是，雪梅娘开始练习起来。这时，舞蹈妞过来了。她挡在雪梅娘身前不到一尺的地方，扭着屁股，回过头来顽皮地说：“你就跳这么远吧！”

雪梅娘没办法，只好向右转，准备练习。

“咚！”舞蹈妞又蹦到她的身前，还是那个位置，说：“你就跳这么远吧！”

雪梅娘向左转。

舞蹈妞堵在她身前。

雪梅娘向后转。

舞蹈妞堵在她身前。

雪梅娘团团转。

舞蹈妞总是堵在她身前。

“哎，舞蹈妞……”两张嘴过来了。于是，舞蹈妞先放过了雪梅娘和两张嘴说话去了。

“Q海盗，我总是跳不远，你教教我！”雪梅娘笑着来找我。

“你先跳给我看看。”我也笑着说。

只见雪梅娘直着并拢的两条腿，用力地甩着胳膊，然后费力地腾起身子，蹦了出去。结果当然很不理想。

“你把腿分开，膝盖弯一点儿，放松两只胳膊，别太用力，要不力气都给手用完了，腿就不够用了。”我说，“你再试试！”

雪梅娘点点头，照着我的话试了一次，果然好了一些。

“就这样，你再练练。等协调、熟练就好了！”

“嗯，谢谢！”雪梅娘笑得甜甜的。

这时，舞蹈妞的话也讲完了，她又堵到了雪梅娘的前面。结果堵着堵着，变成了跳着跳着，跳着跳着变成了两人圆圈舞！

“哈哈哈哈哈……”

“哈哈哈哈哈……”

“哈哈哈哈哈……”

雪梅娘笑了。

舞蹈妞笑了。

我们都笑了。

四十五、米老鼠公主

“米老鼠公主!”

“……”摇头晃脑。

“非常好!”

“米老鼠公主!”

“……”声情并茂。

“你真棒!”

“米老鼠公主!”

“米老鼠公主!”

“米老鼠公主!”

一、二年级,除了胡子小,米老鼠公主是老师们喜欢的另一个名字。这两个名字的主人在(6)班被许多人奉为女神!似乎无论她们说什么、做什么都是对的,无可挑剔!

女神的追求者众多。熊猫超人和周小子是米老鼠公主身边最激烈的两位!一天,熊猫超人对着米老鼠公主张开双臂,心情颇好的米老鼠公主也张开双臂和熊猫超人抱在了一起。

“哼!”兴冲冲地跑向米老鼠公主的周小子看到了这一幕,气哼哼地把双手使劲儿往下一垂,扭头跑出了教室。

“哎……你跑慢点儿!”米老鼠公主冲着周小子的背影摆着手,追了过去。

这时,孤单的熊猫超人也撅起了嘴巴、跺跺脚,找他的金刚兄弟们去了。

尺子大战流行的时候，米老鼠公主身边的追捧者们经常用黑白配的方式划出帮派，然后两帮互斗。每每在划帮派前，米老鼠公主的左耳边会传来熊猫超人的声音："我出白！"与此同时，她的右耳边一定会响起周小子的声音："我出黑！"我估计米老鼠公主是用点兵点将的方式来决定出黑白的，因为当时的她似乎没有明显的偏向。但这样的态度使得熊猫超人和周小子之间的战争不断升级，他们几乎发展到了水火不容的境地。而踩脚游戏恰好成为了这两个对头的发泄战场。

"石头剪子布！"

"我赢！"

"跺跺跺！"周小子的脚像机关枪发射一般在熊猫超人的脚上疯狂扫射！

"石头剪子布！"

"我赢！"

"跺跺跺！"熊猫超人的脚像打地鼠一样在周小子的脚上毫不留情！

四年级下学期，周小子开始发胖；五年级上学期，周小子挺起了小肚腩；五年级下学期，周小子彻底变成了胖子；从此，米老鼠公主的选择题变成了单选，熊猫超人成了公主身边排名第一的绝对勇士！Out出局的周小子很是郁闷，一天中午，他坐在我的饭桌对面向我伸出一只圆乎乎的手指头，悲愤欲绝、咬牙切齿地说道："我发誓从今天起再也不理米老鼠公主了！你看她和熊猫超人之间的眼神，真是让我气到吐血！"

除了熊猫超人，米老鼠公主的确很喜欢米老鼠。二年级，米老鼠公主和我成为一个雏鹰假日小队的成员。在一次以环保为主题的万圣节小队活动中，我们用生活中废旧的物品来把自己装扮成

“小魔鬼”。一阵撕撕、剪剪、画画、粘粘……之后，我们在音乐声中走上了舞台，展示自己的设计成果。那天，有两个人的设计让我记忆犹新，一个是小鱼儿的南瓜面具和报纸斗篷，另一个就是头戴大大黑耳朵的米老鼠公主！四年级，班级策划、筹备集体10岁生日会，米老鼠公主和玛丽张、胡子小一起成立了美图创作小组，我兼任她们组织的传笔书童，所以有幸听到一则这样的对话。

“画什么呢？”玛丽张问。

“画个心形的蛋糕吧！”米老鼠公主说。

“哎哟，心形的，恶心死了！”玛丽张表情夸张。

“那就画个米老鼠头像形的蛋糕，绝对棒！”米老鼠公主很兴奋。

“这个纯属个人喜好，不行！”胡子小不赞成，“还是画个圆形的吧，大众化，大家都能接受！”

“噢，圆形啊？！”米老鼠公主的热情减退了许多。

开工了，大家埋头动笔。

不一会儿，胡子小的声音传来：“哎呀，不行不行，你怎么画得毛乎乎的，像是蛋糕发霉了一样！”

“啊？不行啊？哦！”米老鼠公主拿起橡皮开始擦。

“哎，不行不行！”玛丽张也指着米老鼠公主的线条一通否定。

“橡皮、橡皮！”米老鼠公主又一通猛擦。

左擦、右擦、横擦、竖擦……之后，胡子小尖声叫起来：“怎么搞的，你怎么擦得黑糊糊的，像个大黑疤！这怎么行啊？！”

“嗯，那我在这里画两根蜡烛吧。”米老鼠公主说。

“不行，太挤了。”

“嗯，那……那我就画块巧克力吧。”米老鼠公主又说。

“可以，那就交给你了，让你将功补过吧！”

因为她们的创作时间太长，直到玛丽张把那张半成品交给我的时候，米老鼠公主的巧克力还没有铺满整个的蛋糕。而那天晚上，我准备加工的时候，发现我的咖啡色水彩笔没水了。怎么办？已经快二十一点了，无论是蛋糕房还是文具店都打烊了。于是，我用“蓝莓酱”铺满了剩余的空缺。第二天，画作上了墙，米老鼠公主看着蛋糕上的“蓝莓酱”咬着手指纳闷地喃喃自语：“哎，怎么不是纯巧克力的？”

“天哪！你看看你们画的这个蛋糕，奶油这么鲜艳，肯定添加剂超标，吃了要毒死人的！”一旁的铁蛋蛋大叫起来。

“哎呀！你怎么能这样啊！”米老鼠公主拍着铁蛋蛋，用公主脾气维护着那使她也感到奇怪的蛋糕的公信力。

说起画画和公主脾气，还真是有故事咧。不过我只有一支笔，所以得挨个儿说。那就先说画画吧。

说起画画，我和公主的爱好相同。不过在(6)班，喜欢画画的人可多了去了，似乎我这么写十分多余。不过，我还有后半句话要讲：“如果要找把画儿画到数学作业本上的爱好者，(6)班只有两个，一个是我Q海盗，另一个就是本章主角，米老鼠公主！”

“我们班的米老鼠公主和Q海盗同学做作业的态度十分认真！昨天的行程问题，她们每题都画了示意图来分析题意，整理解题思路，这很好！”魏老师抱着一摞数学作业本走进了教室，站在讲台前先说了这么一通。我打起精神，挺直脊背，准备接受表扬。但天有不测风云，世事多变，魏老师的话锋即刻来了个180°大转弯：“但是，你们也画得太细了吧？画个小孩，写个名字，顶多画个头像就完了，不需要把他(她)的身子、腿、手、脚、衣服、鞋子都画出来；画列火车，画根直线，或画个长条就行了吧，不需要把火车头、火车窗、火车轮子都画出来……要是考试，等你们画完这些，时间也没

了，题目还做不做了？希望以后注意啊！”

晚上，我精简了示意图。第二天魏老师发数学作业本前对着米老鼠公主喊道：“你是怎么搞的，还这样画啊？而且还涂了颜色！这好看是好看，但是在做数学题的时候不需要。知道了吗？下次别再画了啊！”

“噢。”米老鼠公主撅起嘴巴点点头。

“消消气，消消气！”她的同桌，她的另一个追求者——故事大王，不失时机地安慰着米老鼠公主。

说到消气，就想到了她的公主脾气。有一次体育课上，自由活动的时候，我们许多人蹲在地上捡落叶玩儿。恰巧，我和米老鼠公主在一个角落里挑拣，这时，玛丽张跑了过来。她看准了一张形状完好的大梧桐树叶，用手在上面抠出了大小不一的两只眼睛和一张缺了牙的大嘴，然后迫不及待地往米老鼠公主眼前一伸：“看，好玩儿吧！”

“哎呀，你干吗！真是无聊死了！一点儿也不好玩！”被那树叶戳到鼻子的米老鼠公主三下两下把那该死的树叶扯得稀烂，生气地扔在地上。

“我们去玩儿吧。看来，她对这个不感兴趣！”玛丽张冲我吐吐舌头，样子有点囧。

不过，虽然玛丽张点着了公主脾气，但她们仍旧是非常要好的伙伴。尤其在大课间，米老鼠公主会帮助她的好朋友玛丽张巡逻，记录那些不参加体育活动的人。

一次大课间活动中，不公平气喘吁吁地坐在台阶上擦着汗。

“快起来，不许坐在这儿！不然，我就扣你的分！”米老鼠公主一手叉腰，一手指着不公平，摆出十足的公主架势！

“我都累死了，让我歇一会儿。呼哧、呼哧……”

“不行，快起来！你必须马上去活动，不然现在就扣分！”米老鼠公主的口气不容置疑！

“好吧。好吧！呼哧，呼哧……”不公平挣扎起身子，艰难地拖起双腿，踮吧踮吧地向人群慢跑而去。

又一个大课间，刘博士靠着墙根儿，跷着二郎腿，半躺着，闭目养神。

“你，快起来去活动！不然，我就扣你的分！”米老鼠公主对着偷懒的刘博士发出公主警告。

“我怎么没有活动？难道我的心不在跳吗？你听听，它扑腾扑腾跳得可欢了，一刻也不停！”刘博士眯起眼睛，漫不经心地说。

“不要狡辩！不然，现在就扣分！”米老鼠公主的声音高了起来。

“去去去，你烦不烦啊？反正我一周也得不了几分，你要喜欢你都扣了吧！”刘博士说完闭起了眼睛，似乎已进入了梦乡。

“哼！”公主撅起嘴巴，扭头跑走了。

米老鼠公主最让我佩服的是她的英语口语。她曾在新加坡和英国伦敦的少儿英语比赛中获得过奖项。我们(6)班的同学都看过她参赛的照片和证书。不过，亲眼目睹她的英语口语演讲风采是在希望之星英语大赛学校选拔赛的时候，她流利的“迪士尼”式英语让众人倾倒。而她边唱边演的歌曲《一只叫做面条的小驯鹿》更是让我印象深刻，尤其唱到那句“Noodle has a red nose”时，她会用两只食指用力地夹住鼻头儿，那样子可爱中带着滑稽的表情，好像米奇复活了！

四十六、哪吒女

三年级我参加竞选，成为(6)班的劳动委。如果不是承担了这个工作，也许我都不知道我们班还有哪吒女的存在。也正因为这个工作我了解了每一个同学的学号和姓名，并可以毫无误差地读写，而直到五年级下学期的现在，我们班除了班干部之外，依然有不少人会写错同学的姓名。也许这就是真实的小学生活的一部分吧。

认识哪吒女之后不久，我和她在操行队列调整时被拉近了距离，她对我而言不再是一个陌生的姓名，而是生动活泼的同学。一次全校广播操大赛，广播操的音乐响起了，不久，激情四射的“拉伸动作”开始了，我忘情地挥舞着手臂，幅度越来越大……突然，银光一闪，我的眼镜被我的手指挑动后飞了出去，沿着手臂挥舞的轨迹转了一圈儿，重又回到了我的怀抱。

“哇呼！”

“嘻唰唰……”

“呵呵哈伊！”

“咯咯嗒！咯咯嗒！”

各种怪笑瞬间响起。而其中最特别的就是哪吒女特有的“咯咯嗒”——母鸡式笑法，弄得我想笑，笑不出来；想哭，没有眼泪。这铁定是我遇上的难堪事件的No.1！

因为一碗方便面引发的诚信事件(在铁蛋蛋的故事里已作了详细的介绍)，我、杜鹃花、铁蛋蛋、周小子都掉换了小饭桌，从“温馨家园”搬到了“少儿家园”。第一天午餐，我意外地发现哪吒女是这里的老客，从此开始了我们同桌吃饭的缘分。

哪吒女很爱笑，而我觉得她的“咯咯嗒”笑法特别有趣，只要我听到这个笑声，我就会不由自主地跟着笑。但是，自从周小子坐到了哪吒女的对面，中午吃饭的时候哪吒女的笑声就经常被生气或抱怨的语气削减了不少。

“子曰：中午不睡，下午崩溃！孟子曰：孔子说得对！”(7)班的哥们儿摇头晃脑地说着“道听途说”的歪诗。

“咯咯嗒！咯咯……”哪吒女才笑了两声，突然停住大叫起来：“你怎么这样啊？你还让不让人吃饭啦?!”

原来，忘形的周小子把一嘴的饭全都喷在哪吒女的饭碗里了。

“你不吃饭可以喝汤嘛！”周小子一副不以为然的样子，依旧嬉皮笑脸的。

“这汤里也有！”哪吒女用勺子搅着汤碗，“不吃了！”她推开碗，出门到院子里洗手去了。

“屎啊屎……”

“尿啊尿……”

“屁啊屁……”

一到开午饭的时候，周小子的话题就缠上了“屎尿屁”。

“你能不能换个时间讲啊？这让人还有没有胃口了?!”哪吒女一听到这些就皱眉，有时候真就没了胃口，吃点水果就草草了事。

“周小子，闭嘴！”很多时候，我和杜鹃花都会大喝一声，作为对哪吒女的声援，但是，对于天性我行我素的周小子而言这作用几乎为零。

因为越走越近的缘故，我和哪吒女逐渐成为了朋友，尤其是在三个字游戏中，我们是非常好的搭档。体育课50米跑的成绩，第一名玛丽张为8秒3；第二名是我，成绩为8秒4；第三名就是哪吒女，成绩为8秒5。这样的速度，在所有的捉人游戏里，我们所向披靡，出入敌营，解救俘虏……在长期的配合中我们越来越默契，并形成了“救人三大战术”。

这战术一嘛，是在开阔的大操场上，我们几乎是想救谁就救谁，自由奔跑，如入无人之境，让“敌人”望洋兴叹。战术二的情况是在巷道里，因为地域比较狭窄，有时候，我们其中一个故意放慢速度，和“敌人”纠缠，造成即刻就能让他(她)捉到的假象，另一个就放心大胆地去救人。等到人救齐了，那“敌人”也给我们熬得快喘不过气了。战术三几乎是毁灭性的。因为游戏场地不仅狭小，而且还三面有堵。这时，我们互递眼神，由一个猛地抱住“敌人”自我牺牲，然后，另一个让俘虏们重获自由。之所以我们敢这样救人，那是因为我们对自己的捉人速度和本领充满信心，在下一个游戏环节里，牺牲者能很快抓住一个代替者，重回统一阵营，并肩作战！

琅小的校园小得出奇，连马路都被纳为体育课的临时操场。但就在这弹丸之地的校园里，我们却狂爱着奔跑，渴望着驰骋的快乐！在乐此不疲的奔跑中，我和哪吒女有过一次偶然的交锋。那次是她选择了毁灭性的战术去救人。接下来，我们不知怎么都对彼此的速度和耐力产生了好奇，她只盯着我追，而我也配合地跑。一时间，整个游戏变成了两个人的追逐表演。最后，当上课铃打响，哪吒女已是挥汗如雨，而我依然奔跑自如。由此，我们得知，在50~200米的速度上，我们可能不相上下，但400米之后，我的耐力要胜过她。哪吒女是金雕，瞬间速度惊人；而我是熬鹰的，有的是力气和耐性。

如果你想把哪吒女的绰号和她的奔跑速度作个结合，认为她似脚踏风火轮的小哪吒，我觉得也很有几分道理。但是，这个绰号的来源却并不是因为她的奔跑速度。

“同学们，我们在集体生日会上设立一个大家猜猜看环节好不好？就是每个人带一张小时候的照片，和现在越不像的越好，然后在活动当天，我们会让大家来猜照片上的人是谁？猜中的有奖噢！”当我在六班宣布这个提议的时候，得到了超高热情的拥护，第二天，照片就如雪片般地飞来了。

“哎呀，这个小妞妞是谁啊？站在大大的皮沙发上，回头乐得开花，尤其是头顶的哪吒发型，让人看了忍不住地想唱：扎两个冲天鬏，光着那小脚丫，踩着那风火轮，乾坤圈手中拿……哪吒、哪吒，小哪吒！”晚上，我趴在书桌上整理照片的时候，老妈拿起一张忍不住地唱起来。我得说，我那老妈有时候好像没有长大，比我还疯！不过，这不是本章的重点，重点是——哪吒女的外号就这样出炉了！

四十七、跳跳蛙

“丢丢！丢丢！”跳跳蛙叫着。

“丢丢”是什么意思？

“丢丢”的意思很丰富！

“丢丢”一路跟随跳跳蛙的童年，是她的心情宠物。

一次，我们“快乐星期天 雏鹰假日小队”组织看电影。电影散场后，我、跳跳蛙和刘博士在青春剧场边的广场上玩耍。

“玩什么呢？”

“丢……丢！就玩立定跳远吧！反正很快就要立定跳远考试了，我们就当练习吧！”

“怎么玩儿呢？”

“丢——丢！丢丢！看，从这儿到那堵墙，我们跳过去，谁用的次数最少，谁就赢！”

“好！”

“好！”

“丢丢！丢丢！丢——丢！”

别看我的个子和跳跳蛙差一大截，但在立定跳远的能力上却和她不相上下。因此，在这个小段落里，我主要讲讲跳跳蛙和刘博士的比拼。

“丢丢！丢丢！”跳跳蛙轻松地甩着手，“丢——丢！”她蹿了出去，像一阵风。

“哇呼呼！”刘博士忍不住叫出了声，看来跳跳蛙的这一跳使他产生了不小的压力。

“无敌风火轮！”刘博士一边叫着，一边使劲儿地抡着两只胳膊，看上去既像迷你过山车，又像袖珍小风车。猛劲儿过后，他胳膊的转速明显变慢，直到成了慢动作的时候，刘博士下蹲——起跳——“扑通”一下，来了个五体投地，趴在了瓷砖地上。

“哇呼呼！哇呼呼！”刘博士疼得龇牙咧嘴地叫唤不停。

“丢丢！丢丢！你要是考试那天这么跳，那就惨了！丢丢！老师可是只量脚后跟儿的！丢——丢！”话音刚落，跳跳蛙干净利落地完成了第二跳。

调整状态后的刘博士在空中举起右手，握成拳头，向下一拉，这是个标准的“给力”动作。不过当时这个词还没有问世，我还是用“打气”比较合适。自我打气后的刘博士果然非同凡响，他果断地快速一跳，即刻拉近了和跳跳蛙之间的距离。这下轮到跳跳蛙有压力了。

“丢丢！丢丢！丢丢丢！”跳跳蛙叫着，用力——起跳——落地。可惜，背着压力包的身子明显变得沉重了，就连落地的时候都险些摔倒，幸亏她反应迅速，双手撑地，稳定了身体。当然，这一跳的距离很不理想。

“丢——丢丢丢……”跳跳蛙眨眨眼睛，撅撅嘴。

“哇呼呼！”刘博士来了精神。显然这声“哇呼呼”和刚才趴在地上龇牙咧嘴时的那两声的意思有着天壤之别。

“呼——”一阵疾风扫过，刘博士和跳跳蛙已近在咫尺！几乎是重又站在同一条起跑线上了！

“丢丢！丢——丢！”跳跳蛙凝神静气，眼望前方。从零开始的局面让她甩掉了包袱。

“丢——丢——”随着一声清亮的呼啸，一道完美的弧线在空

中划过。当跳跳蛙回头望去时，刘博士正张着嘴、托着下巴、瞪着那浩如银河的距离发呆呢！

“丢丢！丢丢！丢丢！”跳跳蛙的全身都洋溢着无比的兴奋，而此时，刘博士艰难地托起自己的下巴，缓慢而努力地恢复着它原来的位置，可眼睛依然死死地盯着那遥不可及的线段，硬起头皮，跳了出去。

“丢丢——”这边刘博士刚着地，那边的跳跳蛙就迫不及待地轻轻一跃，到达了终点。我赶紧跑上场，举起跳跳蛙的一只手，喊道：“伟大的冠军诞生啦！她就是——跳跳蛙！”

“丢——丢儿！”跳跳蛙的声音像跳着芭蕾，打着飞旋！

“我们排球队里有个家伙，二传技术一般，扣球力量稍逊，但弹跳能力惊人！属于狂能跳！”体育张老师口中的“家伙”就是跳跳蛙。我老妈也曾有幸领教过跳跳蛙惊人的跳功，那是三年级时暑假的一个下午……

那天下午，我和杜鹃花、小鱼儿都去跳跳蛙家写作业。当时我们学校对考试刚刚进行改革，让我们每个学生都写一篇文章谈谈对新考试形式的感想。我老妈对这类话题十分感兴趣，她参与了我们的讨论，并提出了自己的疑问。我们七嘴八舌地解答着老妈的疑问，三下五除二地写完了自己的感想，于是，大家提议一起去院子里玩玩儿。

“星阿姨，我们来玩青蛙跳，好吗？”跳跳蛙笑眯眯地对我老妈说。

“这个我曾经熟！行，我参加！”老妈欣然答应。

“一组200个，先跳一组吧。”跳跳蛙说着就背起双手，蹲在地上蹦起来，不一会儿就弹出很远了。我紧紧跟着。然后杜鹃花和小鱼儿也跟上了。

“嘭！嘭！”老妈笨笨的重重的，听动静，像是装修的工人拿着大锤在砸墙。

“丢丢！星阿姨，要加油哦，我都一圈儿回头了！”跳跳蛙向老妈做了个滑稽的蛙扑动作，又“丢丢、丢丢、”向前弹去。

“呼啊呼！呼啊呼！”当我蹦到老妈身边的时候，她狼狈地蹲在地上大喘气。

“老妈，你行不行啊？不行不要硬挺着啦！”我停下来蹲在她身边说。

“好。呼啊呼——”老妈一听见我这么说，就一屁股坐到了地上，“呼啊呼，一百——呼——五十……呼啊呼！”老妈口齿不清地跟我说她跳的次数。

“星阿姨，你歇歇吧，别跳了，我来陪你，反正我也跳不动了！”小鱼儿跳了过来，坐到了我老妈边上。

“星阿姨，你们在这儿歇歇，我和Q海盗很快就跳回来。”杜鹃花也和我那狼狈的老妈打着招呼，然后，我和她肩并肩地向前跳去。

“丢丢——丢?”跳跳蛙疾如闪电地跳完了第二圈儿，蹿回了我老妈身边问，“星阿姨，你还好吧？第二组你就别跳了吧。”

“好，可我第一组还没跳完——呼！”

“没跳完就算了，丢丢！你看上去实在是太累了！丢——丢！”跳跳蛙宽容地放过了我的老妈，又跳着追我和杜鹃花去了。

五年级的数学讲到了行程问题，只要一遇到追击类的题目，我就总会想起三年级暑假那个下午的蛙跳游戏。呵呵，好像扯得有点儿远了，还是回到故事的结尾吧：

那天，回家后的连续七天，老妈的口中天天挂着“乳酸堆积”这个词，并且她的大腿不能让任何人碰，包括她自己，因为那硬得像石头一样的肉，一碰就疼。其实，不碰的时候也疼！直到有一天，那肉变软了些，酸的感觉代替了疼，老妈就去盲人手佳理疗店作推拿，折腾几次之后，终于恢复了常态，“乳酸堆积”这个词也在我们家消失了。

“跳跳蛙，真是名副其实啊！”一天放学回家，老妈冷不丁地冒出这么一句。

“呵呵！”我脑子里又浮现出那天下午她蹲在跳跳蛙家院子里大喘气的惨样儿，忍不住笑了出来。

四十八、繁星满天

长手、长腿、高个子，体育张老师一看到这副身板儿就眼睛发亮——“啊，这样的人才就是为我的排球队预备的啊！”这个人才就是(6)班的繁星满天！

繁星满天现在是我们班最高的人，她已经突破了一米七零，活像一棵郁郁葱葱的小树！不过，我还是要把话题先拉回二年级，虽然那时繁星满天着实让体育张老师兴奋不已，但是很快，张老师的情绪就转变成无奈了。很简单，因为排球天才骨子里是个画家，她对打排球根本没有一丝一毫的兴趣，不几天就从排球队退出来了。

先不说她的绘画兴趣，还是说说她令体育张老师垂涎的运动天赋。无论是跑还是跳，她总是如风、如鹿，透着天生的灵气。五年级，排球张教练成了我们任课的体育老师，每当繁星满天启动身体，展现她的跑跳才华的时候，也许对于张老师来说会有一种“伯乐爱惜千里马，千里马却混不吝”的感受！直到测试坐位体前屈的项目之时，繁星满天的死穴终于出现，这也许可以算是给张老师的遗憾伤口上贴的最好的一剂膏药！

那天，繁星满天放直她的两条大长腿坐在垫子上，双手握住推子，然后她的脸上就出现了无比痛苦的表情。

“用力！用力！”张老师亲自给她打气。

“加油！加油！”我们也在一旁鼓劲儿。

只见，繁星满天弓着身子，拧着眉头，使着吃奶的力气推着推子，我突然就想到了“雄阔海力挺千斤闸”(是最后快要顶不住的悲惨场景)！那小小的塑料推子，在繁星满天的手里真就好比有千斤重，折腾得她细汗如雨，耗尽了她所有力气。“2厘米！”体育张老师报出了最终成绩。

这个项目的及格成绩是7厘米，我和舞蹈妞轻松一推就是18厘米，今年我推过了19厘米，而我的个子不过150厘米，比繁星满天要差着20多厘米，我不得不说：“我们的排球天才长了一副铁身板儿啊！”

虽然早早地离开了排球队，但繁星满天平日里却很喜欢和(6)班的排球队员们一块儿消磨时光。有一阵子，跳跳蛙发起了比个子游戏，一到下课时间，她就召集了后两排的大个子女生们排队比个子。其实个子的生长速度很慢，但是她们却乐此不疲，这就让我有机会捡了个“大漏”！

那天，繁星满天照常去参加比个子游戏，而我则去给千疮百孔的黑板报修复伤口。不经意地偶一回头，啊！这不是繁星满天的宝贝画册嘛！要知道，平日里这画册的保密系数极高，是轻易不得见其庐山真面目的！而现在这宝贝就大大方方、安安静静地躺在我的眼前，那一刻我心狂跳，像一个饥饿的人扑在了面包上，贪婪地翻阅起来！

啊，看这张，鼻子上架着一副白框眼镜儿，短短的头发，棱角分明又酷劲十足的嘴角，这一看就是繁星满天自己！下一张的主角戴一副黑框眼镜儿，嘴角的线条透出忧郁而冷酷的感觉，这是一个男孩，和繁星满天很相配！在我们(6)班，除了繁星满天没有人会画男生。而大多数的人画的女生也都是圆圆的一张脸，一个马尾辫，留着三个大白点的圆眼睛，问号鼻头儿，外加一张圆或半圆的嘴。可是，在繁星满天的笔下，同样的短发、同样的眼镜、同样的年纪……却透着不同的个性和性别，你一看就能分辨。尤其让我赞叹的是她画的人物的嘴。那是真正的嘴的轮廓，更绝妙的是那些轮廓不仅逼真，而且充满着感情，不同的性别、不同的个性、不同的心情……都可以通过他来传递。

再往下看，你可以看到日本少女卡通中的很多主角，她们鲜活地呈现在纸上，像是在屏幕里呆腻味了，跑到(6)班来闲逛逛似的。这本画集里多是人物的肖像特写，五官清晰而精致，每一根线条都透出主人非凡的绘画功力和天赋！

看这张，樱花漫天的季节，少女的长发随风舞动，清澈的眼眸，闪亮的嘴唇，我仿佛听到了如诗如歌的呢喃，感受到春天醉人的气息……

“啊——”繁星满天长叫一声，扑了过来，合起那画集，一把塞进了书桌抽屉里，“别看了！”

我吐吐舌头，带着捡宝的快乐继续干起活儿来。之后，我再也没看过那本画集，但只要一想到那天的幸运我就会兴奋，那些美图深深地印在了我的记忆里，偶尔拿出来品品就有一种偷来的快乐！

我也曾凭着记忆学画过几张，但跃然纸上的完全不是那回事儿！看着那些短发的、长发的、卷发的……我突然想到一首歪诗：美人卷珠帘，万径人踪灭，两岸猿声啼不住，惊起蛙声一片！

除了天赋，繁星满天对绘画的痴迷加上不断地练习，是她笔下人物灵魂和美的源泉。甚至上课的时候，她也笔耕不辍！一次，被数学魏老师发现，厉声喝道：“你，在干什么？！马上把它给我撕了！以后不许再犯！”

“呼呼呼”、“嚓嚓嚓”、“呼嚓呼嚓”，我看见繁星满天迅速地把那宝贝本子塞到抽屉深处，然后更迅速地掏出一张废纸，专注而使劲儿地撕成了碎片！

“学可以不上，但画不可以不画！”这是繁星满天的座右铭。在这样的追求里，她所有的荣誉都来自于绘画艺术。这个月我们(6)班要推选区优秀少先队员人选，老李要求我们每个人把获得过的荣誉证书统统带到班级来大比拼。我看到繁星满天的奖状从学校到区、市、省，乃至全国，一水儿都是绘画大赛的一等奖！她用线条耕耘着自己的理想，用色彩铺砌着通往理想的道路，她专注而执著地向前、向前……我期待着看到她公之于众的作品，然后自豪地向人们介绍:“她来自(6)班，她是我同班同学!”

四十九、杨柳随风

杨柳随风、悦非睿、毛豆豆和我都来自鼓楼幼儿园。我和毛豆豆同班，杨柳随风和悦非睿同班。但在英语兴趣班中我和杨柳随风、悦非睿又成了同班。毕业那年，我们三个又都是英语兴趣班中的五星学员，而且得五颗星的只有我们三个！进入小学之后，我们四个中，我和杨柳随风是走得最近的朋友。

广播操列队下楼期间，是我们俩叽叽嘎嘎最好的时候。其实，这时候讲话很危险，因为老李会瞪着近视鹰眼四处巡视，揪人扣分。但是，我和杨柳随风配合默契，很有技巧，可以几乎不动嘴皮，一路走、一路说。一次，我给她讲我刚编好的《郑和上殿》台词的英文版，逗得她“吭吭咔咔”笑得抽筋儿。突然，我把音量拉到最低，而她也十分警觉地让怪笑声戛然而止。原因很简单，老李正缓缓地踱着四方步走近我们，在我俩身畔停了下来，我们不约而同呼出一口气，两眼直视前方，迈步向前——反正笑也笑够了，讲也讲够了！于是，老李又左顾右盼、心事重重(五年级之后他似乎每天都挂着这样的表情)地绕到别处去了。

其实我认为老李未必不知道我们俩在违规，但因为自觉、自省的行为让他放了我们一马。可也有不知死活的。你看那边，黑太阳他们正唾沫横飞、手舞足蹈地侃作一团。老李照样慢吞吞地踱了过去，停了下来，斜着眼儿瞟着他们，但是那帮小子偏偏只能专心致志，不会三心二意、眼观六路、耳听八方，结果，忍无可忍的老李发了飙，被罚是很自然的啦！

四年级下半学期，学校组建集体舞队，我和杨柳随风……

那是一个中午，午自习铃打响了，许多人拿出课本，摆出一副苦读的架势，然后趴在竖起的书后睡大觉。这时，一阵尖锐的“嗒嗒”声急匆匆地传来，离(6)班越来越近。

“哎呀，这是走路还是跺地啊？吵人清梦，罚款100万元！”独立岩石的话音刚落，一个小个子女老师在我们班门口停了下来，她的尖头细高跟鞋在地上又使劲儿地跺了两下。

“这是教音乐的贾老师！”胡子小传出了消息，看来大队长知道的就是多。

“五年级(6)班全体同学起立！”贾老师亮出了嗓子，惊起桌椅板凳响声一片！

当我们一个个如同风中摇晃的小树苗此起彼伏地站起来的时候，贾老师开始了巡视。她的眼睛上上下下、前前后后地从一个人身上转移到另一个人身上，那眼神看得人心里发毛！

“坐下！”

“坐下！”

“坐下！”

“……”

贾老师边看完一个，边用手按住那人的肩头，说一声“坐下”。听到这两个字的人就像得到了特赦令，如释重负地呼出一口气。还有人拍拍胸口说：“吓死我了！”

站着的人越来越少，越来越少……最后只剩下了石头人、小皮球、鸭梨董、美絮、万马奔腾、杨柳随风和我。

“你们是不是触犯了贾老师的天威？她今天是来找你们算账的吧？”独立岩石小心翼翼地用气声向我传递着他的猜测。

“不可能，我都不认识她。”这话在我心里刚冒出来，还没来得

及到嘴边上，贾老师开口了："你们，跟我去音乐教室！"

一路上，我和杨柳随风叽咕着。

"音乐老师叫我们干吗？"

"不知道。"

"看架势，不是什么好事吧，怎么办？"

"凉拌呗。"

贾老师"嗒嗒嗒"地走在前面，她的高跟鞋依旧发出急匆匆的声响，好像有怒气要发作似的。这一切在我们心里都形成了一种诡异的感觉，不知道即将面临的是怎样的结果。

音乐教室里已经聚集了很多人，我突然想起《木偶奇遇记》里的马戏团来，好像我们这些特殊的儿童即将要一起经历一些奇幻的体验。但是，看看我身边的同学，有的虽然有些调皮，但也绝不是撒谎、逃学的主儿，应该不会变成驴子的！正在我胡思乱想之际，贾老师撇下我们又出门去了。她这一走，大家就顾不上猜了，三五成群地找乐子去了。我们四个女生在一起玩儿劈叉，享受这午间奇异的游戏时光。

"好了，不要打闹啦！"高跟鞋在地上跺着，贾老师的身影又出现了，"都给我站好！"贾老师一声令下，大家有些不知所措，于是"呼——"的一下，蜂拥而至她的身畔，像是要集体围攻和造反。

"喀喀！"贾老师清了清嗓子："我校要组建集体舞队，你们都是各班的精英，现在我要二度选拔，谢谢大家配合！"

"啊，光荣啊！"杨柳随风对我亮起启明星般的眼睛，"是好事！我好希望我们能一起选上啊！"

"嗯，好令人期待啊！"

我和杨柳随风挺直了腰板，拉紧了双手，感觉到彼此胸中有一团蠢蠢欲动的火焰在燃烧。

美絮欠协调，万马奔腾个子太高，小皮球个子不达标……一批批的人被贾老师放回了班级，我和杨柳随风紧张得手心里都出了汗。最后，石头人、鸭梨董、杨柳随风和我通过了重重关卡，成为了集体舞队正式队员，我和杨柳随风高兴地抱在一起，体会到光荣与梦想成真的可贵和喜悦！

从那以后的每周一、三、五下午，还有暑假里的十多天，我和杨柳随风不仅一起流汗，一起拼搏，也一起在把杆上做旁人眼里的危险动作，一起聊谁谁谁尿湿了裤子的糗事！更令人开心的是，因为训练，我们会去一、二年级处的体育馆，这样，我们就有机会看到亲爱的万万。哪怕只是匆匆的一眼，急急忙忙地打声招呼，也让我们快乐。有时候，运气好，也会和万万聊上几句，那种幸福是真的带着甜味的，舌头尝不到，但心却感觉得着。

“哟，你们怎么会到这儿来？”

“我们被选上集体舞队了！”

“哦，为校增光，好事儿，好事儿啊！”

“杨柳随风，你的个子可长高了！越来越漂亮了！”

“呵呵呵呵……”

“Q海盗，听说你学得不错！真替你高兴！”

“你怎么会知道的？”

“你这次语文考了个全班第一吧？倪大侠的文章在《快乐文学》上发表了吧？熊猫超人主动帮助难上难复习数学了吧？……”

“天呐！万老师，你怎么会知道这么多？！”

“别以为我不教你们就什么都不知道了！我的心里的房间可多了，只要是我的学生，每个人都有一间住得好好的！你说，我能不知道吗？”

“哇！我们都有一间房，住在你心里啊！哇！好幸福噢！”

这样的万万，怎么能让人不想念？过集体10岁生日那天，我和杨柳随风带着一个粉红色草莓馅心的迷你蛋糕去看万万，可是传达室的大爷说："万老师今天休假啦！"这时，我们看见了体育馆里正在吹着哨子的体育张老师，平时对于不苟言笑的张老师我们是有几分畏惧的，但是就在看到他的这一刹那，我们都产生了把这蛋糕和张老师分享的念头。于是鼓起十二分的勇气，我们手拉手地走进了体育馆，走到了张老师的身边。

"Q海盗！"

"杨柳随风！"

我们班的排球队员跳跳蛙、羊角妞儿和万马奔腾兴冲冲地向我们招着手。这让我和杨柳随风紧张的心情放松了许多。

"你们有事吗？"张老师侧过头看着我们问。

"嗯，今天我们集体过，10岁生日。嗯，这个蛋糕想，想送给您！"

"哦，给我啊？好，谢谢，谢谢！"

那一刻，严肃的张老师的脸上现出一丝惊讶、一丝惊喜……我和杨柳随风拉着手有些兴奋，又有些不好意思……一阵风似的跑走了。

哦，对了。通过我们集体舞队全体师生的共同努力，我们获得了鼓楼区比赛的特等奖和南京市比赛的一等奖，这个荣誉里有我和杨柳随风共同的记忆！

五十、铃摇摇

一、二年级时每天下午放学后都有值日生留校打扫卫生。四年级时学校取消了这项制度，原因是社会上有些心理扭曲的大人专门残害无辜的小学生泄愤。学校取消了下午的卫生值日，也不提倡因为作业问题让学生留校。在一、二年级时，万万生怕我们因为年纪小，不记得自己的值日职责，或忘记留下来订正作业，因此每天放学前，她都会掏出一本五彩缤纷的水果图案的笔记本宣布："今天谁谁谁留下来扫第一组；谁谁谁留下来扫第二组；谁谁谁……谁谁谁、谁谁谁、谁谁谁……跟我去办公室订正作业！"我清楚地记得，那是二年级的一个星期二，我是清扫第二组的值日生。当订正作业的那批同学跟着万万往门口走的时候，我们这些做值日的立刻从座位上弹起来，冲向班级后面的卫生角去抢扫帚。当时和我一天值日的人里只有我一个坐第五排，所以，我总可以拿到那把最新的麻秆扫把，第四排的小松鼠也可以拿到粉色的塑料扫把，而其他的坐在二排、三排的人就没有那么幸运了。他们只能拿着像是麦穗捆成的掉渣扫帚，一路扫、一路掉渣，一路掉渣、一路扫，好像总也清洁不完似的！更有不幸的事件屡屡发生，那就是：扫着、扫着，那扫帚的头突然就掉下来了，稀奇奇古怪地躺在地上，而受了惊吓的值日生则愣生生地握着一根粗短棍在手上，配上一副不知所措的表情，引得在场的所有人哈哈大笑！

那个星期二，铃摇摇被留了下来，跟着万万去了办公室，我动作麻利地打扫完第二组，请值日检查员检查过关后第一个走出了教室，和走廊上等着的婆婆会合，向楼下走去。

“今天肯定碰不到同路的同学了。”我心里想着。

“Q海盗！”一声含含糊糊的叫声从身后传来。

“是幻觉吗？”我疑疑惑惑地放慢了脚步。

“Q海盗！”又一声呜噜呜噜地叫声传来。

我回过头去，只见楼道里铃摇摇捧着个直径七、八厘米的大包子啃得正欢！她的嘴里塞满了包子皮和包子馅儿，一边咀嚼，一边喊我，那奇怪的声音就是这样被制造出来的。一阵小风吹来，一股肉香直飘进我的鼻腔，再看看铃摇摇笑眯眯、享受无比的表情，我的心里冒出一个到现在都挥之不去的想法：“铃摇摇好喜欢吃肉包子啊！”

铃摇摇最要好的朋友是格子。但有一阵子，格子和我走得很近，因为那一阵我们都被选进了校朗诵队，一起参与排练元旦大戏——《摇响春天的铃铛》。那时候，我们一起讨论、查找倪大侠是不是羊城的鬼魂；一起相约星期天去书店看书、吃午餐；一起谈论她家院里的外国人的瞳孔和毛发；一起分享彼此喜欢的小玩意儿……在学校里，一下课，格子也会奔到我面前，拐上我的胳膊一起去上厕所，我觉得这一切让铃摇摇产生了一种好朋友被人抢走的难受劲儿！一日，我和格子有说有笑地向厕所走去，铃摇摇看见后也跟了过来。那天，厕所里的人特别多，好不容易有了一个空位。

“我们一起上吧！”格子对我说。

“行！”我点着头，和格子一同跨上了长条形的小空间。

“我也要！”铃摇摇似乎觉得我俩当着她的面亲密得过了头，于是叫着横插在我俩中间，这样我们三个都蹲在了一个空间里，把那细窄的蹲坑遮盖得满满的！就在这一瞬间，厕所里所有的嬉闹、谈论声都静止了，无数双站着的、蹲着的人的眼睛都把惊讶无比的目光投向了我们，有的甚至把撒了一半的尿都憋住了。我们三个就在这样的氛围里撒完了尿，挤挤挨挨地提好裤子，并排走出了蹲坑空间，走出了厕所……一出厕所的门，铃摇摇就拐着格子的胳膊，在她的耳边耳语了几句，我感觉到那意思应该是："你这个没良心的，你难道忘记了我们友谊的誓言了吗？我们俩有许多秘密，那是我们俩的秘密，是不适合有别人听到的。我们才是最好的朋友！"就这样，格子又回到了铃摇摇的身边，她们又过起了与以前一样亲密无间的生活。

我真正和铃摇摇打交道是前不久的事情。接近期末考试了，英语凌老师给我们分了组，规定以小组为单位，一周后进行英语短剧的表演并打分，作为英语期末成绩的一部分。我们小组有六个人：我、独立岩石、大康、铁蛋蛋、跳跳蛙和铃摇摇。英语课一下课，只有铃摇摇一个人向我跑来，并急切地说："Q海盗，剧本就交给你了！"听到了这句话，独立岩石也收住了即将出门的脚步，退了回来，说："对，剧本问题还是要讨论讨论的！"

这时，我突然想到三年级时读过的一本英语小册子，里面有许多人物对话，于是就说："我有一本小册子，是以对话为主的，可以用。"

"还是用3L第一册吧，那里面的小短文我都熟，而且很简单的！"

"太简单了不行吧，我们都五年级了，没有点难度很难拿高分的！"

"太难了背不出来，还不是一样拿不到高分！"

"有点难度不代表太难了！"

"3L好！"

"3L没问题，但第一册不行！"

在我们语速越来越快的争论中，铃摇摇的头真的变成了摇摇铃，也随着我们晃得越来越快。

第一堂课间休息时间就这样毫无结果地结束了。

第二堂课间休息时间，铃摇摇又出现了，她急切而关心地问：“怎么样，剧本统一了吗？”

“嗯，这样吧。独立岩石和我明天都把各自的书带来，然后由小组全体成员讨论，好吧？”

“行！”独立岩石和铃摇摇都点头。

第二天，早自习的时候，独立岩石去交作业，他的书包大敞四开地躺在座位上，我看着那里面并没有新颜色、新面孔，知道那小子准是忘了。我虽然带了那本小册子，但头天晚上整个翻了一遍之后就觉得不合适。虽然对话不少，但是大多是两个人的，而且语句太短、太少，不够六个人的分量。

“Q海盗，剧本带来了吗？！”铃摇摇不顾水汪汪的高分贝咆哮——“上位——”，冒着被扣分的危险，出现在我的面前。

那时，我不知自己为什么超常的冷静，平静地回答：“没有。”

“啊？！”铃摇摇的心头一震，回座位去了。

这天的每一堂课间休息时间，铃摇摇都来找我催剧本。直到下午放学，她也不忘叮嘱：“剧本，你一定要快！”

有了这样的一位组员，我哪里还敢怠慢，回到家里的第一件事情就是铺开稿纸开始创作！半个多小时后，《Sharon’s dreams》出炉了。这部剧的主角是跳跳蛙，Sharon就是她真实的英文名。我们中的四人分别扮演她的四个完全不同的梦想。我扮演梦想中的作家；大康扮演梦想中的厨师；独立岩石扮演梦想中的老师；铁蛋蛋扮演梦想中的医生；铃摇摇是讲故事的人，负责将所有情景串联起来的旁白。

第二天一早，铃摇摇不出所料地又来问剧本了。不过，这次她得到了满意的答案。当我把那小本子递给她的时候，她迫不及待地翻了起来:“啊,这么长?!”

“你也不看看这本本子才多大?!”我说。

“呵呵,是的,是的！我先拿走看了啊!”铃摇摇高高兴兴地回座位去了。

铁蛋蛋是个热心人,他自告奋勇地担任了剧本打印的工作。分发完剧本之后,每个人都分头准备去了。

“Q海盗,我担心我背不了台词怎么办?”一堂课间,铃摇摇出现在我的视线中,带来焦急的声音。

“嗯,背不了,背不了……有了！我给你做个书壳子道具,你那天可以把它捧在手里,因为你是讲故事的人嘛,这样很自然,然后你把剧本贴在书壳子里,记不得的时候可以念!”

“噢,妙呀！你帮我准备着啊!”如释重负的铃摇摇面露喜色,但我也看到了她在放心之余立志挑战背稿的决心。

整个一周的时间,只有铃摇摇高频率地来和我讨论剧本和演出的各种事宜。表演的那天终于来临了。

“Q海盗,这个单词怎么读?”独立岩石叫着。

“Q海盗,我背不了台词怎么办?”大康叫着。

“Q海盗,……”

“Q海盗,……”

“Q海盗,……”

“Q海盗,……”

天呐,这些家伙早干吗去啦!!！没辙,谁让我们是同舟共济的一组人呢？抓紧时间解决问题远远比浪费时间抱怨实用得多。

“这个,……”

“这个,……”

“嗯,就是这样。我看你再读10遍就没问题了!”

“对对，背得不错！”

“你，大康，的确不熟啊！怎么办？”

“快，救救我，救救我！不然就死定了！”

“嗯，冷静，冷静！”

“嘘——要快，要快！”

“啊，有了！你不是演厨师吗？这样，你等着啊！铃摇摇，铃摇摇！”我叫着铃摇摇的名字。

“来了，来了！”铃摇摇闪电般地出现在我的面前。

“你的旁白怎么样？还需要道具掩护吗？”

“你听一遍！”铃摇摇声情并茂、流利大声地背出台词，我觉得她已经达到了倒背如流的水平！

“好演员啊！”我忍不住赞一个，“好，这个道具你完全不需要了，现在来给大康用！”

“我是演厨师的，你给我一本书干吗?!”大康还不乐意了！

“是啊，所以需要改动一下啊！我们把STORY的纸条换成Menu，然后你把台词贴在里面，不就行了吗?！厨师拿菜单不是很正常的嘛?!”

“呵呵，果然好！”大康乐了，把心放到了肚子里。

一片混乱的局面终于被收拾了个干净！正式表演的舞台上我们第一个出场，并赢得了台下夸张的笑声和热烈的掌声，熊猫超人因为笑得太张扬，太疯狂，被凌老师叫到门外走廊里冷静去了。

“20分，满分！”回过身来的凌老师满意地冲我们点着头。

“Yeah！”我们欢呼起来！铃摇摇个子最小，但声音最清脆、最响亮！

这次合作之后，我在“爱吃肉包子的铃摇摇”前加上了一句——“特别认真的铃摇摇”！

五十一、两张嘴

两张嘴最出名的是她的两颗大门牙！

五年级上半学期的大课间，在从楼上往操场飞奔的途中，两张嘴的鞋带散了。于是，她就弯下身认真地系鞋带。不料，身后涌动的同学形成的冲击波把她推倒，一下子“咕噜咕噜”地滚下了楼梯！最后，她在惊恐中用手撑地，稳住了身体，但两颗大门牙却硬生生地磕在了水泥台阶上，顿时鲜血满嘴！幸好，白衣天使杜鹃花就在她的身旁，挽起痛苦不堪的两张嘴，向校医室求救去了。

校医室里的医生有止血的本领，但是却不会补牙，清理干净血渍的嘴巴里，那两颗半截门牙摆出踢腿、跨跳的姿势，看上去很滑稽。事情发生在星期五，下个周一上课的时候，我们看见两张嘴的两颗门牙都被接上了，只是那颜色有些白得显眼，和上半截的微黄色放在一起有些不太协调。但两张嘴并不介意，让她耿耿于怀的是，这个周末，她的爸爸不停地唠叨着“安全”、“危险”、“花费时间”、“花费金钱”……接下来的一周里，两张嘴的爸爸继续着同一主题的唠叨，两张嘴觉得快要崩溃了！

可是，祸不单行！注定两张嘴的门牙劫难重重！一天下午放学回家的途中，两张嘴不知怎么又摔了一跤，而受伤的部位恰恰是那两颗可怜的大门牙。但是，这次的受伤程度比那次要小一些，因为被补的那两个半截假牙没有立即脱离嘴巴，而是和真牙藕断丝连地连着。这种感觉让两张嘴很不爽，于是她天天用舌头去舔啊、蹭啊，就盼着那两半截假牙快点掉了。唉，可是那假牙也是存了心地要和两张嘴作对，任凭两张嘴想尽了办法，它们却死死相守不愿离开！

“啊！终于可以过舒服日子喽！”一天早上，两张嘴笑容灿烂地露出她的两半截大门牙对我说。

“咦，它们怎么掉的？”我好奇地问。

“真是奇怪！昨天晚上，我刚咬了一口米饭，它们就掉下来了！呵呵，太好了！”两张嘴的笑声里透着久违的痛快！

从此直到现在，两张嘴和她的两颗半截大门牙一起无忧无虑地生活着，只是那大门牙的形状从以前的奔跑型变成了胜利型（V型），所以在照相的时候她只要使劲儿露出她的门牙，而不需要手势相伴了。

两张嘴是个信息传播员。五年级下学期，我们学圆形的周长和面积，数学魏老师要求我们带圆规上学。宣布后的第二天，无论哪节课间，(6)班无人外出活动，大家都手握圆规在草稿纸上埋头苦练画圆的本领。那天，老李的心情格外好，一改往日里心事重重、眉头皱皱的模样，只见他倒背着双手乐呵呵地说：“哎呀，真是太好了！要是以后每天这样，我要少操多少心啊！”

“哎，Q海盗，你看，楼胖胖的圆规是黑绿相间的西瓜条纹的！而且能360°地掰来掰去！”显然，两张嘴和老李关心的可不是同一件事！

“看，哪吒女的圆规是粉红色的，而且上面有好多可爱的心啊！我最喜欢了，但是我妈不给我买！”两张嘴的话里充满了羡慕和遗憾。

“告诉你，”两张嘴突然压低了声音凑近了我的耳朵神神秘秘地说：“难上难的圆规是作弊圆规！它和我们的一样有一个固定针，但是，它是两边都有铅笔的！只要轻轻转半圈儿，很容易就可以画出一个完美的圆！”

“Q海盗，日本寿司可真夸张！你看，他那个大盒子里，可能把所有的圆规品种都带来了！各式各样的，太牛了！”两张嘴迫不及待地跟我说。

这时，魏老师也停在了日本寿司的桌前，指着他的圆规家族饶有兴趣地问：“你都会用吗？”

“我只会用这个！”日本寿司拿起一个铁圆规回答。

“好，老师都会用，你有兴趣的话我可以来教你！”魏老师笑眯眯的，这个时候特别像个看见心爱玩具的孩子！

两张嘴和倪大侠都是我们大课间“三个字”游戏小组的成员。五年级下学期，“三个字”取代了“老鹰捉小鸡”，因为雪梅娘有了新的游戏圈子，所以最后一个冲下楼摸墙的人变成了两张嘴。每天做游戏时，两张嘴总是扮演捉人的角色。两张嘴捉人也很有趣，我们一大圈子人，她只盯着杜鹃花和倪大侠追。不过，杜鹃花是“三个字”游戏的老玩家，她虽然跑步速度不算快，但经验丰富，两张嘴要想捉到她，不是那么容易！因此，更多的时候，两张嘴就选择耐力和速度跟自己差不多的倪大侠！

有一次，倪大侠在奔跑途中撞到了一辆停放的车子，于是，她就和两张嘴玩起了追击！那追击的路线图是围着车子绕圈！倪大侠虽然奥数在我们班从没拿过什么奖，但她活学活用的本领显然比拿过奥数竞赛三等奖的两张嘴要强！只见倪大侠始终和两张嘴保持着一定的距离，如果两张嘴拼命追她，她也不使出全力去跑，因为在环形的跑道中，只要两张嘴临时掉转方向，本来拉开她一大截的倪大侠就变得和她近在咫尺，那倪大侠可就危险重重了！所以，倪大侠关注的是：时刻和两张嘴保持左右几乎相等的距离。果然，埋头猛追的两张嘴突然改变了策略，她掉转了方向直扑倪大侠，不过这招不管用，因为倪大侠早有防备。

“呼哧！呼哧！”两人都喘着气，调整着呼吸。毕竟不是机器人，数学题里的猫狗或是大人、小孩……那都是匀速的，而且不受体力、耐力、爆发力的限制；但是生活中的实际追击问题干扰因素有很多。两张嘴略作调整之后，虚虚实实地左右声张，假动作的确也迷惑住了倪大侠，但是倪大侠毕竟是“江湖经验丰富”，在千钧一发之际她打破了环形路线，撕开一条岔路逃之夭夭去了！这时，大课间结束的铃声响起，两张嘴和我们一起“呼哧哎哟”地上楼去了！

五十二、小魔仙

刚上一年级时，(6)班的许多同学都选择去小饭桌午餐，我也不例外。婆婆帮我找的那家小饭桌叫“温馨家园”，里面有鹏程万里、倒霉蛋、舞蹈妞、胡子小、米老鼠公主，还有小魔仙。按照“同校”、“同学”、“同班”的说法，我们应该叫做——同饭！

在小饭桌午餐以后，自由活动的选择很多。大多数同饭会去电视厅看日本动画片《奥特曼》；一部分在前堂写作业；还有一些在游戏厅里搭积木；后院里的声音最嘈杂，因为那是玩“三个字”和“贴柱子”的好地方……而在后堂的一间四排座的空房间里，那个被我们称为“会议室”的地方，每天都聚集着九位清一色的女同饭来开小会。

会长有三位，坐在第一排讲桌后面，她们是小红豆、开心果和小魔女。第二排是嘉宾位，那三人都是会长的同班，她们是红蜻蜓、淘气包、捣蛋妞。第三排是会员，也是听众，那就是舞蹈妞、小魔仙和我。

那时，每天午饭后，我们九个同饭都会以最快的速度冲进会议室。但总是会长和嘉宾们最先到，而我们(6)班的三个听众会员结伴垫后。只要我们到了，会议就开始了。

三个会长很有领导气派。

“今天的会议正式开始！”她们总是在开会前很有气势地宣布。

接下来是确定会议主题(基本上每天都是这个主题)。

"今天讲一讲班级发生的有趣的事情!"

然后是自由讨论和发言时间。会长开心果是积极的发言者,她总是第一个起立、开口,抢在所有人前面把今天上午她们班发生的有趣的事一股脑儿地全说出来。

"今天我们下课的时候跳长绳,数学老师正好路过,我们就叫她来和我们一起跳。但是我们的绳子甩得太低了,正好打在了老师的鼻梁上,把她的眼镜都打飞了!哈哈哈,我们所有的人都笑得肚子快要抽筋儿了!"在诸如这样引发我们的笑神经的发言之后,会长和嘉宾们都争先恐后地爆料!然后气氛越来越High,进入到了口无遮拦的境界,连撒尿、拉屎、放屁的事情都蹦出来了!

散会之后,大家都意犹未尽,三三两两地继续着新想到的,或是还没讲够的话题。

一段时间之后,小魔仙终于打破了听众身份,她鼓起勇气站了起来!虽然看表情她明显有几分紧张和不好意思;虽然她没有脱口而出,而是先低着头想想,又舔舔嘴唇,但是她终于打破了沉默:"今天我们班上体育课的时候,"我目不转睛地看着她,只见她的手指正不停地把上衣的一颗纽扣解开、扣上,再解开、再扣上……但她的发言没有中断,"乖猫穿着裙子站在队伍里,体育老师看见了叫了她的名字,刚想批评她,她就尿裤子了!然后,我们班几个高个子女生就扶着她到厕所去打电话叫她妈来给她送裤子。"

"哈哈哈哈……"大家都大笑不已,小魔仙放松了表情,享受着脱颖而出的感觉。从此,会长们,尤其是小魔女对她另眼相看,渐渐地她们发展成了很亲密的朋友。

不久,舞蹈妞带来了一盒可以变换颜色的魔力水彩笔,每日午饭以后她都拿着那盒水笔埋头画画,不再来开小会了。然后,小红豆和开心果也交了新朋友,领导成员一下走了两个。之后,三个嘉宾也各干各的去了。小会议室里只剩下了一个领导——小魔女，和两个成员——小魔仙和我。

领导究竟是领导，不几天，小魔女说动了一个同班男生来小饭桌吃午饭，并加入到我们的小会中来；另外小饭桌有两个(2)班的同饭也愿意自动加入，这样我们的新队伍有了6个人，而小魔仙也从一个出色的听众成员发展成了二号领导，至少也是个会长助理。

讲到这里，我突然想到小鱼儿作文里的一句话——“有时候，友谊也是有保质期的。”有关友谊保质期的话题要从动画片《小鲤鱼》说起。

一提到小鲤鱼泡泡，那是相当的轰动啊！尤其在我们小会议室，从会长到成员，几乎天天挂在口边！但我是个例外。不是因为我拒绝看卡通，而是我正在被《哪吒传奇》深深地吸引。后来，一个周末，我去太太家玩儿，在电视里看了一集《小鲤鱼》，觉得确实挺精彩、挺感人！但是，该发生的已经都发生过了。

“我们来玩扮演角色吧！”会长小魔女提议。

“我演主角，小鲤鱼泡泡。”会长小魔女当仁不让。

“小魔仙演小海马，她是小鲤鱼的好朋友！”会长分配着角色，“你，你是唯一的男生，你就演赖皮蛇！Q海盗，你演小海龟。还有你们两个就演两条小鱼吧。”

动画片里，小鲤鱼历经挫折、磨难，最后斗败了赖皮蛇！但我们小会议室里演绎的是大家万众一心地保护小鲤鱼泡泡，不让她受一点伤害，而那条赖皮蛇没有一点魔王威风，反而成了孤独的流浪汉！很快，我们队伍里唯一的男生待在电视厅里看《奥特曼》去了，他是新队伍成立后第一个离去的成员。

其实从角色分配上来看，小海龟是个让我挺中意的角色。但是“祸从口出”的灾难马上就应验在我的身上，让我失去了喜欢的角色。

因为赖皮蛇的离去，会长小魔女决定严格按照原版来演，大家都很赞同。但不知怎么的，小魔仙说了句让会长小魔女生气的话，于是小魔仙立刻从小海马被贬为一条无名的小鱼。

“Q海盗，你来演小海马！”会长一声任命，上位的机会就落到了我的头上。

“呃，我、我没看过《小鲤鱼》，我可能演不好小海马。”

此话一出，会长小魔女既诧异又鄙夷：“啊?！原来你连这个都没看过，落伍！”

“你，你来演小海马！”会长任命了一条无名小鱼来当二号主角小海马，眼睛再也不往我身上多看一眼了。

那次之后，我成了海里可有可无的一条无名小鱼，彻底和小海龟无缘了。我没有台词、没有任务，只是一条游来游去的活道具而已。相比之下，第二天小魔仙就恢复了二号主角小海马的身份，和小鲤鱼享受着大海里的快乐时光。

问题出现了，坚持在队伍中的我发现：相处越长，问题越多！

课堂上，万万揪出了几个不抄作业、不写作业的代表。然后是全班彻查不抄作业、不写作业的人。不幸的是，我属于没抄作业的人。于是，万万决定：“你们必须把没抄的作业重写五遍，下午放学前交来，否则进入黑名单，放学留下！”

真无辜！我心里这样想。没抄作业、没写作业的人受罚可以理解，我虽然没抄，但我都一题不落地写了呀，为什么也要受罚呢？真是城门失火，殃及池鱼！没辙，带着作业本中午去小饭桌写吧！

午饭之后，我掏出作业本，趴在桌子上干重写作业的活儿。

“嘿，连作业都要重写?！”会长小魔女凑过来发出尖利的一声

叫喊。

“小魔仙，你作业重写过吗？”

“没有！”

“哈，那当然别提我啦！我绝对没有！”

说完，她和小魔仙围着我打起了转转：“谁像你呀，连作业都重写——真没用！”

“走！我们到楼下去玩儿喽！”小魔女拉着小魔仙下楼去了。

“哎，如果她没写好，你们都不许和她玩，知道吗？！”临了，小魔仙叮嘱我身边的一群同饭们。

因为小魔仙的叮嘱，让我清清静静地快速完成了作业。这时，我想下楼去找她们。书有凑巧，她们上楼来了。我站在楼梯口，她们见了我像见了瘟神一样，小魔女突然拖了一下小魔仙的衣角，两人转头、飞速地跑下楼去，消失在我的视线里。我突然想到了那条孤零零的赖皮蛇，好在楼上的同饭们不错，和我聊得挺开心。这是我们第一次没有共度的中午，我有些难过，也有些不习惯。

小孩子没有隔夜仇，第二天中午，我们又在一起了。

但待在一起的时间越长，麻烦也越大！这次的事端还是因为动画片。没办法，谁让我们都是独生子女呢？一个小孩子待在家里最寻常的娱乐不就是看电视嘛！但倒霉的是，我注定是小会议室里的非主流，她们看《魔法小樱》的时候，我偏偏看的是《围棋少年》！

那天，小魔仙带来了一本本子，封面是梦幻的蓝色，画着月夜的美景，本子的侧边处有个小小的密码锁，那是只有好朋友才可以知道密码的密码本！会长小魔女带着我们走进一间无人问津的作业室，并锁上了门。

小魔仙打开了那本令我羡慕的密码本，掏出了荧光笔，在扉页上写上“魔法小樱”几个字。她的字很漂亮。

然后她翻到了第二页，没有动笔，又直接跳到了第四页。

“我们要把第二、三页做目录！”小魔仙说着，拿起笔在第四页上写道：人物扮演情况。

对剧情滚瓜烂熟的小魔女问小魔仙：“你先选，你想当什么角色？”

小魔仙的回答一定让小魔女很满意，她说：“如果你想当芝士(魔法小樱的好朋友)我就当小樱，如果你想当小樱我就当芝士。”

小魔女拍了拍小魔仙的肩膀说：“不好意思，我还是想当主角！那你就当芝士吧！”

一、二号主角都定下了，小魔仙把笔塞到我的手里，摆出一副大小姐的架势说：“你给我写，小魔女，冒号，小樱；小魔仙，冒号，芝士。快点写！”我还没反应过来，小魔女一把夺过我手上的笔，说：“不行，她的字写得太难看！还是你写！”

我的心底升起一股叫愤怒的气体，但是我用忍耐把它们压下去了。最后，我得到了一个叫杨梅的角色，听上去酸酸甜甜的，挺好。但后来我了解了一下剧情，知道那几乎是和赖皮蛇差不多的角色，杨梅和她的哥哥是专门处处和小樱作对的。她们是——敌人！

角色分配好了，会长小魔女继续发号施令：“麻烦一下芝士(入戏好快啊！)，帮我写一下，我过生日是在××××年××月××号。你再帮你写一下，你过生日是在××××年××月××号，比我晚一天就行。”突然，她“不怀好意”地瞟了我一眼，说：“你也帮她写一个，只要比你再晚一天就行了。”

“明天我就过生日了！”会长一副大领导的架势“我会从家里带一枚生日蛋糕图案的图章来，谁过生日就个给她盖一个章。无论

谁过生日，大家都要给她写生日祝福。明天我先过，然后是小魔仙、Q海盗……”这时午休时间差不多了，要回学校了，于是我们的小会也就结束了。

不知为什么，小魔女看我的那个眼神让我觉得：我肯定连一次生日也过不成！果然不出所料，等到她们俩都过完了生日，轮到我生日的那一天，她们会以种种理由不履行事先定好的游戏规则。

“哎呀，今天我有××事啊，我要先下楼一下！”

“这本书真是好，我要好好地看完它，写得太好了！”

“哟，今天电视厅里放《樱桃小丸子》，很难得才放的，我们一起去看吧！”

“……”

终于，我的忍耐开始动摇。直到小鱼儿加入进来，直到那份合同和票券的出现，我的忍耐终于溃不成军，离开了小会队伍，投奔江湖，和倪大侠做朋友去了。离开后的那一阵子，我和小魔仙成了互不理睬的磁铁中的“正极”和“负极”。如果上厕所碰上，我们俩都会往相反的方向跑。如果干某事碰巧顺路，我们也会立刻绕道。过了友谊保鲜期的我们的关系不能用到了“××地步”来形容，我觉得那是到了一种无法言明的境界，就像南极和北极的境界，是“北极熊”和“帝企鹅”的关系，高深莫测！

不久，小魔仙和小魔女的友谊保鲜期也到了尽头。出乎意料的是，在南极的小魔仙居然跑到北极来看我，并说：“其实我们是一个班的，我不应该听小魔女的话那样对待你！”

那一刻，我的心里湿湿的、暖暖的，我看着眼前的小魔仙说：“这就好嘛，我当然是不会计较的。”就这样，“北极熊”和“帝企鹅”冰释前嫌、和好如初了。

我本以为小魔仙会是我小学阶段的一个知心朋友，但事实上，我们的兴趣方向越来越不同。小魔仙非常喜欢日本动漫，后来她找到了水汪汪、蛋蛋囡和小鱼儿三个动漫迷，形成了四叶草组合。而我和她在一、二年级发生的一切如奇遇般地印在了心底回忆的童话里，精彩纷呈、稚趣无穷！

五十三、猛女

一、二、三年级的时候，我对猛女的印象就是凶猛、强悍。她成立了“王羲之”组合；她整天追着鸭梨董和闷姜四处追打，让他们发出“嗷嗷”的惨叫……四年级的时候，因为小小宋的周记《我的同桌》，我了解到猛女大咧咧的个性，从不记仇，对人热情……五年级，没想到的是我和她成为了朋友。

某天，大课间，我们一群人照例去玩经典游戏——“三个字”！突然，一个高大的身影出现在我的背后，我还以为是万马奔腾闯过来要抓我个措手不及呢！一回头，我看到一个憨憨傻傻的笑脸对我说：“Q海盗，你们玩什么哈？”

“三个字。”我正回答她的时候，余光里发现万马奔腾真的跑过来了！于是我撇下猛女，撒丫子就跑。万马奔腾看到了我的反应，她没有再追，改道直扑杜鹃花去了。这时，猛女倒是跟过来了。她一双眼里露出渴望，就像小宝宝要吃冰激凌：“Q海盗，我能加入吗？”

我先是一愣，想：她怎么会来呢？该不是“碍”的变形计划吧？她是来破坏游戏的吧！正在犹疑的时候，万马奔腾抓住了两张嘴。两张嘴看我站在那里不动不跑的，就猛地向我冲击过来。作为游戏的元老，我可不白给，附近就停着一辆车，我蹿了过去准备和她玩儿环形追击。估计两张嘴是让倪大侠给熬怕了，她一看到我奔车而去就放弃了我这个目标。刚呼出一口气的我发现猛女又出现了，她真诚地央求说："求求你，带我一个吧！"

我从她的态度和语气里判断出了诚意，于是召集游戏队伍宣布："这是我们的新成员——猛女！大家要记住，从现在起她也是'三个字'中的一员了！"

"铃铃铃……"大课间的下课铃打响了，游戏以猛女的加入结束了。

第二天大课间，新成员猛女正式加入三个字游戏！她的加入给这个奔跑游戏带来了更多的笑声，也让我看到了她的可爱！

我们的"三个字"游戏有一个规则，为的是公平地决出抓人的人。因为大课间是全校活动的时间，所以小小的操场是无法容纳这么多人的，我们的活动场所是校外的林荫马路。在马路上有一条白色的油漆线，我们所有游戏成员都站在线后，然后由最先到白线的人喊："开跑！"(一般都是我)大家就一起冲向对面校园外的一堵围墙。谁最后一个到，谁就是抓人的人！那天，起跑线后多了一个成员，她就是猛女。

"开跑！"

猛女奋力地跑着，快到围墙了，她心花怒放，张开双臂准备拥抱亲爱的胜利之墙。没想到，脚下的马路牙子在这时把她绊倒，裤子上破了个好大的口子！坐在地上的猛女疼得龇牙咧嘴，表情丰富而怪异，让我们忘记了她的苦与悲，都哈哈大笑起来。

站起身的猛女拍拍屁股上的土，大声说："大家重跑一次，由我来下令！"

说完，她就第一个冲向白色起跑线，我们一大群人跟在后面。她刚到线，一声"开跑"的命令就发出了，这下可好，除了她自己、我、万马奔腾和杜鹃花朝着胜利之墙猛冲，其他的人有的竟然忘了方向，直直地朝着相反的方向继续飞奔，有的慌不择路、踉踉跄跄，

人群混乱不堪！

“哈哈哈哈哈……”猛女乐得直拍巴掌，早忘了刚才的疼。

好不容易等人都到齐了，两张嘴又是那位抓人的仁兄。不过这次她改变了策略，没有把目标盯着倪大侠，而是选择了猛女。

猛女看着垂涎欲滴的两张嘴冲着自己来了，她一把抓住身旁的我的手，夺路狂奔。这是一招借力使力的计策，她是希望借助我的速度来摆脱困境。要是平日里，我只要一启动，两张嘴早就另谋目标了，但今天她选择了锲而不舍、死缠烂打！因为除了猛女，没有比她跑得更慢的人了，如果她轻易放弃，那她的追击生涯就要以失败而告终了。要强的两张嘴不想选择“自甘堕落”，所以她咬紧牙关、穷追不舍。我拉着猛女选择了一辆车做掩体。毕竟车、环形追击是两张嘴最憷的死穴，但也正因为她在这个问题上吃的亏太多，所以也就思考出了一些应对的办法。这会儿，她就想把这些方法好好地在我跟猛女身上试试。

一拖二的阵形显然灵活性不够，在以车为中心的环路上，我跑在最前面，身后紧拉着猛女，顺便再说一下，在历年体检中，我的体重都是班级里最轻的，而猛女被定义成粗壮型！我拉着粗壮型的猛女使劲儿地跑着，两张嘴和我们越来越近。突然，两张嘴闪在了汽车的后面，而不知情的我们还眼不顾后地跑着，心里总觉得她就在后面。在弯道上，我从车窗里看见了两张嘴守株待兔的身影，她已经掉转了方向，就等我们自投罗网了。这时，我想刹车，可已经来不及了，因为身后的猛女正乐颠颠地边跑边喊：“哈哈，两张嘴啊，两张嘴，你追不上我们了吧？你连人影都看不见啦！哈哈，真是笨啊！”

正当猛女傻乐之时，两张嘴“嗷——”的一声从车后蹿出来，使了个饿虎扑食，我被吓出一身冷汗，挣脱了猛女的手向岔道逃去。但没承想，两张嘴的这招只是声东击西，在分开了我们之后，她并没有立刻去追猛女。而逃脱成功的猛女又开始兴冲冲地大叫："两张嘴，两张嘴，哈哈，你不行了吧？你不行啦！"

两张嘴沉住了气，她不想打草惊蛇。只见她慢慢地退回到车后，从猛女身后的方向小心地挪动，然后突然蹿起，突袭手舞足蹈的猛女。这个战略果然厉害，眼看两张嘴的手离猛女的后背只有韭菜叶子那么丁点的距离了，猛女这才觉醒，她身体本能地弯腰、前倾，两张嘴扑了个空。逃过此劫的猛女代价惨重，因为她又一次踉踉跄跄地摔倒在地。两张嘴看准时机追上前去。没想，猛女改变了逃跑战略，来个就地取势，就没打算站起来！只见她双膝跪地，两手改脚，紧贴地面，让我想到《水浒传》里的矮脚虎王英。别说这招样子滑稽，可真管用！尽管她和两张嘴的距离始终近在咫尺，但两张嘴就是没敢下手去抓她。冷眼旁观，我觉得两张嘴的顾虑有三：一，猛女坐在地上随时可以喊"三个字"，然后等待其他人去救援。二，猛女可趁两张嘴弯腰之际就地打滚，方向任意选择。三，奔跑中的两张嘴如果突然弯腰抓人，自己也有摔倒的危险。她嘴里的两颗半截大门牙时刻提醒着她："两张嘴，此险不可冒也！"

"啊，两张嘴啊两张嘴，你快来抓我啊！你要是不怕摔跟头你就快快来抓啊！"显然猛女也感觉出了两张嘴的顾忌。

看着就在手边的猛女，听着她的挑衅，两张嘴的头发都要冒火了。

这时，我突然冲着两张嘴大喊："哎，大课间集合了，听到没有?!"这招果然奏效，两张嘴愣了一下，闪了神。就在这个当口，我一把拉起地上的猛女飞奔而去。从我救她这次之后，我和她成了"三个字"中的盟友。

随着接触的频繁和加深，我发现猛女不仅可爱而且很聪明！

一次中午，我盯好了独立岩石的订正，准备到外面放松放松，见前门几个大个子正在抬锅、抬盆打扫午餐战场，就改道后门出去。正当我一蹦一跳向前的时候，一只手扯住了我的后衣襟，我差点摔个嘴啃泥，但也亏了那只手，我还是歪歪倒倒地站住了。

“啊，Q海盗，你打算去哪儿玩儿啊？”是猛女大咧咧的声音。

我一时兴起，转身对着她说：“我们玩儿找人吧！”

“好吔，好吔，我来找你吧！我肯定能找到你！”

“那可不一定！”看着她那么胸有成竹，我心里暗下决心。我向着楼下的音乐教室跑去，在三楼处，我放慢了速度，向二楼方向做出继续奔跑的假动作，然后闪在一间教室的门后。我看着猛女一路冲了下去，跑得没了影儿，然后我辗转到中间的楼梯向四楼的(6)班教室走去。到了四楼，刚进班，猛女“呼”地出现在我的面前。

“鬼呀！！！”我禁不住大叫一声，转身跑向三楼。我用同样的办法甩掉了猛女，照原路刚进教室，这时开着的大门突然关了起来，门板儿差点拍在我的脸上！猛女哈哈大笑，伸手抓向我，我掉头就跑，边跑边想：兵不厌诈、兵不厌诈，看来猛女识破了我的伎俩！

这次我小心多了，边跑边向四周观察。可是我看不到猛女的身影，没底的感觉从心底冒出来。我从通向厕所的小楼梯一直跑下去，在二楼半处停住，我看到了猛女，她从我身后蹿出来，没刹住车，一路跑下去了。这时，我用最快的速度跑向四楼，心想：这回你可赶不上了吧?！没想到，等我进了教室，她却坐在我的座位上乐呵呵地看着我呢！

“我真怕了你了！”我缴械投降。

“呵呵，刚才在二楼半我没来得及停住脚，真的跑下去了。但后来我掉过头就一直躲躲闪闪地跟在你后面，你只顾看前面，没发现我！你从后门进的班，那里到你的座位战线长，而且还要经过几个大胖子给你磨磨蹭蹭地让路，就在你过‘胖子山’的时候，我抢先跑到你的座位上来啦！”

“我真服了你了！”我输得心服口服。

之后，有许多课间，如果杜鹃花和小松鼠手头有事放不开，我就去找猛女。我们一起聊聊天，有时她也会问我几道数学题，我就耐心地给她讲解。有一天，我如常去找她，她不在座位上。我正纳闷呢，一个乐呵呵的声音在我身后响起：“嘿嘿，我们相处得可真不错吔！从今天起我们就做朋友了！”

两个开心的笑容就是这个故事的结局。

五十四、蛋蛋囡

小松鼠是我小学生涯里第一个记住名字的好友，蛋蛋囡是第二个。一年级的(6)班教室在二楼，一天我下楼去上厕所，迎面撞上了从厕所回来的蛋蛋囡。

“哎哟，实在不好意思，我跑得太快了！”个头和我差不多的蛋蛋囡伸出右手摆着招财猫的经典动作很卡通地说。

下一个课间，我主动去找蛋蛋囡。那时的(6)班对我来说是陌生的，而蛋蛋囡似乎也没有什么朋友。她看见了我，从座位上站起来，招着手，身体一弹一弹地说：“嘻嘻，找我什么事啊？”

“我们能做朋友吗？”我腼腆地问。

“嘻嘻，当然可以啊！”

“那我们一起去玩吧！”

“好呀！”

就这样，我们手拉手地出了门，来到了走廊上，然后是大眼瞪小眼，因为不知道该玩些什么。

“咦，怎么什么都不玩儿啊？”蛋蛋囡一弹一弹地问。

“咦？”

“咦？”

“一、二……”我们“咦”来“咦”去的，最后变成了喊着口号的两根弹簧，在原地此起彼伏地向上弹跳，不一会儿就出了一身的汗！

“呵呵呵呵……”出汗的我们非常高兴，因为找到了玩的乐趣。那时候，我们每天下课都会变成两根快乐的弹簧，一起喊口号，一起出汗。那时候的我们个头差不多高，胖瘦也相似，就连声音都像一个人发出来的。

“你们在搞双簧啊？！”路过的同学看到我们笑呵呵地问。

“呵呵呵……”我们也跟着笑。尽管那时候我只知道弹簧，还不知道双簧，我以为双簧就是两根一模一样的弹簧，但找到朋友的感觉让我很开心！

一天，我俩照常出来喊着“一、二，一、二……”，但在我刚要起跳的时候，蛋蛋囡按住了我。

“Q海盗，我们换个游戏吧！你配合我一下。”说着，我就站在原地不动，蛋蛋囡搬起我的左胳膊，让它向前竖平举，然后她又把我的左手指一根一根地往里窝，形成了一个小拳头。干完了左边的活儿，她又去右边如法炮制地忙活了一阵，最后，她抓住我的两只手腕，把两个拳头用力地撞到我的脸颊上，我的嘴被挤得成了张着的鸟嘴。

“呵呵呵……”蛋蛋囡笑了。

“呵呵呵……”我想象着自己的倒霉样也笑了。

“这个游戏叫什么名字呢？”我问。

“这个，这个……这个就叫捏泥巴吧！”蛋蛋囡边想边回答。

从捏泥巴游戏诞生的这天起，“双簧”游戏就结束了。就在我们捏得起劲的时候，引来了一大群围观者。那天，蛋蛋囡玩出了花样。她没有把我的手像往常一样握成拳头，而是掰成五指分开的大巴掌，然后左手一记耳光打在我的瘦脸上，立刻我的嘴就夸张地歪到右边去了。也就在这时，“哈哈哈哈”地围过来一群人，有站着的，有蹲着的，个个都目不转睛、笑哈哈地盯着我们看。蛋蛋囡来了劲儿，她又举起了我的右手，就这样我的巴掌左右开弓地抽到自己的脸上，周围的笑声更大了。还有人跳着高地叫好！

就在蛋蛋囡走火入魔的时候，万马奔腾跑了过来，她用独特的摇滚嗓音问道："这个游戏叫什么？"

"捏泥巴。"蛋蛋囡笑嘻嘻地回答。

"哎，好好好，这个好玩啊！"万马奔腾兴致盎然。

"好玩！好玩！"旁边还有一群起哄的声音。

"那泥巴是什么呢？"这个家伙明知故问。

"这就是我的泥巴！"蛋蛋囡指着我大方地介绍。

"这个泥巴好！这个泥巴好啊！可不可以借我玩玩？"

我一听，赶紧冲着蛋蛋囡摇手，心说："不要啊！不要啊！"

"好呀！我们一起来捏泥巴吧！"这个"没良心"的家伙居然不顾我的痛苦爽快地答应了。

"好噢！"所有的人一拥而上，冲着我就要开抢，那场面像要打群架。

"都站好了！排队！"蛋蛋囡大喝一声，瞬间人群排起了一字长队。万马奔腾站在第一个，她的游戏手法完全仿照蛋蛋囡，估计是太崇拜、羡慕这种玩法了！她过完瘾之后，第二个人我不记得是谁了，但她绝对是个不因循守旧的创造者。因为一上来，她就抬起了我的左腿，让它前伸45°，然后抓起我的右手猛地拍在左腿上，搞得我差点栽个大跟头！惊魂未定的我，抬起头，用一双可怜兮兮的眼睛找到蛋蛋囡，向她投去求救的目光，并发出声嘶力竭的嚎叫。怎奈捏泥巴的人群已经疯狂了，任凭蛋蛋囡扯着嗓子喊着："停下！停下！游戏结束！"却没有一点理会的意思。

"铃铃铃"，上课铃响了，这动听的声音救了我的命！真是人间福音！

那次之后，我和蛋蛋囡依然玩儿捏泥巴，但我只做她的泥巴，只让她捏。

她也道歉似的对我说:“好朋友,不要生气啦,我不会弄疼你的啦!”说完还在头上用双手做了一个大爱心。

“呵呵呵呵呵……”我们又一起像一个人似的笑起来。

那时的我们经常一起去上厕所,两个人蹲一个坑就是我们俩发明的专利!那天正逢期末考试,厕所爆满!虽然女厕所不像男厕所那样里外都是拥挤的人潮,但里面也和沙丁鱼罐头差不多了。我想起婆婆和我说过的她中学时代班上一个乱用形容词的男生的作文里有一句话:今天的中山陵真是人头滚滚,一望无垠啊!

我和蛋蛋囡是女厕沙丁鱼群里的成员,但我们离坑位很近,只是没有空位可上。正等着,面前的那位站起了身,扭了扭屁股,拎起了裤子,跨下了台阶,一个空位近在咫尺!

“不如这样,你先上吧!”蛋蛋囡向我谦让道。

“你上吧!”我也想让给她。

正说着,一个人挤过来了。这个不行,哪能让别人钻了空子!

“走!”我们拉起手,一起跨步,上了台阶,一起脱了裤子,蹲在了坑上。一阵轻松之后,我们在众人异样的目光里送出微笑,疯狂地跑出门口,跑回了(6)班。

“姐姐妹妹快跑啊!不能按时考试,吃饭可就不香啦!”

三年级以后,我和蛋蛋囡各自有了不同的兴趣,不同的朋友圈子,接触越来越少了。五年级的时候,她成为了四叶草中的一员,在日本动漫的情节里期待着少女时代的到来。但老天自有他的美意,五年级上学期的一节语文课后,我出门散步,突然一团东西撞到了我的身上起不来了,我用手摸摸,那东西有软有硬有温度,还有些毛拉拉的东西粘在我的脸上。“这是个人!”我想。于是伸手抓着他往上一拔——啊,是故友蛋蛋囡!她朝我一笑,还是小时候的那个样子，这久违的记忆中的笑容让我很温暖。五年级下学期的最后一天，我们这些即将五升六的孩子去傅佐路小学（琅小分部）参观校园，因为整个的六年级我们将在那里奋战！路上大家说说笑笑，而我正好和蛋蛋囡分在一排。这时老天爷又给我俩安排了一次亲密接触的机会。我们没有说从前，也没有谈未来，我先开口说了个长长的笑话。“呵呵呵……”我又一次听到了她的笑声，比小时候略微成熟了一些。

“那我也回赠你一个笑话吧！”蛋蛋囡开心地说。

“从前有一个渔夫，从海里打捞上来一只大鱿鱼。‘你马上就要被吃掉了。’渔夫说。‘求求你，放了我，别吃我！’大鱿鱼哀求着。‘那好吧，我要考考你，你要是答不上来，我就吃了你！’渔夫说。‘那你就快考吧！’大鱿鱼急切地说。‘现在不行。我需要一些道具，你得跟我回家去。’于是渔夫把大鱿鱼带回了家，而且给它彻底地洗了个澡，把它放在火上烤起来。后来，渔夫吃了大鱿鱼的触角，把它的身体扔回到大海里，他对着大鱿鱼的身体说，“‘我考完你了，你什么也没说，但我还是放了你！’”蛋蛋囡的这个笑话挺冷的，一点也不好笑，但我还是使劲儿地笑，像我们从前玩双簧、玩捏泥巴时一样地笑，那似乎是一种珍惜与想念。

下学期，六年级，我们都将为梦想而战，我衷心地希望我们的梦想都能实现，再次发出“呵呵呵”的笑声！

五十五、羊角妞

在倪大侠10岁生日会的派对上，羊角妞扎着两个神气的羊角辫，我妈妈是那天的摄影师，在整理照片的时候她总是指着照片上的羊角妞说："这个辫子我小时候可喜欢啦！这个羊角妞真可爱！"就这样，我也跟着老妈叫她羊角妞了。其实羊角妞最出色的是她的排球技艺，她可是(6)班，乃至我们琅小的一员排球女将呢！

四年级的时候，我被音乐贾老师看上，通过层层筛选进入了校集体舞队。集体舞队的训练场地不固定，有时候我们会去分部的体育馆。第一次进馆训练，刚进门就看到张老师带领着一群排球女将们在那里训练。他看见贾老师带领的我们，就指着中间的网子说："你们在右边，我们在左边。"本来以为可以看看排球女将们的训练，但现在连打招呼的机会也没有了。虽然训练很艰苦，但也不是没有休息的时候，只是集体舞队的休息时间总是和排球队的休息时间不一致。不过无论哪边休息，我们都会跑到中间的网子那里向同班的人做做鬼脸、打打招呼。

又一次我们的休息时间到了，我和杨柳随风就跑到网子那里看排球队的训练。

"两两一组，立定跳远，开始！"张老师一声令下，打头的正是我们班的羊角妞，她的对手是别的班的另一员女将。第一跳，"啊！太远了！"我和杨柳随风忍不住瞪起惊奇的眼睛，彼此互看，又点了点头。不过那不用尺子量也显示出的不俗的距离并不是羊角妞的独自记录，她的对手也和她不相上下、齐头并进。第二跳、第三跳，

她们两人一直平分秋色，难决高低。关键的第四跳开始了，羊角妞依然保持着先前的水准，但她的对手明显有些体力不支，差距立刻拉开。关键在于第五跳！虽然，她们俩都是五跳到达终点的，但是羊角妞的对手是拼尽全力奋力一搏，而羊角妞却是轻轻起跳，不费吹灰之力。这时，体育张老师脸展笑容，走过来拍拍羊角妞的肩说："嗯，不愧是主力！"

"排好刚才的队形，继续跳！"贾老师的细嗓子一开腔，我们顾不上精彩的好戏，恋恋不舍地离开了排球网。其实，第二跳的是我们班的跳跳蛙，我和杨柳随风都很想再看看。

熟悉的、刺耳的音乐响起来了："沿着校园熟悉的小路，清晨来到树下读书……"其实很好听的一首歌曲，只是校广播站的音响实在太差，再动听的声音放出来都跟公鸭嗓子开叫差不多。据说学校还曾花钱修了一下，不然真不知道会是怎样吓人的效果！

跳啊跳，跳啊跳，跳得排球队训练解散了，体育馆一下空旷了许多，但我们并没有独享场地的高兴，反而生出空荡荡的寂寞来。每次在体育馆训练总是如此，我们集体舞队的训练规律就是："绝对不遵守解散时间！"

"时间紧，任务重啊！"这就是"加班"的中肯理由。但有课外班的同学们都很开心，因为他们宁可在这里重复、流汗、听训，也不愿意去上家长们安排的奥数、英语……

我和杨柳随风对排球队的训练充满了好奇。更令我们好奇的是，体育馆里三面墙上都挂着的排球。一天，我俩早早地来到了体育馆，因为太早，排球女将们都还没到呢！我俩坐着开始看着那些挂着的排球闲聊。

"你觉得这些排球有什么用？"

"我估计是给她们打的。"

“我想也是。但怎么打呢?”

“还是等着看吧。”

发了一会儿呆，排球女将们进来了。体育张老师吹响了哨子，接下来是集合、整队。这下我才知道，原来羊角妞不仅是一员排球女将，也不仅仅是一名排球队主力，她更是排球队的No1，她是排球女将们的队长！

“跑10圈儿!”

“青蛙跳!”

“立定跳远!”

这些热身运动之后，我们终于看到排球女将们向墙上挂的那些排球走去。羊角妞在这些女将里最是突出，她总是在队伍的最前面，而且动作标准，十分协调。所以我的眼睛就一直盯着她。只见她走到一个排球前，很专业地捞起那个球，向上轻轻一抛，那球稍稍高过她的头顶，就在球下落的过程中，她轻松地做出接球的动作，双臂伸直，右手包住左手的拳头，两个大拇指并行相靠，稳稳地把球接住了。于是那球不偏不倚地被弹到正前方的墙上又弹回到她的手腕上，然后是几乎复制性的重复，每一次都是那么精准。过了一会儿，羊角妞增加了难度，只见她跨出右脚，形成一个侧弓步，然后身体左斜，手臂往右，那球就改变了落下弹墙的方向，比刚才偏左，等到球儿再落下的时候，羊角妞改变姿势，让球又往右跳跃，如此这般一左一右，球有节奏地跃动着，我们被她精湛的技艺折服了！

“行了，不要玩儿了！下面开始两两练习!”体育张老师一声令下，我们才知道那挂着的排球也是为了热身用的。也就在这时，音乐贾老师到场了，她放开了细嗓子叫我们整队训练，于是我和杨柳随风只得恋恋不舍地离开了排球训练场地，而那时羊角妞已经

和那天与她对决立定跳远的那员女将摆开了阵势，只要再给多看五分钟我们就会很满足，但是——唉，运气不够！

羊角妞不仅排球技艺在琅小是No1，她还有做教练的天赋。那是四年级时的校排球月，我们每人每天都带着个排球，无论体育课还是大课间，甚至是每节课后的休息时间，校园里、马路上站满了琅小的学生，飞舞着流星般的排球。因为不得法，到处都是捡球的身影。体育课上，张老师叫出了排球女将羊角妞、跳跳蛙、万马奔腾和乖猫，让她们四个做小教练，然后把我们剩下的人分成四组，每组分配一个小教练进行全体颠球扫盲。我们组的小教练就是羊角妞！

第一次扫盲前，我们列成一字长队迎接着羊角妞的到来。而她也教练架子十足，双手背后，在我们的队列前走来走去，然后说："好，现在我们来训练吧！"那样子简直就是张老师的翻版。

"呵呵呵……"演完这段，她自己忍不住地大笑起来。就这样，我们的扫盲课开始了。

"Q海盗，你站我前面，因为我比你更不喜欢颠排球！"杜鹃花说着钻到了我身后，自动成为我们组的倒数第一。我的前面是两张嘴，羊角妞挨个地辅导，渐渐地来到了我的面前。她先示范了颠球的标准姿势，接着把球放到我接球的点上，然后熟练地把球抛到比我头顶稍高的上方，让我接。

"嘭！"我接住了那个球。

"很好！很直！"在我准备接第二个的时候，羊角妞跳起来把球在半空中拦截到手上，然后说："就这样练！先做单个的。"羊角妞的方法很好，我虽对排球看的兴趣远远超过自己练的兴趣，但在她的指导下对于颠球已经不再茫然了。

"来看，要这样弓步站立，手臂伸直，小臂靠紧，这样球就不会

乱跑了！”在巡查我们颠球的间隙，羊角妞会时不时地为我们作一些示范，纠正我们的错误动作。

“羊角妞，羊角妞，为什么我的球总是跳到我的大臂上呢？”两张嘴突然抱着球跑向羊角妞问。

“你再做个给我看看。”羊角妞认真地说。

于是，两张嘴就把球抛起，果然那球是落在她的大臂上。

“啊哈哈，我知道你哪儿不对了！颠球的时候，手臂要放松，你太紧张了！”找到问题的羊角妞很开心。

两张嘴放下球，缩着身子，弯着胳膊，窝着手，对羊角妞说：“两臂放松就是这样的啦？”

“哎哦，你又不是老太，勾着干吗？！”

“呵呵呵呵……”我们都笑了。

“大家都来注意一下，”羊角妞喊来了我们，“你们每次颠球的时候，当球跳上去的时候，你们的手应该是放松状态，不要一直举着，这样像僵尸一样不好看，也颠不好，知道吗？”

“为什么呢？”四段锦问。

“这个嘛，那个嘛，我也不知道！但是刚练颠球的时候，这个问题我也出现过，后来张老师这么跟我说，我照着练很快问题就解决了。”

“要放松，要放松！”我们小组的人员都紧紧地记住这个要领。结果笑坏了一边的小教练羊角妞。

“哎呀呀，你们都在抖什么抖啊！放松不一定要抖手啊！”看着我们满地乱滚，一个也没接到的球，羊角妞笑得不行！她又把我们召集起来，说，“如果你们颠的时间长了，想抖抖手也不是不可以，但是抖手需要时间，这时你们就要把球抛高，不然接球的动作就来不及做，当然就接不到球了。我让你们放松不一定要抖手，你们只要松开两臂稍作休息、调整一下就可以了。记住啊!”

在羊角妞小教练的悉心辅导下,我们顺利扫盲成功。我这个原本对颠球毫无兴趣的家伙竟然单人颠球可以颠出50个的好成绩,真是从心里对羊角妞充满了感激!而在四个小教练中,羊角妞也是人气最高的,有一堂体育课,几乎所有的人都来找羊角妞请教,她真是不折不扣的No1啊!

五十六、万马奔腾

如果胡子小和米老鼠公主是(6)班一、二年级时的全体偶像，那么万马奔腾是现在我在(6)班最佩服的人。她不仅各门功课成绩优异，而且还有两大特长。

特长一，她是和羊角妞、跳跳蛙一批入选校排球队的队员。但和其他排球女将不同的是，每次训练完之后，万马奔腾还要背着书包去上学习辅导班，所以刚开始她只能是个球队里的二传手。不过凭着惊人的毅力和坚持不懈的精神，现在的万马奔腾已经上升成为一流主攻手了！

特长二，她在三年级的时候就通过了二胡十级，是个民乐演奏小高手。在四年级的集体10岁生日会上，她的一曲《万马奔腾》让我们听得如醉如痴，仿佛置身草原，看见群群剽悍的骏马驰骋如风，扬蹄嘶鸣！那曲调、那画面，连同她一起深深地印在了我的心上，完美无缺！

在万马奔腾的身上总有令人惊讶的事情发生。在竖笛就等同于噪声制造机的岁月里，我们班只有水汪汪、胡子小、米老鼠公主和周小子能化腐朽为神奇。所以，每次音乐课上，老师让我们自愿表演的时候也只有那几只手固定地举着。但有一天举起的手里多了一只，那只的主人就是万马奔腾！贾老师一定对新举起的这只手充满了无限的好奇，于是叫起了它的主人。只见万马奔腾站了起来，把乳白色的竖笛衔在了嘴里，《草原英雄小姐妹》的曲调就飘了出来。尽管那笛声总夹杂着磕磕绊绊，节奏也不准确，但是上节

课老师才教了我们乐曲的第一句，而万马奔腾把四句全曲都吹了下来。“哗哗哗……”全班为她鼓掌，真挚而热烈！从此(6)班的竖笛明星里又多了一个——万马奔腾！

万马奔腾的学曲速度惊人！那是一个周五的音乐课，贾老师没来，别班的老师来代课。后来我们才知道，那位老师是校竖笛队的负责人，她是来选拔人才的。

“有没有学过《瑶族舞曲》的？”快下课的时候老师问。

当时《草原英雄小姐妹》的曲子我们才学了三句，《瑶族舞曲》是什么样的，我们还没听过呢！当然，也是因为根本没有兴趣，因为在发下的竖笛练习单上它们早就和我们待在一起很久了！正当大家你看我，我看你的时候，一并排的两只手高高地举起来了。

“好，你们俩合奏吧！”

“呜呜呜……”万马奔腾和水汪汪在我们惊讶的目光中带着自豪的神情演奏起来。她们一起合吹了慢板的部分。那是我第一次觉得竖笛的音色也可以这么和谐、动听，而且我惊讶地发现原来《瑶族舞曲》这样的撩人心弦！也是从这一刻开始我有了吹竖笛的冲动！以后的每天晚上睡觉前，我都会拿出竖笛，掏出曲谱，自觉自愿地练习《瑶族舞曲》。工夫不负有心人，在期末的音乐竖笛考试中我拿了满分！现在，只要是喜欢的曲子，我都可以用竖笛演绎，这都要感谢万马奔腾，是她在那个瞬间打动了我，让我曾经讨厌的竖笛变成了我现在的朋友。

万马奔腾还是我们班最忙的人！第一节数学课后，魏老师看见了万马奔腾，她用唱民歌的嗓音喊道：“哎，万马奔腾呀！”

有趣的是，万马奔腾偏偏是个摇滚嗓子，她回应道：“什么事呀？”

“来，帮我登记登记数学本子，看看哪几个家伙没交作业！”

“噢，好的。”万马奔腾走过来抱起本子欲往自己的座位上去。

“不用啦，你就在讲台这儿的座位上登记。这可是老师专用的哟！”魏老师给可万马奔腾一个特殊的荣誉，然后她带着小孩子一样的神情说，“不管你啦，登记完后就交到我的办公室去，再帮我看看有没有要发的本子，我去上个厕所啦！”说完，一阵“踏踏踏”的鞋跟敲击地面的声音越来越远了。

第二节是语文课。下课铃响后，老李背着一只手，用另一只手招着万马奔腾，脚还不停地走来走去地说：“万马奔腾啊！”

“什么事啊？”

“帮我把1号本、3号本、《补充习题》找人全发了，然后你跟我到办公室去，我找你有点事啊！”

于是万马奔腾就快速地找人发本子，然后直奔办公室而去。

第三节课是体育课，她自然成了张老师的助理，抱排球、干杂事……零零落落忙个不停。

第四节课是英语课，凌老师让她发《补充习题》……

中午吃饭前，万马奔腾准备出门去洗手，正好和进门的数学魏老师撞个满怀。

“万马奔腾呀，帮我在黑板上写句话：没有订正好《补充习题》的人如下。”魏老师边说边把一张写了学号的纸条递给万马奔腾，特别交代道，“再用红粉笔写上：下午上课前必须上交！”

于是万马奔腾只得收回去洗手的脚步，抓起粉笔开始在黑板上写字。等我从小饭桌吃完饭回到(6)班，走廊上我看见万马奔腾站在老李的身边，老李边说边往前走，把她又带到办公室去了。

“这班长可真不好当！厉害啊！一天要做多少事啊！”我目瞪口呆地看着万马奔腾的背影，由衷地感叹！

在万马奔腾优异的成绩、显著的特长、忙碌的工作之外，她还

有一个性格特点，那就是爱说话——超爱！这个特点给她带来了苦乐无限！

数学课上课了。

“上课！”

“起立！”

“坐下！”

不知为什么，坐下后的万马奔腾就不停地和同桌二肥你来我往地叽咕。

“万马奔腾！站后面去！”魏老师用近乎咆哮的声音喊道，“我盯着你们老半天了，你们注意到了吗？！不要以为你成绩好我就会放过你，站后面去！”

再看后面，已经贴墙站着老天王和独立岩石了。那天的万马奔腾还因为此事被留了下来，并领走了“检讨大礼包”。后来听那天同样留下来的老天王的婆婆讲：“魏老师可真厉害！那天我站在二楼一半处就听到她喊万马奔腾的名字，那声音响得不得了——估计是在发火！我听到她说：‘他们说说话也就算了，你是怎么搞的？还是班长呢！我指望着你带动大家积极发言、努力学习，你倒好，竟然上课的时候带动大家叽咕、讲话！……’乖乖，那声音整栋楼都能听见，吓得我都没敢再上去！”

不仅仅是数学课，语文课、英语课上爱说话的万马奔腾也都没少挨批评。英语老师还威胁过她：“本来考虑给你免考的，你要是再这样讲下去……”

除了上课喜欢讲话，下课的时候要是被万马奔腾捞住，她的话匣子一打开就更加没完没了。

一次下课，杜鹃花检查完卫生正准备回座位，万马奔腾一把捞住了她，说：“杜鹃花，你知道我们班卫生为什么不大好吗？”

“很简单啊，因为人民群众一点意识都没有。”

“怎么能培养大家的卫生意识呢?”

“这……我还没想到。”

“我告诉你吧，你啊，就把大大的标语写在黑板上，如果谁下次地面还扫不干净，你就扣他的分！一次扣20，二次扣40，三次扣80……就这样扣，我就不信弄不好!”

“不错的建议。谢谢啊!”杜鹃花点着头准备回座位去，这时万马奔腾再次捞住她，说，“还没上课呢，我们再聊会儿!”

“Q海盗，万马奔腾超能说！她可以整整说满10分钟，并且带着几分满足，又有几分意犹未尽的神情和听众分手，期待着下一个聊天的机会!”这是杜鹃花对万马奔腾的评价。

五年级上学期的那个期末，背书考试前，我、倪大侠和万马奔腾一起闲聊。倪大侠一手撑着桌子，一手摆弄着一支铅笔头问：“哎呀，快考试了，你们紧不紧张啊?”

“当然不紧张啦！都准备好多次了！快点考吧!”万马奔腾有些迫不及待的意思。

“是啊，打有准备之战有什么紧张的?”我说。

“怕就怕临场发挥嘛!”倪大侠关上了铅笔盒盖子。

“错一个字扣0.5分，8分就是优，一个人有4次犯错的机会，很宽松的!”万马奔腾的观点有理有据。

“我们几个是没什么啦。但是……”倪大侠欲说又止。

“啊，那几个啊，还真是不好说。”万马奔腾若有所思。

“哪几个啊?”倪大侠明知故问。

“哎哟，还是说说你们都最想背哪课吧!”我岔开了话题。

“当然是第一课——《请打开大自然绿色的课本》!”万马奔腾和倪大侠异口同声地回答。

“不过，我也很想背《金蝉脱壳》。”万马奔腾补充道。

“啊？那课超难的！”我和倪大侠异口同声地喊起来。

“是啊，所以我花了整整一个多星期的时间去背它，终于一字不落地背下来了。我妈还笑我笨，说我背不好呢！所以我想这次要是抽到这课就好好地背个满分，回去让老妈看看！”万马奔腾斗志昂扬！

那天背书考试，我抽背的是《敦煌莫高窟》，顺顺利利地得了10分。而倪大侠和万马奔腾都抽到了《金蝉脱壳》。倪大侠得了9.5分，万马奔腾如愿拿了10分的满分！开学后的我们都要升入六年级了，愿我们都能以优异的成绩走进中学，开启少年时代的精彩！

五十七、四段锦

二年级下学期、三年级上学期的时候，蛋蛋因加入到了胡子小的游戏团队中，而我和小鱼儿、四段锦成为了好朋友，共度了一段天真的、傻傻的时光。

琅小总部的校园分成三块，一、二年级一处，三、四、五年级一处，六年级单独一处。而我们这届的(6)班和(7)班是二年级时最先搬到三四五年级的大校园的班级。刚来到这里，我们三个对操场、花坛和小主人塑像充满了喜悦，于是约定：“只要不刮大风、下大雨，只要没事情，我们每节下课都要出来玩儿！”玩儿什么呢？很傻的游戏！就是在升旗操场、花坛和小主人塑像三点之间来回跑，但这让当年傻傻的我们充满了激情和欢乐！

小鱼儿是我们中总迟到的那位，对此四段锦非常的不高兴！因为小鱼儿不来，我俩就一直傻等，看着那操场、那花坛、那塑像干着急。一天，天空下起了小雨，课后我去上了厕所，回来看到孤独焦急的四段锦，她拉着我的手说：“都五分钟了，小鱼儿还没来！”

“走，进去看看！”我们一起向教室走去。

教室里小鱼儿正在忙订正，四段锦走到她的座位前，生气地说：“叫你回家作业不好好做，害得我们也玩不成！”

“别急，别急，我就剩一个字了！”小鱼儿有些抱歉，看得出她也想快点弄好。但是时间不等人，小鱼儿的最后一个字刚写完，上课的铃声也打响了。我看着四段锦不快的表情，预感到下节课准有些事要发生。

那节课快下课前，老天爷把乌云一通猛揍，于是雨哗哗地从天上倒下来，这样的天气属于下大雨，所以注定我们出不去了。四段锦径直来到小鱼儿的座位，在她的背上重重地拍了一下说："你怎么回事儿啊？回家要好好做作业啊！"

"我有订正有什么办法？我不订正好怎么出去玩啊！"小鱼儿也很无辜。

"可是我们说好的，下课没事就一起去玩。但是你不是迟到就是来不了，这样还怎么玩儿啊?!"

"我也不想啊！"小鱼儿也生气了，她"呼"地从座位上站起来，和四段锦展开了一场激烈的辩论。

"你们别吵了！"我在一旁喊道，"四段锦，小鱼儿有订正是必须要完成的。如果以后她不来，我们可以先玩儿啊！"

"不行，你不要替她说好话！她就应该好好做作业，应该遵守诺言！小鱼儿，如果你再每天都订正，我们就不和你玩儿了！听见了吗?"然后四段锦又转向我说，"你同意了是吧？你没有讲话就表示同意了！"

"我……"我刚想说点什么，上课的铃声响了起来，我和四段锦只得向各自的座位走去。

别说，自从四段锦向小鱼儿说过那次狠话以后，小鱼儿在挺长一段时间里的确没有了订正。我们三个一下课就在升旗操场、花坛和小主人塑像间快乐地疯跑，傻呵呵地大笑。可是，厄运还是降临了。那天下课，发订正本子的人走进来了："哎，大家先别走，看看有没有订正啊！"

小鱼儿紧张地瞪大着眼睛看着发本子的人来回穿梭，只剩下最后一本了，我也替她松了口气，可是哪知这最后一本倒霉的本子尽然无情地飞到了小鱼儿的课桌上，我看着鱼儿不知所措的难过表情心里也揪起了个疙瘩。

“你怎么又订正了?”四段锦不依不饶地来了:“走,Q海盗,我们不理她了!”说着,她拉起我的手就往门外走。

“等等,你看她的订正就一题,很快就完了,我们还是等等吧!”我缓和着紧张的气氛。

“不行！说话要算数!”四段锦很有原则地要捍卫诺言:“说到就要做到!”

那天之后我不想置身于她们的矛盾中,所以告别了傻跑的快乐,另寻新欢去了。再以后,小鱼儿逐渐地加入了四叶草,而四段锦和杨柳随风成为了形影不离的好朋友。四年级我竞选成为(6)班的文艺委员,四段锦和杨柳随风成为了我的左膀右臂,是班级里两个不可多得的文艺骨干,我们在工作中寻找到了默契,比之幼年时的友谊更成熟、更愉悦。

记得得知小松鼠要从美国回来的消息后,我们三个不约而同地凑到了一起。我说:“小松鼠可能下个星期就要回(6)班了,我们策划一次主题欢迎会怎么样?”

“我们也正这么想呢！太好了!”四段锦和杨柳随风异口同声地说。

之后我们一直反复地讨论、策划,直到小松鼠真的回来了,我们的欢迎会也大致有了统一的眉目。

“嘘——小声点儿！从今天起说话要小心,别让小松鼠知道了,那可就没意思了!”杨柳随风提醒着我们。

“对,我们要给她个惊喜嘛！对了,为了保密我们以后在哪里开会呢？对了,去厕所怎么样?!”四段锦出了一个主意。

“你想闻那个味儿你就去！我们只要避开她不就行了?”杨柳随风当即投了反对票。

“呵呵，也对！”四段锦笑了。

这时，雪梅娘她们缠住了小松鼠，拖着她在走廊上聊起来，我们趁着这个大好时机赶紧讨论正题。但好事多磨，就在第二天，我突然发烧，连续在家歇了两天。这两天我的心里总是惦记着欢迎会的事，既纠结又不踏实！按计划，本周五是最好的开会时机，因为是小松鼠回来后的第一个班会，如果往后拖就很没意思了。但是，这两天我躺在家里很多事都还没有落实、确定……这可怎么办呢？

星期四我回到了(6)班，心情超级好！那不仅是因为我得到了许多同学的关心和问候，更重要的是从四段锦那里得到了振奋人心的好消息！

“Q海盗，你生病生得可真是时候！”她先小小地“夸”了我一下，然后就进入了让我惊喜连连、心花怒放的内容：“我们已经跟老李确定好了，欢迎会就定在明天下午的班会上！另外，我们准备了四本全班同学最爱看的书作为礼物，并且选出几个学生代表，让他们在书的扉页上写下几句祝福的话。有一个变动，就是本来我们决定事先不告诉小松鼠的，但现在我们已经通知了她，因为据我们了解小松鼠在美国记了许多日记，我们让她在日记中选择一些有意思的配合照片制作成PPT在欢迎会那天给大家好好地讲讲！现在给你个任务，准备一些中国百科知识的答题卡片吧，到那天我们先用这个游戏作开场，卡片要做得漂亮哦，因为答对的人就送给他做礼物了。记住，要多给小松鼠一些机会哦！好了，汇报完毕，你看怎么样？！”

“天呐！你们也太厉害了！简直是神速！我一定好好配合！对了，那天的主持也交给二位了，相信你们一定会出色地完成任务！”说完这些我觉得自己的脑门儿又开始发热了，不过这次不是

象。我是一个海盗，一个生动的海盗！在大多数人的眼里我是个文静的女孩，喜欢书本，喜欢发呆……但我更是活泼的，甚至不乏调皮！除了在跑跑跳跳、艺术体操、集体舞……这些文体活动中获得过一些不俗的成绩之外，我还干过一件老师眼里的“坏事儿”！

那天从小饭桌午餐后回学校，我走到了后门口，门关着。为了少走点路，我和周小子几个不想绕道去前门，而是打算爬墙翻进校园！说干就干！我们怀着紧张、刺激的心情涉险过关，那种体验使我兴奋！

我的朋友很多，男生女生都有！尤其是和小小宋与金刚兄弟交友的那段，也体现出我的海盗本色！——绝对不乖！

那是一节体育课，我们学习打篮球。体育张老师刚让我们分散活动，我就盯上了小小宋。但那“傻瓜”居然没注意到“不怀好意”的我。哈，这回他可要倒霉了！

我看见他准备拍球，就在球快要落地的一刹那，我没等他下手去拍，“刷”的一下，旋风般地把球给掠走了。立时小小宋就傻眼了，他对着我怒道：“Q海盗，你好可恶！”然后转身向熊猫超人和他领导的金刚兄弟跑去，边跑边喊：“哥哥兄弟呀，可了不得了！Q海盗把我的球给俘虏啦！够哥们儿的就都来帮我抢回来啊……”顿时，熊猫超人领着一班金刚兄弟就赶了过来，异口同声地说：“小小宋，不要担惊，休要害怕，俺们来为你报仇啦！”说着一拥而上，向我扑来！这时，狡猾的小小宋正躲在一边偷笑、窃喜，看着我被一群金刚追杀，享受得很呢！我心里气哼哼地想：“看把你美的！要是让我得空，就给你个降龙十八掌，送你去香港！”哎哟，熊猫超人可不是面瓜，他追上来了，我可要涨涨精神！正想脚下加劲，怎奈得地面极滑，我摔了个大跟头，抱着的“俘虏”也滚走了！不过我身手极快，没等熊猫超人近前，我一个翻身，夹起“俘虏”继续狂奔！但

无奈地盘有限，不一会儿我还是身陷重围，被困住了。

这时小小宋得意扬扬地出场了。熊猫超人很够意思，想给他一个亲手报仇的机会！我看着小小宋一步一步地向我逼近……有了！我抱着那“俘虏”，迎着小小宋走过去，口中喊道：“你赢了！我投降！”我和小小宋的距离越来越近，他伸出手来准备接“俘虏”，脸上带着胜利者的笑意。但诡诈的海盗哪有那么容易投降，这只是个缓兵之计而已，我压根儿就没准备把“俘虏”交还给他，而是重重地把他推倒在地。要是在平时，我这个体重68斤的瘦子要想推倒100来斤的小小宋根本不可能，但是现在他意识麻痹，毫无防备，而处心积虑的我猛一发劲——居然奏效！

“如果你肯让你的金刚兄弟退到一边，我就把球还给你。要不然，我坐扁你！”我按住倒在地上的小小宋威胁他。

“快退，快退！”小小宋想都不想，赶紧喊退。金刚兄弟见这阵势也无计可施，只能依言而行，退到一边。

而这时我也配合地做出还球的假动作。再看金刚兄弟已松懈了警备，准备离去找乐子去了。因而我看准了一个空位，抽回递出去的球，立即“鸭子加俩鸭子”——撒丫子去了！小小宋气得脸暴青筋，爬起来想追，无奈，动听的下课铃声响了起来，我们在张老师的哨声中集合归队了。

也就是这次之后，我和小小宋还有金刚兄弟们成了不打不相识的朋友。至此，我的(6)班和我已是水乳交融，其乐融融了。小学的六年生涯即将接近尾声，我和我的(6)班从陌生到熟悉，就要经历恋恋不舍。此刻的我回忆起幼儿园毕业典礼上如小瀑布般喷涌的眼泪，不禁遥想明年的我和我的(6)班会怎样告别呢？

我一定会想起小松鼠T恤上的冰激凌，杜鹃花发出的绵羊音，四叶草们的大福店，还有倪大侠和我种植在庐山上的那颗青梅……还有、还有呢？有多少纯美的画面、生动的语言、纯真的容颜……都收录在《我的童年　我的(6)班》，送给我的小学生涯里的每一位好老师、好朋友、好伙伴、好同学。因为有你们，因为爱你们，因为你们的爱，才会有了这份礼物，这份珍藏。请让我再说一声:“谢谢!”

作者:朱祺
班级:五年级(6)班
时间:2010年6月30日星期三（始）